Francis Durbridge
Paul Temple
und der Curzon-Fall

(The Curzon Case)

Kriminalroman

aus dem Englischen übersetzt von
Dr. Georg Pagitz

mit einem Vor- und Nachwort des Übersetzers

– Williams & Whiting –

Coverdesign: Timo Schröder

ISBN 9781915887993

Williams & Whiting (Publishers)
15 Chestnut Grove, Hurstpierpoint,
West Sussex, BN6 9SS, England

The Curzon Case © 1971 by Francis Durbridge
Vorwort, Nachwort und deutsche Übersetzung © 2024 by Dr. Georg Pagitz

Inhalt

Vorwort

von Dr. Georg Pagitz

Vorliegender Kriminalroman ist der dreiunddreißigste von insgesamt einundvierzig, die Francis Durbridge (1912–1998) veröffentlichte.

Der überwiegende Großteil seiner Bücher basierte auf Hörspielserien oder Fernsehmehrteilern, die er für die BBC geschrieben hatte und die in übersetzter Form in vielen Ländern der Welt ein riesiger Erfolg waren.

Einige Romane hatten Francis Durbridges berühmteste Figur zum Protagonisten, den Kriminalschriftsteller Paul Temple, der sich als Hobbydetektiv betätigt und meist von Scotland Yard in Form von Sir Graham Forbes um Mithilfe bei der Klärung eines Falls gebeten wird.

Paul Temple, für den Durbridge in der ersten Planungsphase auch den Namen Mark Conway erwog, erblickte im Jahr 1938 das Licht der Welt. Die achtteilige Hörspielserie *Send for Paul Temple*, vom Autor im Alter von nur 25 Jahren geschrieben, wurde zum bis dato größten Erfolg der BBC und zog zahllose Fortsetzungen nach sich. Bis 1968 brachte es Temple auf 22 Abenteuer, wovon nur zwei aus Einteilern bestanden, zwei aus Sechsteilern, eines aus einem Zehn- und der Rest aus Achtteilern. Rasch wurden die Geschichten auch ins Ausland verkauft und so entstanden Temples Abenteuer in vielen Sprachen: Deutsch, Niederländisch, Französisch, Italienisch, Griechisch, Hebräisch, Schwedisch, Norwegisch oder auch Dänisch, um nur einige zu nennen.

Francis Durbridge war ein geschickter Vermarkter seiner Werke und besonders seiner Figur Paul Temple. Diese tauchte bald auch in einem Theaterstück auf (1943), in vier Kinofilmen (1946–1952), in Kurzgeschichten (1946–1952), in einer über zwanzig Jahre langen erfolgreichen Comicserie (1950–1971), in Romanen (1938–1988) und nicht zuletzt in einer zweiundfünfzigteiligen TV-Serie (1969–1971). Insgesamt erstreckte sich Temples Karriere über exakt 50 Jahre von der Veröffentlichung des ersten britischen Hörspiels und des ersten Romans *Paul Temple und der Fall Max Lorraine* (bei Pidax im Jahr 2021 erschienen) bis hin zum letzten Abenteuer in Buchform *Paul Temple und der Fall Madison*.

Francis Durbridge hatte sich von seiner Figur, die ihm so viel Ruhm gebracht hatte, Ende der 1960er eigentlich verabschiedet, weil er andere Wege gehen und sich vor allem auf die Bühne konzentrieren wollte.

Im Fahrwasser der mit Francis Matthews und Ros Drinkwater produzierten TV-Serie *Paul Temple*, die ab 1969 auf Sendung ging (alles zu den Hintergründen dieser Serie in ⇨ Band 28, *Paul Temple: Mord in Serie*), erschienen auch vier Romane mit Paul Temple und die Comicserie wurde optisch auf den Fernseh-Temple umgestellt.

Francis Durbridge hatte für die Serie den Schauspieler Francis Matthews (1927–2014) ausgesucht und sich schon einige Zeit zuvor die Rechte an den zwanzig Jahre zuvor produzierten Paul-Temple-Spielfilmen zurückgeholt, damit diese nie wieder aufgeführt wurden. Einerseits gefielen sie ihm nicht sonderlich, andererseits wollte er nicht, dass dadurch ein »verstaubtes« Bild seines Helden geprägt wurde.

Die Serie wurde von der BBC zwischen dem 23. November 1969 und dem 1. September 1971 ausgestrahlt. Genau in diesen Zeitraum fielen die letzten fünf Cartoon-Abenteuer, die zwischen dem 23. Januar 1970 und 1. Mai 1971 in Fortsetzungen fast täglich in der Zeitung erschienen. Darin hatten Paul und Steve nun das Gesicht von Francis Matthews und Ros Drinkwater.

Die zweite Staffel endete am 26. Juli 1970 in der BBC. Danach legte die Serie ein halbes Jahr Pause ein. Genau in dieser Zeit erschien es marketingtechnisch klug, zwei Temple-Romane auf den Markt zu bringen, die – wenig überraschend – Francis Matthews auf dem Cover zeigten.

Der Verlag Hodder & Stoughton brauchte im Juli 1970 zwei ganz neue Temple-Abenteuer heraus, die – im Gegensatz zu früheren und späteren Romanen – auf keinen Hörspielen beruhten: *Paul Temple and the Kelby Affair* (*Paul Temple – Der Fall Kelby*) und *Paul Temple and the Harkdale Robbery* (*Paul Temple – Banküberfall in Harkdale* bzw. *Paul Temple und der Harkdale-Raub*). Was damals niemand wusste, war, dass diese beiden Geschichten eigentlich auf zwei Drehbüchern beruhten, die Durbridge als Pilotfolgen der TV-Serie geschrieben hatte, die aber unverfilmt blieben (mehr dazu in ⇨ Band 28, dort sind die beiden Drehbücher auch komplett übersetzt und abgedruckt).

Ein Jahr später, während die vierte Staffel ausgestrahlt wurde, brachte Hodder & Stoughton erneut etwas auf den Markt, das man heute als »Buch zur Serie« bezeichnen könnte: *The Geneva Mystery*, die Romanfassung des Hörspiels *Paul Temple and the Geneva Mystery* (als Hörspiel: *Paul Temple und der Fall Genf*, als alte deutsche Romanübersetzung: *Zu jung zum Sterben*, neue deutsche Übersetzung (⇨ Band 38) *Paul Temple und das Genfer Rätsel*).

Vier Monate nach Ausstrahlung der letzten Folge der englisch-deutschen Temple-Serie in Großbritannien wurde im Januar 1972 von Hodder & Stoughton ein vierter Roman veröffentlicht, der im Fahrwasser der Serie Erfolg hatte: *The Curzon Case*. Dieser beruhte auf dem 1948/49 ausgestrahlten achtteiligen Hörspiel *Paul Temple and the Curzon Case*, das 1950 auch in den Niederlanden und 1951/52 in der Bundesrepublik Deutschland mit René Deltgen unter dem Titel *Paul Temple und der Fall Curzon* vertont wurde (alles dazu – inklusive Ausschnitte aus dem Originalmanuskript von Francis Durbridge – finden Sie im ausführlichen Nachwort *Curzon international*).

Während die Fälle Kelby und Harkdale in der Bundesrepublik Deutschland bereits 1970 – also lange vor dem deutschen Serienstart der Reihe am 1. Februar 1972 im ZDF – auf den Markt kamen, erschienen sowohl *The Curzon Case* wie auch der Roman *The Geneva Mystery* 1972 im Goldmann Verlag, als die Reihe mit Francis Matthews vierzehntägig im Hauptabendprogramm gezeigt und bundesweit auf Plakaten beworben wurde.

Alle vier Romane, die man im Zuge der Serie veröffentlichte, wurden von John Garforth (1935–2014) auf Basis der von Francis Durbridge verfassten Drehbücher bzw. Hörspiel-manuskripte verschriftlicht. Diese Vorgangsweise wandte der britische Autor bei fast allen seinen Romanen an, da er sich stets als Stückeschreiber, aber nie als Schriftsteller sah. Außerdem hatte er aufgrund ständiger Aufträge für Radio, Fernsehen, Kino und Theater gar nicht die Zeit, seine Manuskripte in Romane umzuwandeln. Die von ihm dafür beschäftigten Autoren wechselten im Laufe der Jahre. Mit John Garforth hatte Durbridge einen erfahrenen Profi ausgewählt, der 1967 bereits vier *The-Avengers*-Episoden in Romane verwandelt hatte (dt.: *Mit Schirm, Charme und Melone*) und auch für Bücher zu *The Champions* und *Sexton Blake* verantwortlich zeichnete.

Durbridge gab Garforth genaue Vorgaben, wie er die Romanfassung anzulegen hatte und überwachte und verbesserte ständig den Schreibprozess. Der Großteil der Dialoge aus den zugrundeliegenden Manuskripten wurde dabei fast immer wörtlich übernommen.

Wer die vier im Fahrwasser der TV-Serie erschienenen Romane liest, bemerkt schnell, dass sie alle das Flair der 1970er-Jahre haben. Es gibt Coca-Cola und Popmusik, die Polizeizentrale befindet sich nun in New Scotland Yard und der spektakuläre Eisenbahnraub von 1963 wird erwähnt. Auch die Freizügigkeit der 1970er und die Studentenrevolution schwingen an manchen Stellen mit.

Am auffälligsten sind mit Sicherheit die Veränderungen im gewohnten Temple-Universum, die damit zu tun haben, dass man die Romane an die modernisierte Temple-Welt der TV-Serie anpassen wollte.

Die Temples wohnen nun in einer Wohnung in der Half Moon Street, Paul hat sein großes Arbeitszimmer über der Garage (übrigens ein autobiographisches Detail, auch Durbridge hatte seinen großen Schreibtisch über der Garage seines Hauses aufgestellt) und die wesentlich jüngere Steve ist als Designerin tätig. Im Curzon-Fall erfahren wir außerdem, dass sie aus Yorkshire stammt und nahe Dulworth Bay aufwuchs. In einer Szene verrät sie, dass sie auf Pauls frühere

Liebschaften nicht gut zu sprechen und darauf eifersüchtig ist.

Im Haushalt der Temples fehlt ein wichtiges Faktotum: der allseits beliebte Diener Charlie, der mit seinem »Okay« seinem Dienstgeber regelmäßig zur Weißglut brachte. Charlie war zumindest im Drehbuch zur geplanten TV-Pilotfolge *The Kelby Affair* noch vorgesehen, wurde dann aber auch von Durbridge in der zweiten geplanten Folge *The Harkdale Robbery* durch Kate Balfour ersetzt, die es letztlich auch in die TV-Serie schaffte und ihren ersten Auftritt in Folge 1 der zweiten Staffel, *Right Villain / Das Gangsterspiel* hatte. Sie ist eine konservative, resolute, schlagkräftige und korpulente Haushälterin, die früher Polizeibeamtin war und Temple gelegentlich bei seinen Ermittlungen hilft.

Sir Graham Forbes, der mit dem Paul-Temple-Universum unweigerlich verknüpft ist, wurde von Durbridge in seinen fünf Geschichten, die er für die TV-Serie schrieb (und die mit einer Ausnahme unverfilmt blieben), komplett gestrichen. In der ersten Episode *The Kelby Affair* wurde nur noch erwähnt, dass er in Pension ist. Im Roman *Paul Temple und der Curzon-Fall* kommt er jedoch nochmals vor, allerdings auch als Rentner. Forbes war im ersten Temple-Fall im Jahr 1938 »chief commissioner« und wurde in allen weiteren von Durbridge zum »assistant commissioner« degradiert, was im vorliegenden Roman mit »stellvertretender Polizeichef« übersetzt wurde.

Interessant ist auch die Veränderung, die Inspektor Charlie Vosper durchgemacht hat. Auch er kam in den ursprünglichen Drehbüchern von Durbridge noch vor, wurde jedoch aus der TV-Serie eliminiert. In den Romanen kommt er allerdings vor. Vosper, der ab dem siebten Temple-Hörspiel *Paul Temple and the Gregory Affair* (1946) auftauchte, war bisher stets ein treuer Gefolgsmann von Sir Graham, der Temple bereitwillig Auskunft gab, und ihn um seine Hilfe bat. In den vier Romanen, die parallel zur Serie erschienen, ist er nun ein etwas ruppiger, fast zwei Meter großer Beamter, der nichts von Temples Einmischung hält und auch die gute Beziehung zwischen Sir Graham und Temple eher verabscheut. Sir Graham bzw. Temple und Vosper arbeiten im Curzon-Fall eher gegeneinander. So ist der Inspektor sogar erbost darüber, dass Forbes Temple auf einer Party beiläufig vom Fall Curzon erzählt und Paul – anders als im Hörspiel, wo er von Scotland Yard darum gebeten wird – auf eigene Faust Ermittlungen anstellt. Auch Sir Graham ist auf Vosper nicht allzu gut zu sprechen, in einer Bemerkung zu Temple meint er sogar, Vosper sei schlimmer als seine eigene Frau.

Eine weitere Serienfigur, die es nur in den Romanen gibt, ist Pauls Verleger Scott Reed, der erstmals im Fall Kelby auftaucht (sowie im zugrundeliegenden Drehbuch) und auch in den Folgeromanen eingebaut wurde.

Der Roman *Paul Temple und der Curzon-Fall* hat einige dramaturgische und inhaltliche Änderungen im Vergleich zum Originalhörspiel, dessen Handlung folgengetreu ausführlich im Anhang wiedergegeben wird, um Vergleiche zum Buch ziehen zu können. Diese waren notwendig, um aus einer Geschichte, die ursprünglich Ende der 1940er-Jahre spielte, einen Krimi zu machen, der in das England der frühen Siebziger passte. Dazu gehört auch die Diskussion über ein Buch über Verbrechen, das eine gewisser Dr. Stern verfasste (der im Hörspiel nur einmal in Episode 7 erwähnt wurde) und das als Running Gag immer wieder im Verlauf der Handlung auftaucht, weil Temple eine (vernichtende) Rezension dazu schreiben soll.

Die Änderungen schadeten der Geschichte nicht und so liest sich dieser Krimi äußerst spannend und hat alle Überraschungen und Wendungen parat, für die Francis Durbridge so berühmt ist. Und es wäre keine Paul-Temple-Geschichte, wenn Zutaten wie die Entführung von Steve, ein brennendes Haus, ein geheimnisvoller Gegenstand und ein unbekannter Hintermann samt krimineller Organisation fehlen würden.

Der Roman erschien bereits 1972 unter dem Titel *Keiner kennt Curzon* im Goldmann-Verlag München in einer leicht gekürzten deutschen Übersetzung von Wulf Bergner und trug auf dem Cover ein Zitat des *Daily Telegraph:* »Jeder neue Durbridge ist ein Ereignis«.

Die in diesem Buch abgedruckte erste ungekürzte Übersetzung beruht auf dem 1971 bei Hodder & Stoughton erschie-

12

nen Werk *The Curzon Case*, das in großen weißen Lettern den Übertitel *A Paul Temple thriller* trug. Auch hier kam das Zitat aus dem *Daily Telegraph* zum Einsatz, mit dem Zusatz »Europas bekanntester Krimiautor«.

Direkt im Anschluss an den Roman finden Sie in diesem Buch einen unterhaltsamen Artikel mit dem Titel *Der Superintendent überzeugte ihn*, den Francis Durbridge im Vorfeld der Hörspielserie 1948 für eine Zeitschrift geschrieben hatte.

Mein Artikel *Curzon international* gibt Auskunft über die unterschiedlichen Adaptionen des Hörspiels mit Stab- und Besetzungsangaben sowie Hintergrundinfos und Ausschnitten aus dem Originalmanuskript von Francis Durbridge. Er enthält auch eine Liste mit Details zu allen zweiundzwanzig Paul-Temple-Hörspielen.

Der Aufsatz *Der Paul-Temple-Cocktail – 30 Zutaten für einen Kultkrimi* zählt abschließend alle dreißig Bestandteile auf, die eine typische Geschichte mit dem schreibenden Detektiv ausmachen.

Spannende Unterhaltung bei der Lektüre!

Francis Durbridge
Paul Temple und der Curzon-Fall

Die handelnden Personen

PAUL TEMPLE	Kriminalschriftsteller
STEVE TEMPLE	seine Frau
SIR GRAHAM FORBES	Stellvertretender Polizeichef
CHARLIE VOSPER	Kriminalinspektor bei Scotland Yard
BILL MORGAN	Kriminalbeamter in Dulworth Bay
PHILIP BAXTER	Ehemaliger Börsenmakler
MICHAEL BAXTER	Schüler, 17 Jahre, Philips Sohn
ROGER BAXTER	Schüler, 14 Jahre, Philips Sohn
LORD WESTERBY	Großgrundbesitzer
DIANA MAXWELL	Schülerin, Lord Westerbys Nichte
PETER MALO	Lord Westerbys Sekretär
TOM DOYLE	Fischer
CARL WALTERS	Galerie- und Spielhallenbesitzer
DR. LAWRENCE STUART	Praktischer Arzt
JOHN DRAPER	Schüler in St. Gilbert
IAN ELKINGTON	Lateinlehrer in St. Gilbert
RENÉ DUPREZ	Schmuggler
LOU KENZELL	Taschendieb
ED SULEIMAN	Künstler
SCOTT REED	Paul Temples Verleger
BOBBIE JAMSON	Mitbewohnerin von Diana Maxwell
DR. ALBERT STERN	Autor eines Buchs über Verbrechen

Die Handlung spielt im Jahr 1971
in Dulworth Bay (Yorkshire) und in London.

Prolog

Dulworth Bay war nachts, wenn die Flut kam, ein Ort, an dem es sehr laut war. Das Meer brach wütend gegen das Ufer, zog sich mit einem Schwall von Sand und Kieselsteinen zurück und brach dann wieder an Land. Weiße Schaumkronen fingen das Mondlicht ein, als sie auf den Strand zuritten. Die Dunkelheit war wie eine schalldichte Decke, die von ein paar Sternen und dem fernen Leuchtturm durchbrochen wurde. Das Ruderboot, das sich hundert Meter vom Ufer entfernt befand, war allein und von dem Lärm abgeschirmt.

Ein Mann stützte sich auf die Ruder und blickte blind in den Himmel. Zwischen den Geräuschen des Meeres konnte er das herannahende Dröhnen einer zweimotorigen Hawker Siddeley wahrnehmen. Seine Augen wandten sich zur Küste, als das Flugzeug über ihm vorbeiflog. Der Mann blinkte dreimal mit einer Lampe als Signal.

Das Dröhnen der Motoren wurde wieder lauter, als das Flugzeug zurückkam. Dann sah der Mann das blinkende orangefarbene Tragflächenlicht durch die Wolken ziehen, tief aus dem Himmel fallen und auf die Klippen zusteuern. Er sah das Flugzeug erst, als das Dröhnen der Triebwerke einige Sekunden später in ein elendiges Kreischen überging. Er hörte eine dumpfe Explosion. Gleichzeitig schoss ein weißer Lichtstrahl in den Himmel. Das Feuer breitete sich über die Klippen aus und näherte sich dem Meer.

Der Mann im Boot beobachtete das Geschehen fast eine Minute lang, dann ruderte er ganz langsam auf das Wrack zu.

Kapitel eins

»Auf das Verbrechen«, sagte Scott Reed wohlwollend und hob sein Glas, um auf die offensichtlich gesetzestreue Gesellschaft anzustoßen. »Und möge es lange gedeihen.«

Paul Temple blickte von seinem Verleger zu dem Kreis der Gäste mit den Getränken in der Hand. »Ein bedeutender französischer Kriminologe hat behauptet, dass es keine Verbrechen, sondern nur Verbrecher gibt.«

»Das war Professor Saleilles«, sagte Steve Temple etwas deprimiert. Sie wandte sich an Scott Reed. »Machen Sie sich keine Sorgen, Scott. Der französische Professor war viel weniger wissenschaftlich als Ihr Dr. Stern. Er hat keine Experimente mit Ratten gemacht.«

Der Verleger sah erschrocken aus. »Das freut mich zu hören.« Er warf einen Blick über die Schulter zu dem Mann, dessen Buch über Verbrechen der Grund für die Party war.

»Hat denn Dr. Stern Experimente mit Ratten gemacht?«

»Natürlich«, sagte Steve. »Er beschreibt sie detailliert.« Sie lachte neckisch. »Ich dachte, Sie lesen immer die Bücher, die Sie veröffentlichen?«

Scott Reed seufzte. »Ich verstehe sie nicht immer.«

Dr. Albert Stern sah nicht gerade wie ein großer Literat aus. Er stand in der Ecke des Raumes und beobachtete das Gedränge von Journalisten, Kriminologen und Romanautoren mit der Besorgnis eines Mannes, der sich in liederlicher Gesellschaft befand. Eine Gruppe von Krimiautoren diskutierte über ihre Auslandsverkäufe, zwei Polizisten sahen aus, als würden sie die Getränke bewachen, und ein stellvertretender Chef von Scotland Yard saß auf dem Sofa und las *Die Psychologie des Verbrechens*. Dr. Stern war aufgefordert worden, mit den Buchhändlern zu plaudern, aber diese schienen sich alle zu kennen und zogen es vor, sich untereinander zu unterhalten.

»Beklauen sich Ratten gegenseitig«, fragte Scott Reed nach reiflicher Überlegung, »und ermorden ihre Frauen?«

»Nur wenn sie aus schlechten Elternhäusern kommen«, sagte Steve.

Sie betrachtete sich in dem kunstvoll geschnitzten Spiegel über dem imitierten Adam-Kamin. Sie trug ein zartes, mehr oder weniger fast durchscheinendes Maxikleid, das mit blauen, roten und malvenfarbenen Streifen bedruckt war. Hinreißend, dachte Steve für sich. So viel dezenter als dieses gewöhnliche, modische Mädchen, das Scott Reed als seine Werbebeauftragte beschäftigte.

Steve hörte halb zu, wie jemand argumentierte, dass die Todesstrafe einem Krimi mehr Würze verlieh, während die Gruppe, in der ihr Mann stand, über Verbrechen im Allgemeinen diskutierte. Sie nahm einen trockenen Martini von einem Tablett, das an ihr vorbeigetragen wurde. Als einzige Person im Raum, die das Buch des Doktors gelesen hatte, hegte Steve eine gewisse Abneigung gegen den Klatsch und Tratsch. Sie hatte das Gefühl, dass Paul in dieser Hinsicht begriffsstutzig war.

»Wie kann man ein Buch über die Psychologie des Verbrechens schreiben?«, hatte er auf dem Weg zur Party dreimal gefragt. »Es gibt so viele verschiedene Arten von Verbrechen. Ich meine, man könnte über Kriminalität oder den aggressiven Impuls schreiben …«

»Das tut er«, hatte Steve geduldig gesagt.

»Kriminelle sind keine Persönlichkeitstypen«, hatte Paul dann gesagt. »Sie sind Menschen, die ein Verbrechen begangen haben, das ist alles – durch eine plötzliche Laune oder durch eine Provokation. Und unter Stress. Es sei denn, sie sind Psychopathen.«

»Das hat er geschrieben«, hatte Steve gemurmelt.

»Absurd!«

Eine ältere Romanautorin kam mit geschwungener Stola und dem Glitzern einer Geschichtenerzählerin in den Augen auf Steve zu. Steve drehte sich schnell zu dem Kriminalinspektor um, der neben ihr stand. »Ich wusste nicht, dass Verbrechen so langweilig ist«, sagte sie. »Ich glaube nicht, dass Sie heute Abend viele Verhaftungen vornehmen werden.«

Inspektor Vosper war gekränkt. »Ich bin als Privatmann hier«, protestierte er. »Mr. Temple sagte, ich solle mich einen Abend lang als Mensch geben.«

»Was passiert, wenn die Uhr Mitternacht schlägt?«, fragte Steve ihn.

Charlie Vosper sah mit seinem blauen Hemd und der schwarzen Krawatte, der schlichten Kleidung und dem kurzgeschorenen grauen Haar durch und durch wie ein Polizist aus. »Ich verwandle mich wieder in einen Kürbis.« Er stupste mit einem Finger vertraulich in Steves linken Arm. »Was halten Sie von diesem Psychologie-Unsinn, hm? Was glauben Sie, wie viele Einbrecher Dr. Stein schon auf frischer Tat ertappt hat?«

»Dr. Stern«, korrigierte sie ihn. »Ich nehme nicht an, dass er …«

»Richtig! Würde er jemanden, der Geld veruntreut hat, erkennen, wenn er neben ihm in einer Bank stünde? Es sei denn, er trüge eine Maske!«

»Er erklärt in seinem Buch …«

»Bücher sind schön und gut, Mrs. Temple«, sagte der Inspektor streng. »Aber die Arbeit eines Polizisten besteht zu neunzig Prozent aus harter Routinearbeit und zu zehn Prozent daraus, den Verbrecher zu kennen und ihm die Sache nachzuweisen. Dr. Stein kann mich nicht lehren, wie man einen Mörder dingfest macht.«

»Genau das schreibt er«, murmelte Steve. »Dr. Stern.«

»Lächerlich!«

Steve setzte sich müde auf das Sofa neben dem stellvertretenden Polizeichef. »Was halten Sie davon, Sir Graham?«, fragte sie. »Wünschen Sie sich, Paul hätte Sie nicht zu dieser Party mitgeschleppt?«

»Nicht wirklich, obwohl es hier an hübschen Mädchen mangelt. Nur eine einzige attraktive Frau in Sicht.« Sir Graham Forbes schlug das Buch zu und sah sich im Raum um. Er war ein adretter Mann mit einem schwungvollen, militärischen Auftreten, einem militärischen Schnurrbart und den stahlblauen Augen eines Soldaten. »Das Problem mit dem Verbrechen ist, dass es Frauen keine Chance gibt. Sehen Sie sich Paul da drüben an, wie er mit all diesen langweiligen Männern über eine Strafrechtsreform diskutiert. Er vernachlässigt seine Frau.«

»Danke dafür«, sagte Steve und gab ihm einen Kuss auf die stupfende Wange.

Die Kritik war nicht ganz unberechtigt. Paul stand am Getränketisch und drängelte sich zwischen den Journalisten durch, um sein Glas nachfüllen zu lassen. Schließlich löste er sich aus dem Gedränge und kam zum Sofa herüber.

»Hallo«, sagte Paul. »Ihr seht wie eine Oase der Vernunft in dieser verrückten Verlagswelt aus. Darf ich mich zu euch setzen?« Er setzte sich auf den Boden neben dem Sofa. »Oje. Verbrechen ist eine zu ernste Angelegenheit, um sie Experten zu überlassen. Haben Sie schon einmal so viel Unsinn reden hören?«

»Sir Graham«, erklärte Steve, »hat gerade eben bedauert, dass es kaum Verbrecherinnen gibt. Nieder mit der männlichen Vorherrschaft – das sagen wir!«

Paul lachte. »Darauf trinke ich. Dr. Stern hat vergessen, die geschlechtlichen Unterschiede zu erwähnen, nicht wahr?« Er sah Steve triumphierend an. »Ich wusste doch, dass das Buch nicht ausführlich genug war! Und der arme alte Scott fängt an, sich zu wünschen, er hätte es nie veröffentlicht. Er droht damit, seinen Sachbuchredakteur zu entlassen, weil er dem Verlag ein Buch über Ratten aufgehalst hat.«

»Ratten?«, wiederholte Inspektor Vosper nervös.

»Ja, Scott verliert langsam den Bezug zur Realität. Er nahm an, dass es sich um ein wissenschaftliches Werk handelt, nur weil es Schaubilder und Fußnoten enthält.«

»Paul«, sagte seine Frau illoyal zu den anderen, »gehört auch zu den Leuten, die glauben, dass Psychologie Quatsch ist.«

»Das ist nicht wahr! Aber ich bin ein Mann der Künste,

und ich denke, dass Detektion etwas mit Logik und Menschenkenntnis zu tun hat, dass man Intuition braucht und individuelles Verhalten vorhersagen können muss.«

»Harte Arbeit und Liebe zum Detail«, murmelte Inspektor Vosper hörbar.

»Detektion?«, sagte Sir Graham. »Aber in dem Buch geht es doch nicht um Detektion, oder?«

»Natürlich nicht«, sagte Steve.

»Was zum Teufel machen wir dann hier?«, fragte Paul entrüstet. »Warum hat Scott mich gebeten, die Elite der britischen Polizei mitzubringen? Ich dachte, es sei ein praktisches Handbuch, mit dem man Gauner an den Beulen auf ihren Köpfen erkennen kann. Hätte ich das gewusst, hätte ich nicht zugestimmt, es zu rezensieren.«

»Ich nehme an«, sagte der stellvertretende Polizeichef nachdenklich, »dass wir Kriminalisten das Verbrechen verstehen, dass wir die Psychologie des Verbrechens verstehen, wenn Sie so wollen … Aber wir gelangen zu diesem Verständnis nicht durch Experimente an Ratten oder durch Statistiken. Charlie versteht etwas davon, aber es ist nicht die Art von Dingen, über die man in einem Buch schreiben kann. Charlie hat mir zum Beispiel heute Abend von einem Fall erzählt, den er …«

Inspektor Vosper hustete und straffte die Schultern.

»Was ist denn los?«, fragte Sir Graham. »Ich wollte Temple von den beiden Jungen erzählen …«

»Ja, Sir, das habe ich angenommen. Ich habe mich nur gefragt, ob das diskret wäre.«

»Diskret?« Die Militärstimme bellte verärgert. »Diskretion ist etwas für Inspektoren, Mann! Ein stellvertretender Polizeichef kann so indiskret sein, wie er will!«

»Jawohl, Sir.«

»Wenn wir diskret wären, würden wir akzeptieren, dass überhaupt keine Straftat begangen wurde, und mit unserer sonstigen Arbeit weitermachen.«

»Jawohl, Sir.«

»Und sagen Sie nicht ständig »Jawohl, Sir«. Das hier ist

ein informeller Anlass. Entspannen Sie sich und tun Sie so, als ob Sie die Kunst der Konversation genießen würden. Setzen Sie sich, Mann.«

»Jawohl, Sir.« Vosper setzte sich auf einen Stuhl mit steifer Rückenlehne und versuchte, seine strengen Gesichtszüge zu entspannen. Es gelang ihm ganz gut, bis Steve sich vor Lachen zu verschlucken begann.

»Der Punkt ist, dass kein Verbrechen begangen worden ist«, fuhr Sir Graham fort. »Zumindest nicht eines, von dem wir wüssten. Wir haben lediglich eine Vermisstenmeldung vorliegen, und das würde keine umfassende Untersuchung rechtfertigen. Aber Vosper ist der Meinung, dass man der Sache nachgehen sollte, und normalerweise hat er in diesen Dingen recht. Ein erstklassiger Kriminalist hat ein Gespür dafür, wenn etwas nicht stimmt.«

»Wirklich?«, sagte Paul mit gespielter Unschuld. »Intuition, was?«

»Ich nenne das Naseologie«, sagte Sir Graham. »Aber ich habe im Begriffsverzeichnis von Dr. Sterns Buch nachgeschlagen und er erwähnt es nicht.«

»Erzählen Sie mir mehr von diesen beiden vermissten Jungen«, sagte Paul.

Vosper warf dem stellvertretenden Polizeichef einen Blick zu und räusperte sich dann. »Kennen Sie Dulworth Bay?«, fragte er im Plauderton.

»Das ist ein Fischerdorf in Yorkshire«, sagte Paul. »Ein schöner Ort, wir kennen ihn gut.«

»Ah, Sie kennen wahrscheinlich St. Gilbert. Das ist eine kleine Privatschule. Eine ziemlich gute, wie ich hörte. Sie hat hundert Internatsschüler und fünfzig Tagesschüler. Der Schulleiter ist Reverend Dudley Clarke.«

Steve stellte fest, dass ihre Aufmerksamkeit abnahm. Charlie Vosper fehlte der Blick für Details, der einen guten Geschichtenerzähler ausmacht. »Ich nehme an«, sagte sie schnippisch, »dass der junge Woodley mit der Frau des Internatsleiters durchgebrannt ist?«

»Das glaube ich nicht«, sagte Vosper. »Wer ist Woodley?«

»Die vermissten Jungen heißen Baxter«, sagte der stellvertretende Polizeichef. »Sie leben mit ihrem Vater in einem Cottage auf dem Landgut Westerby. Ihre Mutter starb vor etwa zwei Jahren.«

»Erzählen Sie weiter, Charlie, erzählen Sie ihnen, was passiert ist.«

Vosper gab der Frau von der Werbeabteilung ein Zeichen, dass er noch einen Drink wollte, bevor er fortfuhr. Er trank sonst Bier, aber er hatte sich offenbar damit abgefunden, dass die Regeln für diesen Abend anders waren.

»Vor drei Wochen, am Dienstag letzter Woche«, sagte Vosper, verließen Michael und Roger Baxter und ein anderer Junge St. Gilbert nach der Schule und gingen gemeinsam den etwa eine Meile langen Weg zum Cottage zurück. Als sie das Häuschen erreichten, fiel Michael Baxter ein, dass er ein Buch in der Schule vergessen hatte. Es war ein Buch, das er für die Hausaufgaben an diesem Abend benötigte, also ging er zurück, um es zu holen. Er ließ seinen Bruder und den anderen Jungen, die beide auf einem Zaun saßen, vor dem Cottage zurück.«

Er nahm noch einen Schluck von seinem Whisky. »Nun, um es kurz zu machen, die beiden Jungen warteten fast eine Stunde. Dann beschloss Roger Baxter, zurück zur Schule zu gehen und nach seinem Bruder zu suchen. Der andere Junge ging nach Hause. Um sieben Uhr an diesem Abend fing Mr. Baxter – der Vater – an, sich Sorgen um die Jungen zu machen und ging zur Schule. Sie können sich die Geschichte denken. Der Direktor hatte die Baxter-Jungs nie gesehen. Sie waren nicht in die Schule zurückgekehrt. Seitdem sind sie verschwunden.«

»Das konnte ich mir schon denken«, sagte Paul. »Wie verstanden sie sich denn mit ihrem Vater?«

»Sehr gut.« Vosper nickte nachdrücklich. »Daran gibt es nichts zur rütteln, Temple. Das war das erste, wofür ich mich interessierte. Sie waren ganz normale Teenager, hatten viele Freunde im Dorf, waren gut im Sport und interessierten sich für Mädchen. Michael ist siebzehn und er ist besonders mit einer Miss Maxwell befreundet. Sie ist eine Nichte von Lord Westerby und wohnt mit ihm im Herrenhaus.«

»Diana Maxwell?«, fragte Paul.

»Ja. Ich dachte mir schon, dass Sie vielleicht von ihr gehört haben. Sie schreibt Gedichte, obwohl man das nicht denken würde, wenn man ihr begegnet. Sie sieht ganz normal aus.«

»Charlie ist nach Dulworth Bay gefahren«, erklärte der stellvertretende Polizeichef. »Halboffiziell. Der Inspektor vor Ort lud ihn für ein paar Tage ein. Die Naseologie kam ins Spiel – und Charlie stellte fest, dass seine Nasenlöcher zu zucken begannen!«

»Das muss nichts heißen«, sagte Vosper bescheiden. »Es gab nur ein merkwürdiges Detail, das mir aufgefallen ist, aber das muss nichts bedeuten. Die Baxter-Jungs teilen sich ein Zimmer. Es ist ein großer, freundlicher Raum, der in mancher Hinsicht eher einem Spielzimmer gleicht und auf die Straße hinausgeht. Ich durchsuchte es natürlich, las die Schulhefte durch und sah mir das übliche Zeug an, das Jugendliche so besitzen. Das Interessanteste war jedoch ein Cricketschläger.«

»Der stolzeste Besitz eines Jungen«, sagte Paul Temple. »Ich weiß noch, wie ich meinen geölt und geschmeidig gehalten habe …«

»So ist es«, sagte Charlie Vosper. »Der junge Roger Baxter ist vierzehn und er hat die Autogramme der ersten Elf von St. Gilbert auf dem Schlägerblatt gesammelt. Das kam mir komisch vor, denn zu meiner Schulzeit haben wir uns höchstens gegenseitig mit den Cricketschlägern geschlagen, wenn wir sie überhaupt benutzt haben. Also habe ich die Namen überprüft, und es gab einen, den ich nicht zuordnen konnte.«

Er lächelte, zufrieden mit sich selbst. »Es war nicht einmal eine echte Unterschrift. Roger Baxter hatte den Namen selbst geschrieben.«

»Wie lautet er?«, fragte Paul.

»Der Name«, erklärte Inspektor Vosper, »lautet Curzon.«

»Nur Curzon? Kein Vorname, keine Initiale?«

»Nur Curzon!« Vosper stellte sein leeres Glas auf einen

Tisch in der Nähe und beobachtete es in der Hoffnung, dass es auf wundersame Weise wieder aufgefüllt werden würde. Aber jetzt war jeder auf sich allein gestellt, und die Journalisten umkämpften am anderen Ende des Raumes die Getränke. »Ich würde nicht behaupten, dass der Name eine besondere Bedeutung hat«, sagte er. »Nur, dass es merkwürdig ist. Ich suchte nach solchen Merkwürdigkeiten.«

»Sehen Sie, Temple«, unterbrach der stellvertretende Polizeichef, »das ist Naseologie. Niemand in der Schule hat je von einem Curzon gehört. Charlie fragte den Vater der Jungen und der Name war ihm völlig unbekannt. Und allen anderen in Dulworth Bay auch. Was also hat Roger Baxter dazu gebracht, ihn auf seinen wertvollen Cricketschläger zu schreiben?«

»Charlie hat eine Nase für Details«, murmelte Paul. »Ich frage mich, was Dr. Stern von der Geschichte halten würde?«

Steve seufzte und richtete sich auf. »Ich weiß, du brauchst nichts zu sagen: Sein Buch ist lächerlich.«

»Es ist Blödsinn«, stimmte Sir Graham zu.

»Paul, gehen wir nach Hause? Ich bin müde und von dem Lärm hier bekomme ich Kopfschmerzen. Ich kann vor lauter Zigarettenrauch kaum sehen, wer da so laut spricht. Ich brauche etwas frische Luft.«

Es war Viertel vor zehn. Paul nahm ihren Arm und machte sich auf die Suche nach Scott Reed.

»Ich habe die Nase voll von Cocktailpartys«, sagte Scott und starrte auf ein Brandloch und drei Whiskyflecken auf dem Teppich, »ich hoffe, es war nicht zu langweilig, Temple. Auf Wiedersehen, Steve, schön, dass Sie diese Kriminalbeamten bei Laune gehalten haben.«

Kate Balfour war längst nach Hause gegangen und so tingelte Paul in der Küche herum und kochte den Kakao. Er war stolz auf seine männliche Unabhängigkeit. Er konnte Kakao zubereiten, ohne die Milch anbrennen zu lassen, und ein Ei kochen, ohne dass das Eigelb hart wurde. Mit dem Gefühl eines Erfolgserlebnisses brachte er die Getränke nach oben ins

Wohnzimmer.

»Ich hoffe, wir sind nicht zu plötzlich gegangen«, sagte er, als er das Tablett auf den Tisch stellte. »Du hast Dr. Stern nicht einmal gesagt, wie sehr du sein Buch bewunderst.«

»Ich bewundere es nicht«, gestand Steve. »Aber ich habe das elende Ding gelesen und deshalb habe ich mich über euch so geärgert.« Sie ging zum Anrufbeantworter hinüber, der auf dem Regal neben Pauls Schreibtisch stand. Das große Zimmer war in zwei Hälften aufgeteilt, die durch eine Stufe getrennt waren. Pauls Arbeitszimmer war in jener Hälfte, die über der Garage lag. »Wir sind plötzlich aufgebrochen, weil ich nicht wollte, dass du anfängst, Polizisten Ratschläge zu geben, wie sie ihre Arbeit machen sollen. Ich weiß doch, wie sehr sie das verabscheuen.«

»Ich dachte, Sir Graham wollte meine Meinung dazu hören.«

»Vielleicht wollte er das auch, aber er ist nur der stellvertretende Polizeichef. Charlie Vosper ist der Mann, der die Arbeit macht – und er wollte deinen Rat nicht. Er wird Sir Graham für die kleine Indiskretion von heute Abend büßen lassen, das konnte ich in seinen Augen sehen.«

Steve lächelte bei dem Gedanken und drückte abwesend auf den Knopf des automatischen Anrufbeantworters. Es surrte leise, als das Band zum Anfang zurückspulte. »Hier bei Paul Temple«, sagte die aufgezeichnete Stimme. »Mr. und Mrs. Temple sind nicht erreichbar, aber wenn Sie eine Nachricht hinterlassen wollen …«

Paul ließ sich in den Sessel zurücksinken und trank seinen Kakao. Er begann, den anonymen Sprecher zu hassen, dessen Stimme die Nachrichten voneinander trennte. Er vermied es immer, den Anrufbeantworter einzuschalten, bevor er sich nicht mit drei Tassen Kaffee für den Tag gestärkt hatte.

Das Telefon klingelte dreimal und der Schauspieler wiederholte sein Stück. »Schade!«, sagte ein Mann angewidert, »dann werde ich Ihnen eben einen Brief schreiben!« Das Telefon klickte, es klingelte dreimal und die Stimme sprach wieder. Es war nervenaufreibend.

»Verdammt«, sagte eine Mädchenstimme. »Ach, hier ist Diana Maxwell. Ich muss dringend mit Mr. Temple sprechen. Sagen Sie ihm, dass ich wieder anrufe, ja? Ich hasse diese ganzen technischen Geräte!«

Paul erhob sich erstaunt. »Wie hat sie gesagt, dass ihr Name lautet?«

»Genau so!«, sagte Steve. »Das ist doch kein Zufall!« Sie spulte das Band zurück, um die Nachricht erneut abzuspielen. »Sie ist die Dichterin, die Charlie Vosper ganz normal erschien.«

»Es ist kein Zufall«, erklärte Diana Maxwell, als sie am nächsten Tag anrief. »Inspektor Vosper besuchte mich am Freitag und erwähnte dabei Ihre Cocktailparty für Literaten. Ich glaube, Westerby Hall hat den Demokraten in ihm zum Vorschein gebracht, aber sein ganzer Groll hat sich auf Sie gerichtet. Er sagte, Sie würden ihn wie einen Pinguin aussehen lassen.«

»Charlie Vosper war schon immer so«, sagte Paul. »Warum wollten Sie mit mir sprechen?«

»Ich brauche Ihre Hilfe, Mr. Temple. Jetzt, wo die Polizei nach den Baxter-Brüdern sucht, glaube ich, dass ich in Gefahr bin.«

»Ich bin ein vielbeschäftigter Mann, Miss Maxwell«, sagte er höflich, »und ich mische mich nie in die Arbeit der Polizei ein. Inspektor Vosper ist speziell dafür ausgebildet, Menschen in Gefahr zu schützen.« Und die Gefahr, überlegte Paul, konnte nicht unmittelbar bestehen. Sie hatte drei Tage gewartet, um ihn nach dem Besuch des Inspektors anzurufen, und weitere vierundzwanzig Stunden waren vergangen, bevor sie wieder anrief. »In Gefahr vor wem?«, fragte Paul.

»Vor jemandem mit dem Namen Curzon.«

Paul ging um den Schreibtisch herum und setzte sich in seinen Drehstuhl. »Fahren Sie fort, Miss Maxwell.« Volle Punktzahl, dachte er, die Nase des Inspektors hatte ihn nicht getäuscht. »Erzählen Sie mir von Curzon.«

»Nicht am Telefon. Kennen Sie das *Three Boars* in der

Greek Street? Ich warte dort um acht Uhr auf Sie.« Sie rechnete offensichtlich nicht mit einem Widerspruch. »Ich werde Sie erkennen, aber nur damit Sie es wissen, ich trage ein blaues Kostüm, keinen Hut und eine blaue Handtasche. Ich bin blond, dreiundzwanzig und einigermaßen hübsch.«

Paul lächelte in sich hinein. »Diesen Eindruck habe ich auch von Ihnen bekommen, Miss Maxwell. Sie wissen doch, was Robert Browning sagte: »Der Teufel hat in der Wahl seines ganzen Köchers« ...«

»»... keinen Pfeil für das Herz wie eine süße Stimme«««, ergänzte sie. »Aber zu Ihrer Information, Mr. Temple, das war Lord Byron.«

Sie mussten fast zweihundert Meter vom *Three Boars* entfernt parken. Paul nahm den Arm seiner Frau und ging durch das neonbeleuchtete, glitzernde Künstlerviertel. Es fehlte die Lebendigkeit und der Charme jener Tage, an denen er dieses London kennengelernt hatte, dachte er traurig. An die Stelle der Farben war der Kommerz getreten, und Verbrechen und Laster gab es nicht mehr um der Freude willen. Vielleicht spielte die Erinnerung seinem Gedächtnis aber auch nur einen Streich.

»Es dürfte nicht lange dauern«, sagte Paul. »Wo möchtest du danach essen?«

»Bei Wheelers?«, schlug Steve vor.

»Gut geplant«, murmelte Paul. »Ich habe einen Tisch für neun Uhr reserviert.«

»Sehr schlau.«

Das *Three Boars* war nur ein gewöhnlicher Pub in Soho. Der Raum im Obergeschoss wurde für Dichterlesungen genutzt, so dass sich die Vertreter der neueren Literatur auf die Bars im Erdgeschoss beschränkten. Die Kellnerin mit dem flachsblonden Haar und dem großen Busen hatte bereits die Inspiration zu zwei Sonetten, einer Ode an die Freude und ein etwas gefühlskaltes Gedicht über Sex gegeben. Die Kundschaft, so stellte Paul fest, als sie in die Bar gingen, sah recht konventionell aus, abgesehen davon, dass die zurückhaltenden jungen Männer in grauen Anzügen wahrscheinlich polizeibekannt waren, und es sich bei den vier schmuddeligen Gestalten, die sich in der Ecke gegenseitig anschrien, um Dichter handelte.

»Blaues Kostüm, dreiundzwanzig«, sagte Paul zu sich selbst. Das Mädchen an der Tür war hübsch, aber sie sah nicht wie eine Dichterin aus. Sie sah ganz anders aus. Sie winkte.

»Ich bin Diana Maxwell«, japste sie. »Es ist sehr nett von Ihnen, dass Sie gekommen sind. Ich weiß es zu schätzen, dass …«

Paul bestellte die Getränke, während Steve sich um den Smalltalk kümmerte. Er betrachtete das Mädchen im Spiegel hinter der Bar. Eine auffallende Erscheinung, elegant gekleidet, aber für eine Nichte von Lord Westerby erstaunlich unbeholfen. Während sie sprach, fummelte sie an ihrem langen blonden Haar herum und ließ ihren Blick immer wieder durch den Raum schweifen.

»Ist Ihnen jemand hierher gefolgt?«, fragte sie, als Paul mit den Getränken kam. »Ist Ihnen eine große rote Limousine aufgefallen?«

»Seien Sie unbesorgt«, sagte Paul. »Die Parksituation in London ist heutzutage so schlecht, dass die Gangster mit dem Taxi kommen.«

Das Mädchen versuchte zu lächeln. »Es tut mir leid, Mr. Temple. Ich bin nicht daran gewöhnt, in Lebensgefahr zu sein. Vor sechs Wochen führte ich noch ein ganz normales Leben. Deshalb habe ich auch Angst. Sie haben bereits zweimal versucht, mich zu töten, und früher oder später werden sie es schaffen.«

»Jetzt hören Sie mal«, sagte Paul lachend, »ich weiß, dass sich zwei Jungs in Luft aufgelöst haben, aber …«

»… Sie wissen nicht viel über Curzon, stimmt's?«

»Das ist wahr«, stimmte Paul zu. »Deshalb bin ich auch hier, wissen Sie das noch? Sie riefen mich an und sagten, Sie hätten mit Charlie Vosper gesprochen. Wir haben gegenseitig Byron zitiert.« Er brach ab. Zwei Männer waren in die Bar gekommen, mit dem zielstrebigen Blick von Schuldeneintreibern auf der Suche nach einem säumigen Zahler. »Erzählen Sie mir von Curzon, Miss Maxwell.«

»Natürlich«, sagte sie schnell. »Es ist gut, dass Sie gekommen sind.« Die beiden Männer gingen gleichzeitig in die Mitte des Raumes. »Vor fünf Wochen, als ich in Westerby Hall war, begegnete ich …« Der größere der beiden Männer zog eine Pistole aus der Tasche seines Regenmantels und feuerte sie aus nächster Nähe ab. Das Mädchen starrte erschrocken vor sich hin, bevor sie sich von ihrem Stuhl nach hinten drehte. Plötzlich klaffte in ihrem Nacken ein Loch, das sich mit Blut füllte.

»Runter, Steve, um Himmels willen!«, brüllte Paul.

Die beiden Männer rannten davon, bevor die Panik ausbrach. Sie waren schon weg, als Paul Temple die Straße erreichte. Er erhaschte einen Blick auf eine rote Limousine, die davonfuhr. Die Leute in der Bar schrien, mehrere Männer stürzten auf die Straße, und als Paul zurückkehrte, fand er eine Menschenmenge vor, die auf das Mädchen starrte.

Steve kniete neben dem Kopf des Mädchens und tupfte erfolglos mit einem Taschentuch auf die Wunde. Sie sah zu Paul auf. »Diana Maxwell ist tot«, murmelte sie.

Paul hob ein zerbrochenes Sherryglas vom Teppich auf. Eine Blutlache war darauf gesickert. »Wenn diese arme Frau tot ist«, sagte er fassungslos, »dann hat jemand einen großen Fehler gemacht. Sie ist nämlich nicht Diana Maxwell.«

Kapitel zwei

Dulworth Bay war seit angelsächsischer Zeit ein Fischerdorf. Der örtlichen Legende nach war es damals ein beliebter Aufenthaltsort für plündernde Dänen. Die alteingesessenen Familien waren immer noch überwiegend blondhaarig. Die moderne Entwicklung Großbritanniens hatte kaum Auswirkungen auf ihre Kultur, Sitten und Gebräuche. Das Dorf war gewagt um die Bucht herum gebaut, mit baufälligen Häusern, die auf den Klippen thronten, und steilen, gewundenen Straßen, die zum Strand hinunterführten.

Ein paar Künstler waren in das Dorf gezogen und einige Leute aus Leeds und Middlesbrough hatten Wochenendhäuser gekauft. Beide gehörten jedoch nicht dazu. In Dulworth Bay blieb man drei Generationen lang ein Fremder. Urlauber wurden ermutigt, weiterzuziehen, bis sie Scarborough zwanzig Meilen weiter südlich erreichten. Im Westen, ein paar hundert Meter landeinwärts, erstreckte sich das Whitby-Moor ins Nichts.

Es war ein abgelegener Ort, aber die Polizei war dort trotzdem gut informiert. Ein kurzer Telefonanruf von Inspektor Vosper bei seinem Kollegen im Norden des Landes sorgte dafür, dass Paul Temples Besuch in Yorkshire zum Scheitern verurteilt war.

»Aber dieser Besuch hat nichts mit Ihren Baxter-Brüdern zu tun«, hatte Steve unschuldig protestiert. »Das ist ein reiner Nostalgieurlaub. Ich kenne Whitby seit vielen Jahren.«

»Ich will nicht«, hatte der Inspektor hartnäckig eingeworfen, »dass Sie in diese Sache hineingezogen werden.«

Paul Temple war leicht verärgert. »Wenn ein Mädchen mich um Hilfe bittet und dann neben mir ermordet wird, Charlie, denke ich, dass ich automatisch hineingezogen werde. Ob es Ihnen und mir gefällt oder nicht. Ich habe versprochen, Miss Maxwell zu helfen, weil sie Angst hatte …«

»Miss Maxwell lebt. Ihr geht es gut und sie weilt in Yorkshire!«, sagte Vosper. Als sie außer Hörweite waren, rief er Inspektor Morgan an. Die Erwähnung des stellvertretenden Polizeichefs Forbes hatte den Ausschlag gegeben: Man sollte Paul Temple und seine Frau freundlich aber zurückhaltend behandeln.

Sie wohnten im Hotel *Victoria* in Whitby, als Geste der Diplomatie. Paul dachte, dass es auf diese Weise nicht gleich so aussehen würde, als würden sie das Rätsel von Dulworth Bay untersuchen. Trotzdem stattete ihnen Inspektor Morgan gleich am ersten Morgen nach ihrer Ankunft einen Höflichkeitsbesuch ab. »Nur um zu sehen, ob ich Ihnen helfen kann«, sagte er diplomatisch. »Mrs. Temple findet sich vielleicht nach all den Jahren im Süden nicht mehr so gut zurecht …« Inspektor Morgan war in Whitby stationiert, was seiner Meinung nach für sie alle sehr günstig war. »Wo wollten Sie denn hin?«

Steve erwähnte St. Gilbert. »Ich denke allerdings, dass ich es finde, ohne Sie bemühen zu müssen, Inspektor.«

»St. Gilbert?«, wiederholte er unerforschlich. »Sie wollen mir doch wohl nicht erzählen, dass Mrs. Temple ihre alte Schule besuchen will?« Er schien Paul zuzuzwinkern. » St. Gilbert ist nämlich eine Jungenschule.« Er starrte süffisant auf Steves schlanke Figur.

»Einer der Lehrer ist ein alter Freund meines Onkels«, erklärte sie. »Ich habe ihn nicht mehr gesehen, seit ich vierzehn war. Damals war er der Lateinlehrer, was wahrscheinlich der Grund ist, warum ich *amo, amas, amat* immer noch etwas romantisch finde. Ich habe ihn für heute Abend zum Essen eingeladen.«

»Klingt nett«, sagte der Inspektor. »Haben Sie noch weitere Ausflüge in die Vergangenheit geplant?«

»Westerby Hall?«, schlug Paul vor.

»Westerby Hall«, wiederholte der Inspektor mit tadellos guten Manieren. »Ah ja, dort wohnt Lord Westerby.«

»Genau.«

»Ich weiß nicht«, sagte er listig, »ob Miss Maxwell im Moment bei ihm ist.«

»Das macht nichts«, sagte Paul. »Wenn sie nicht da ist, dann haben wir immerhin einen schönen Spaziergang gemacht und wir haben nichts vertan. Es gibt doch nichts Schöneres als die Moore von Yorkshire ...«

»Ich habe ein Gerücht gehört, dass Miss Maxwell tot ist.«

»Das ist falsch, Inspektor Morgan, und das wissen Sie genau.«

Paul Temple hatte versucht, Miss Maxwell in London ausfindig zu machen, aber es war ihm nicht gelungen. Die Wohnung, die sie mit einem Mädchen namens Bobbie Jameson teilte, war leer, als er vorbeikam. Miss Jameson war tot und Miss Maxwell nach Yorkshire abgereist. Paul hatte ein Stück Plexiglas zum Dietrich umfunktioniert und war so in die Wohnung geraten. Fast eine halbe Stunde lang hatte er dort nach etwas gesucht, das Rückschlüsse darauf bot, in welche Sache die beiden Mädchen verwickelt waren. Er hatte jedoch nichts gefunden.

Es war offensichtlich, dass Diana Maxwell die Wohnung nur als Stadtwohnung genutzt hatte, wenn sie in London war. Es gab nur wenige Besitztümer oder Papiere, die ihr gehörten, denn die meisten Fotos waren von Bobbie Jameson. Sie war das Mädchen aus dem Pub gewesen.

Der Selbsterhaltungstrieb, der Diana Maxwell veranlasst hatte, eine Ersatzfrau zu schicken, hatte sie auch direkt zurück nach Yorkshire geführt, als es zu dem Mord kam. Aber dreihundert Meilen, dachte Paul säuerlich, waren nicht sehr weit, wenn jemand entschlossen war, jemanden zu töten.

Trotz seiner Prahlerei gegenüber Inspektor Morgan fuhr Paul mit dem Auto nach Westerby Hall. Er sah keinen Grund, es mit gesunden Aktivitäten zu übertreiben. Die Landschaft von Yorkshire war spektakulär, aber man konnte sie besser hinter dem Steuer eines Autos genießen. Zu Fuß konnte sie einen Mann bis zur Erschöpfung und bis zum Wahnsinn treiben. Westerby Hall lag eine Meile landeinwärts von Dulworth Bay entfernt und schmiegte sich so ins Tal, als ob es sich verstecken wollte.

»Lass uns zu Fuß zum Haus hochgehen, Darling«, schlug Steve als Kompromiss hinsichtlich der körperlichen Fitness vor, »wir können uns diese unglaublichen schmiedeeisernen Tore ansehen. Ich glaube, sie sind von Tijou.«

Sie parkten vor den monumentalen Toren. Steve betrachtete sie verzückt, sprach über Tijous Werk in Hampton Court und spekulierte darüber, wie sehr es wahrscheinlich war, dass der Meister tatsächlich so weit in den Norden gereist war.

Entlang der hohen braunen Steinmauer des Anwesens floss ein Bach. Pauls Augen folgten dem glitzernden Wasserstreifen, der ins Tal floss. Er hörte ein Geräusch, das an wütende Wespen erinnerte und bemerkte in der Ferne einen kleinen grünen Sportwagen, der viel zu schnell den Hügel vom Moor hinunterfuhr. Seine Räder hoben sichtbar von der Straße ab, als er über eine gesicherte Brücke fuhr. Das Motorengeräusch wurde zu einem Dröhnen.

»Eine Frau am Steuer«, sagte Paul.

Steve hatte festgestellt, dass es sich bei den Toren um hervorragende Imitationen handelte. Widerwillig wandte sie sich ab, um den Sportwagen zu beobachten. »Sieht aus wie eine Frau nach deinem Geschmack«, sagte Steve ironisch. »Glaubst du, dass jemand hinter ihr her ist?«

»Das würde mich überhaupt nicht überraschen«, sagte Paul lachend.

Sie näherte sich ihnen auf der schmalen Fahrbahn mit mindestens siebzig Meilen pro Stunde. Das blonde Haar eines Mädchens wehte aus dem Wagen. Paul erinnerte dies an eine Werbung für Motoröl. Der aggressive Klang des Motors schien für einen Moment auszusetzen. Dann stieg er um eine Oktave an, als das Mädchen den Gang wechselte.

»Sie versucht anzuhalten«, murmelte Paul.

»Warum bremst sie dann nicht?«, schlug Steve vor.

Das Auto geriet plötzlich ins Schleudern, schlitterte auf den Grünstreifen und raste, ohne die Geschwindigkeit zu verringern, direkt auf Paul und Steve zu. Es war fast völlig außer Kontrolle, doch irgendwie gelang es dem Mädchen am Steuer,

36

ihnen auszuweichen und gegen das schmiedeeiserne Tor zu knallen. Das Auto kam einige Meter weiter auf dem Gelände zum Stehen, wobei sich ein Gewirr aus Metallteilen um die Motorhaube wickelte.

»Verdammt!«, sagte die Blondine. Sie sprang wie durch ein Wunder aus dem Wrack und winkte Paul zu. »Tut mir leid, wenn ich Sie erschreckt habe«, rief sie. »Die verdammten Bremsen haben versagt.« Ihr Kopf verschwand nahe den Vorderrädern, während sie versuchte, den mechanischen Fehler zu finden.

»Diese schönen Tore«, sagte Steve leise. »Sieh dir den Schaden an! Sie ist absichtlich darauf zugefahren, um der Mauer auszuweichen.«

»Und um uns nicht zu überfahren«, sagte Paul und schlenderte zum Auto hinüber. »Ich bin ziemlich froh, dass sie nicht viel von Kunst versteht. Er starrte auf die lindgrüne Hose des Mädchens hinunter.«

Sie schlängelte sich unter den Rädern hervor, während er sie beobachtete.

»Das ist es«, sagte sie gereizt, »die Spurstangen sind entzweigebrochen.«

Paul deutete traurig auf die verbeulte Motorhaube. »Ich fürchte, da gibt es noch ein paar Kleinigkeiten, Miss Maxwell. Sie brauchen einen neuen Motor und das Fahrgestell sieht auch nicht gerade gesund aus.« Er warf einen Blick unter die Räder, um die defekten Bremsen zu sehen. »Gefährliche Sache«, murmelte er.

»Ich werde meinen Onkel bitten, den Chauffeur herzuschicken. Er kann ihn wenigstens abschleppen lassen.« Sie stand auf und drehte sich um, um Paul mit ihrer ganzen Aufmerksamkeit zu betrachten. Ein beeindruckendes Mädchen mit blassblauen Augen, viel souveräner und selbstsicherer als das Mädchen im Café. »Woher kennen Sie meinen Namen?«, fragte sie.

»Wir haben miteinander telefoniert«, sagte Paul. »Ich erkenne Ihre Stimme. Sie haben mich in London angerufen. Mein Name ist Temple, und die Dame, die versucht, die Tore wieder geradezubiegen, ist meine Frau Steve.«

»Hallo«, rief Steve.

Das Mädchen war überrascht. »Ich habe keine Ahnung, worüber Sie sprechen«, begann sie. »Ich weiß nicht …«

»Sie haben mich doch gebeten, Sie im *Three Boars* zu treffen«, sagte Paul. »Aber es war sehr klug von Ihnen, nicht zu kommen. Man hätte Sie ermordet.« Er lächelte mitfühlend. »Übrigens, das mit Ihrer Freundin Bobbie Jameson tut mir sehr leid. Sie war ein nettes Mädchen. Ihr Tod muss ein großer Schock für Sie gewesen sein.«

Ihre blassblauen Augen waren kalt, ihr Blick überlegt. »Ich habe Sie nicht darum gebeten, mich zu treffen, Mr. Temple. Ich habe nie mit Ihnen telefoniert, und ich wünschte, Sie hätten der Polizei nicht gesagt, dass ich es getan habe. Das hat mich ziemlich in Verlegenheit gebracht.«

Paul zuckte mit den Schultern und hielt die Tür seines Wagens auf. »Ich bin sicher, mein Freund Inspektor Vosper war überaus taktvoll diesbezüglich. Kann ich Sie zum Herrenhaus mitnehmen? Der Weg die Auffahrt hoch ist ziemlich lange.«

Sie kletterte ohne ein Wort in Pauls Auto. Eigensinnig, urteilte Paul, temperamentvoll, wie ein gut gezüchtetes Rennpferd. Er wartete, bis Steve sicher neben ihm im Auto saß und fuhr dann los.

»Ich bin der festen Überzeugung«, fuhr Paul einige Augenblicke später fort, »dass Sie mit mir telefoniert haben, Miss Maxwell, dass Sie das Treffen vereinbart und es sich dann in letzter Minute anders überlegt haben. Ich vermute, dass Sie die arme Miss Jameson ziemlich genau informiert haben und dass ihre Geschichte über die drei Versuche, Sie zu töten, wahr ist.«

Sie warf den Kopf hin und her, so dass ihr langes blondes Haar wütend auf den Schultern hüpfte. »Wenn ich mir die Mühe gemacht hätte, ein Treffen mit Ihnen zu vereinbaren, dann wäre ich dazu auch erschienen.«

Das Haus stammte aus dem siebzehnten Jahrhundert und hatte frühviktorianische Verzierungen. Es war viel größer, als es vom Tal aus erschienen war. Paul hielt vor den großen Eichenportalen des Eingangs an. Fast im selben Augenblick kam ein junger Mann um die Hausecke.

»Hallo«, sagte der junge Mann. »Ist was passiert?«

»Ja«, sagte Diana Maxwell. »Ich habe den Aston Martin demoliert. Bin in diese verdammten Tore gerast. Und zu allem Übel sind das hier Paul Temple und seine Frau.«

»Ach, der Mann, der die Polizei auf dich gehetzt hat.« Er wandte sich mit einem amüsierten Gesichtsausdruck an Paul. »Wir haben schon gehört, dass Sie in Yorkshire sind, Mr. Temple. Ich nehme an, Sie sind gekommen, um sich bei Diana zu entschuldigen?«

»Nicht ganz«, sagte Paul. »Ich hatte eigentlich auf eine Erklärung gehofft.«

»Diana erklärt nie etwas«, sagte der junge Mann. »Sie ist viel zu aristokratisch. Haben Sie die Baxter-Jungen schon gefunden?«

Sein Name war Peter Malo und seine offizielle Funktion war die des Sekretärs von Lord Westerby. Trotzdem verhielt er sich mit besitzergreifender Leichtigkeit, half Diana aus dem Wagen und hörte sich ihren Bericht über den Unfall am Eingang des Anwesens mit humorvoller Gelassenheit an.

»Das macht doch alles nichts! Du bist am Leben und das Auto war versichert«, sagte er, als er sie wegführte. »Außerdem war ich schon immer der Meinung, dass diese schmiedeeisernen Monstrositäten entfernt werden sollten.« Er drehte sich um, als ob er sich plötzlich an Pauls Anwesenheit erinnert hätte. »Übrigens, Temple«, rief er, »hat Lord Westerby gefragt, ob Sie übermorgen zum Abendessen kommen könnten? Um halb neun?«

»Wir würden uns freuen«, sagte Paul.

»Vielleicht haben Sie bis dahin die Baxter-Jungen gefunden. Lord Westerby macht sich Sorgen um sie, wissen Sie. Er ist schrecklich besorgt.«

»Warum?«

Der junge Mann war verblüfft. »Nun, er ist der Gutsherr, wissen Sie, er hat ein wohlwollendes Interesse an der Gemeinschaft. *Noblesse oblige.*« Er winkte nachlässig und führte Diana Maxwell um die Hauswand herum weg. »Wir sehen uns übermorgen.«

Paul Temple ließ die Kupplung kommen und fuhr davon. Es war bisher ein frustrierender Nachmittag gewesen. Er konnte weder über Diana Maxwell noch über den hochmütigen jungen Mann etwas erfahren, es sei denn, sie wollten und unterstützten dies.

»Was hältst du von Miss Maxwell?«, fragte er Steve.

Steve betrachtete das Wrack des Sportwagens, als sie an den Toren vorbeifuhren. »Eine rücksichtslose Fahrerin«, murmelte sie.

»Nicht so rücksichtslos wie du denkst«, sagte Paul. »Man hat ihre Bremsstangen mit einer Metallsäge angesägt. Es war klar, dass sie brechen würden, sobald sie zu einer starken Bremsung ansetzte. Jemand hat versucht, sie zu töten – und ich glaube, dass sie das wusste.«

Paul fuhr schweigend in die Moorlandschaft hinauf und durch das menschenleere Ödland aus grünem und violettem Heidekraut. Eine starke Brise pfiff über die hügeligen Hänge, was das Gefühl der Verlassenheit noch verstärkte. Schafe grasten unbekümmert am Straßenrand und weit im Süden glitzerten die Kuppeln des Vier-Minuten-Warnsystems[1] in der Sonne.

»Wohin fahren wir?«, fragte Steve.

»Ich dachte, wir trinken heute Abend in Goathland noch einen Tee. Erinnerst du dich an das erste Mal, als ich hierherkam, kurz nachdem wir uns kennengelernt hatten?«

»Sehr gefühlvoll«, murmelte Steve.

Damals tranken sie dort eine Kanne Tee für zwei Personen und aßen getoastetes Teegebäck am abgelegensten Ort Englands. Vor Jahren hatten sie darüber diskutiert, ob das Dorf

---

[1] Hierbei handelte es sich um ein öffentliches Warnsystem, das zwischen 1953 und 1992 in Betrieb war und von der britischen Regierung während des Kalten Krieges eingesetzt wurde. Der Name leitet sich von der ungefähren Zeitspanne ab, die ein sowjetischer Atomraketenangriff vom Abschuss bis zur Erreichung des Ziels gebraucht hätte.

nach den Ziegen benannt worden war, die das Moor bewohnten, oder nach den Goten, die es vielleicht für Schlachten geeignet gefunden hatten. Es gab eine Kirche, einen Postladen und ein paar Häuser am Straßenrand. In jenen Jahren war es ein idyllischer Zufluchtsort gewesen, als es noch Spaß gemacht hatte, zwanzig Meilen zu laufen, und als das Schlafen im Zelt noch ein sinnliches Vergnügen gewesen war.

»Ich glaube, ich nehme eine von diesen Cremetörtchen«, sagte Steve unromantisch. »Und dann sollten wir uns beeilen. Wir wollen nicht zu spät zu unserem Lateinlehrer kommen. Er legt großen Wert auf Pünktlichkeit. Er muss den Jungen wieder in die Schule zurückberingen, bevor es dunkel wird.«

Der Lehrer war vage in seinen Ausführungen aber umgänglich und freundlich. Er sprach über Steves Onkel mit der Unsicherheit eines Mannes, dem es oft passierte, dass er mit den falschen Eltern über den falschen Jungen spricht. Sein Name war Elkington und er kam überpünktlich mit einem sechzehnjährigen Jungen, der eine blaue Schulmütze trug.

»*Consul victorem laudat*[2]«, sagte Paul freundlich.

»Sehr gut, danke«, sagte der Lateinlehrer. »Kennen Sie John Draper schon? Er ist der Junge, nach dem Sie gefragt haben.«

»*Militibus turpe est captivos male custodioisse.*[3]«

Steve musste Paul zur Seite nehmen und ihm erklären, dass Mr. Elkington auch Englisch konnte. »Früher ist er auch Sportlehrer und ein erstklassiger Cricketspieler gewesen. Das letzte Mal, als ich ihn spielen sah, hat er ein Century erzielt.« So kam es, dass Paul mit ihnen beim Abendessen auf Englisch über Cricket sprach, was die Unterhaltung erleichterte. Es war eines jener Themen, bei denen John Draper mitreden konnte.

Das Essen war englisch, mit Steaks, Bratkartoffeln und Erbsen, gefolgt von Apfelkuchen. Paul dachte, dass dies wohl

---

[2] Lateinisch für *Der Konsul lobt den Sieger*, ein allgemeiner Ausdruck, in denen im alten Rom ein Konsul einen Sieg würdigte.
[3] Lateinisch für *Es ist schändlich für Soldaten, die Gefangenen schlecht bewacht zu haben.*

die einzige Art von Mahlzeit war, die man in einem Hotel im Norden bekommen konnte. Er genoss den Abend, bis der blonde Junge endlich zum Zweck der Zusammenkunft kam.

»Ist es nicht an der Zeit, dass Sie mir die Fragen stellen, Mr. Temple?«, fragte er plötzlich. »Ich muss in zwei Stunden wieder in der Schule sein.«

»Wirklich, Draper!«, protestierte der Lateinlehrer. »Dies ist ein rein privates …«

»Ich habe der Polizei bereits alles gesagt, was ich über die Baxter-Brüder weiß, also fürchte ich, dass ich keine große Hilfe sein werde.«

Paul grinste. »Du hast recht, John, ich habe Mr. Elkington gebeten, dich mitzubringen, damit wir über die Baxter-Brüder sprechen können. Warum hast du dich bereit erklärt, mitzukommen?«

»Ich wollte Sie kennenlernen, Mr. Temple. Ich habe einige Ihrer Bücher gelesen, als ich im Sanatorium war, und ich fand sie ziemlich gut.« Das leicht geheimnisvolle Lächeln schwebte immer noch um den Mund des Jungen. »Und dieser Polizeiinspektor sagte, ich solle Ihnen auf keinen Fall etwas verraten, also war ich überglücklich, als der Elch sagte, er würde mich mitnehmen. Äh – ich meine natürlich Mr. Elkington.«

Mr. Elkington hustete unbeholfen. »Die Jungs nennen mich den Elch«, erklärte er.

»Ich bin gegen die Polizei«, sagte der Junge. »Ich gehe nächstes Jahr auf die Universität.«

»Und die Polizei scheint im Moment gegen mich zu sein«, sagte Paul lachend. »Wie wäre es, wenn du mir erzählst, was du der Polizei erzählt hast? Du warst mit den Baxter-Brüdern am Nachmittag ihres Verschwindens zu Hause, nicht wahr? Es ist durchaus möglich, dass sich ein scheinbar unbedeutendes Detail später als wichtig erweisen wird. Was ist passiert, nachdem Roger los ist, um seinen Bruder zu suchen?«

Die Loyalität war gesichert und der Junge nahm eine vertrauliche Haltung ein. »Ich begab mich nach Hause. Ich war kurz im Haus der Baxters, um ihrem Vater zu sagen, dass ich nicht warten kann, und dann begab ich mich nach Hause.«

»Zu Fuß?«

»Ja, Sir.«

»Wie weit entfernt wohnst du?«

»Ungefähr anderthalb Meilen. Es ist immer geradeaus die Straße runter.«

»Hast du jemanden gesehen?«

»Nein, Sir.«

»Hast du etwas gehört?«

Das Selbstvertrauen des Jungen nahm ab. »Nein«, sagte er nach einer Pause. »Ich glaube nicht. Was meinen Sie genau?«

Er schaute den Elch nervös an: »Meinen Sie etwas Verdächtiges?«

»Irgendetwas«, murmelte Paul.

»Ich glaube nicht, dass ich etwas gehört habe.«

Paul wartete, bis der Junge es sich genau überlegt hatte, während Steve vom Portwein nachschenkte.

»Nun, da war doch etwas. Ich glaube nicht, dass es wichtig ist, aber als ich das Haus der Baxters verließ, dachte ich, ich hörte jemanden pfeifen.«

»Gut«, sagte Paul prompt.

»Aber ich konnte niemanden sehen.«

»Schon gut, John. Du dachtest also, jemanden pfeifen zu hören. Wie hat sich das Pfeifen angehört?«

»Ich weiß es nicht genau.« Er lachte unsicher. »Es war ziemlich unmelodisch, so als würde man über etwas Anderes nachdenken.«

»Hat der Unbekannte vielleicht einer Frau nachgepfiffen?«, warf Steve ein.

»Großer Gott, nein.«

»Pop oder Jazz?«, fragte Paul.

»Weder noch.«

»Ah«, sagte Paul schnell, »du hast die Melodie also doch erkannt«.

Der Junge war verwirrt. »Ich habe sie nicht erkannt, Mr. Temple.«

»Aber du bist dir sicher, dass es sich nicht um einen bewundernden Pfiff handelte, und dass es kein Popsong oder ein

Jazz-Thema war. Du hast also entweder die Melodie erkannt oder die Person, die gepfiffen hat.«

Der Junge zuckte unglücklich mit den Schultern. »Ich bin mir nicht ganz sicher«, murmelte er, »aber ich glaube, es war *Loch Lomond*.«

»Und wer hat es deiner Meinung nach gepfiffen?«

»Ich weiß es nicht.«

Das war alles, was Paul John Draper entlocken konnte. Es schien ein vergeudeter Abend zu sein. Paul kam erst wieder auf das Thema zurück, als der Elch und sein Schützling zum letzten Zug nach Dulworth Bay aufbrachen.

»Sag mal, John«, sagte er auf den Stufen des Hotels, »hast du jemals von jemandem gehört, der Curzon heißt?«

»Nein«, sagte der Junge, »ganz sicher nicht.«

»Schon gut. Es war nett, dass du gekommen bist. Es hat mich gefreut. *Civic civicismus*[4], Mr. Elkington.«

»Es war mir ein Vergnügen, über alte Zeiten zu sprechen.«

Die Fischereiflotte lief gerade in den Hafen von Whitby ein. Paul und Steve gingen am Steg entlang und beobachteten die Boote beim Anlegen inmitten der aufgeregten Möwen und der emsigen Vorbereitungen für das Entladen des Fangs. Es war ein kühler, trockener Abend und das Licht des Mondes oder der Hafenbeleuchtung ließen alles klar und deutlich erscheinen.

»Beeindruckend«, sagte Paul. »Ich beneide dich um deine Kindheit, die du inmitten von Fischereiflotten und einer solchen Landschaft verbracht hast.« Diese Bemerkung machte Paul jedes Mal, wenn er mit seiner Frau in den Norden fuhr, denn es schien ihr immer außerordentlich zu gefallen. Sie war immer sehr bemüht gewesen, dass Yorkshire Paul Temple gefiel.

»Es scheint mir«, sagte sie wehmütig, »als ob das alles schon eine Ewigkeit zurückliegt.«

Paul nickte. »Was hältst du von dem jungen Draper?«

»Clever«, sagte Steve. »Ausgesprochen clever. Er wusste

---

[4] Lateinsch für *Wir leben bürgerlich* oder *Wir leben im Bürgerrecht*.

genau, wie er sich bei dir einschmeicheln konnte. Dieses ganze Gerede über die Polizei ...«

Paul schwieg einen Moment lang, während sie zur Landzunge gingen. »Ja, wahrscheinlich hast du recht. Er schien auch Elkington für einen Idioten zu halten.«

Steve lächelte vor sich hin. »Du hingegen hast den Elch wie einen Mann mit Würde und Rang behandelt.«

»Dabei habe ich Latein in der Schule immer gehasst.«

Als sie ins Hotel zurückkehrten, widmete sich Paul der Lektüre von Dr. Sterns Buch über Verbrechen. Er saß an einem Tisch am Fenster und machte sich Notizen, während Steve sich bettfertig machte. Er schaute zum Kai hinüber und beobachtete die gelegentlichen Bewegungen der Boote, wobei er sich fragte, ob er eine protzige Schmähschrift oder einen wohlüberlegten Essay über das Verständnis der Psyche des Verbrechers schreiben sollte. Er fragte sich, wem die Schafe im Moor gehört hatten und warum der Herausgeber das Buch überhaupt rezensiert haben wollte. Er schenkte sich einen großen Whisky ein und blätterte im Stichwortverzeichnis.

»Zufall«, sagte er zu Steve.

»Hä?« Sie hatte sich auf das Bett gesetzt und sah in ihrem lila Seidenpyjama sehr schick aus. »Was ist ein Zufall?«

»Dr. Stern erwähnt den Zufall nicht. Da siehst du, wie wenig er über Verbrechen weiß. Wie viele Verbrecher könnten festgenommen werden, wenn es kein Glück und keinen Zufall gäbe? Denke an den großen Postraub ...«

»Willst du etwa diese Rezension schreiben?«, fragte Steve entsetzt. »Aber du hast das Buch doch noch gar nicht gelesen!«

»Ich würde mich nur ärgern und das Buch verreißen. Ich dachte, ich könnte großzügig sein und dieses Werk als einen ersten zaghaften Schritt zu einer verantwortungsvolleren Haltung begrüßen ...«

»Du aufgeblasener Schwindler«, sagte Steve.

Sie wurden durch das schrille Klingeln eines Telefons unterbrochen.

Paul fand den Apparat auf einem Stuhl unter Steves Bademantel. Es klingelte erneut. »Hallo?«, sagte Paul. Er schaute auf seine Uhr und sah, dass es fast elf war.

»Mr. Temple? Hallo, hier ist Ian Elkington. Es tut mir leid, falls ich Sie geweckt haben sollte …«

»Das ist in Ordnung«, sagte Paul, »ich habe nur gearbeitet.«

»Oh. Es tut mir leid, aber es ist so, dass ich den jungen Draper verloren habe.«

»Verloren? War das nicht ziemlich schwierig?«

»Nein, nein, Sie verstehen nicht. Ich meine, der Junge ist verschwunden. Wir waren im Zug und kurz vor Dulworth Bay gingen wir auf den Gang. Plötzlich merkte ich, dass er weg war. Wir waren im Tunnel und der Zug ratterte ziemlich. Draper war nur ein paar Meter vor mir, und zuerst dachte ich, er sei auf die Toilette gegangen. Aber er scheint verschwunden zu sein.«

Kapitel drei

Der Zug von Whitby nach Scarborough führte an der Küste entlang und war wahrscheinlich die schönste Strecke in England. Auf der einen Seite erstreckte sich die Nordsee wie eine unbewegliche blaue Wand, während der Blick ins Landesinnere auf ferne Moorlandschaften und Wälder, plötzlich auftauchende Täler mit immer gleich angeordneten Bauernhöfen und gefährlich steile Berghänge fiel, entlang deren sich die Schienen erstreckten. Man fuhr durch Orte wie Burniston, Cloughton und Ravenscar, stimmungsvolle Lokalitäten, die an das England vor der Erfindung der Eisenbahn erinnerten. Als die Strecke gebaut worden war, hatte es heftige Proteste gegeben. Ein weiteres Jahrhundert später gab es diese erneut, als man versucht hatte, die Strecke stillzulegen.

Der Zug tuckerte langsam durch diese Szenerie und gab Paul und Steve reichlich Zeit, sich in aller Ruhe zu besinnen. Steve beugte sich gelegentlich vor, um auf die Scheune von Farmer Hattersby und das Dorf, in dem die alte Mrs. Stark gelebt hatte, hinzuweisen.

»Jetzt fahren wir gleich durch den Tunnel«, sagte Steve. »Diese Klippe da vor uns …«

Der Zug fuhr um die Kurve in das Loch im Berg und tauchte den Waggon in Dunkelheit. Das Geräusch der Lokomotive und der Räder auf dem Gleis war ohrenbetäubend, aber Paul nahm noch etwas Anderes wahr. Er konnte hören, wie jemand den Gang entlangging und tonlos vor sich hin pfiff. Das Pfeifen kam näher, blieb vor den Türen stehen und kam dann in ihr Abteil.

»Hier ist John Draper verschwunden«, sagte Steve.

»Ganz genau«, murmelte Paul.

Der Neuankömmling schien sich in die Ecke des Abteils gesetzt zu haben und pfiff geistesabwesend eine Version von

Loch Lomond. Paul lehnte sich hinüber und legte eine beruhigende Hand auf Steves Knie. Sie schnappte erschrocken nach Luft.

»Es ist alles in Ordnung, Liebling«, sagte er lachend, »das war nur dein Mann.« Er wartete jedoch angespannt, alle seine Reflexe waren bereit für das, was in dem verhängnisvollen Tunnel passieren konnte.

Es geschah jedoch nichts. Zwei Minuten später tuckerte der Zug harmlos in die Sonne, und Paul ertappte sich dabei, wie er einen älteren Mann mit einem fragenden Lächeln und einem Hörgerät anstarrte. Der Mann wirkte selbst ein wenig erschrocken, als er Paul Temple sah.

»Meine Güte«, sagte er mit dem leicht übertriebenen Tonfall eines Schwerhörigen, »Mr. Temple und seine Frau! Na sowas!« Er hob eine Hand, damit Paul nichts sagte, während er sein Hörgerät einstellte. »So, jetzt können Sie sprechen. Ich bin leider ein wenig schwerhörig.«

»Woher wissen Sie …?«, begann Paul.

»Ich nehme an, Sie fragen sich, woher ich Ihren Namen kenne. Ach, übrigens, ich bin Dr. Lawrence Stuart. Ich habe eine Praxis in Dulworth Bay. Wir sind alle schon sehr gespannt darauf, Sie in Aktion zu sehen. Es wird gemunkelt, dass Sie den Fall in achtundvierzig Stunden lösen werden.« Er lachte. »Ich glaube, man hofft, dass Sie mich als Entführer aller drei Verschwundenen entlarven.«

»Sie haben Glück, dass wir hier nur auf Urlaub sind«, sagte Paul. »Ich habe Inspektor Morgan versprochen, dass er das Verschwinden der Jungen ohne meine Einmischung aufklären kann.«

Dr. Stuart gluckste vergnügt. »Ja, ich habe von Ihrer kleinen Ausrede gehört. Ich nehme an, Mrs. Temple ist in der Gegend von North Riding aufgewachsen? Ein wunderbarer Ort, um seine Kindheit zu verbringen, meinen Sie nicht auch, Mr. Temple?« Er schaute aus dem Fenster, um begeistert den weiten Bogen der Bucht von Dulworth Bay zu betrachten. Die grauen, überhängenden Klippen schienen sich wie durch eine optische Täuschung in die ferne See zu neigen. »Diese Felswand unter uns ist einen Besuch wert, wenn man sich hier als Tourist aufhält, Mr. Temple«, fuhr er mit ironischem Ton fort. »Hier hatten wir vor drei Wochen diese Flugzeugkatastrophe. Sie müssen davon gelesen haben. Alle Passagiere kamen ums Leben. Seitdem werden wir von Schaulustigen heimgesucht.«

»Ich habe darüber gelesen«, sagte Paul.

»Es geschah kurz nach Mitternacht. Ich wurde aus dem Bett geholt. Eine höchst bedauerliche Angelegenheit. Im Dorf würde man immer noch darüber tratschen, wenn nicht die Baxter-Jungen verschwunden wären und damit für ein neues Thema gesorgt hätten.«

»Sagen Sie mal«, sagte Paul nachdenklich, »Sie kennen dieses Dorf offensichtlich ganz gut. Haben Sie jemals von jemandem namens Curzon gehört?«

»Nein.« Es war jedoch unmöglich, aus den fröhlichen Augen und dem ständig in Bewegung befindlichen Gesicht etwas abzulesen. »Ich kenne jede und jeden in Dulworth Bay, aber von Curzon habe ich noch nie gehört. Das habe ich auch Inspektor Morgan gesagt, als er mich danach fragte.«

»Es muss doch sehr schön sein«, sagte Steve plötzlich, »in einem Dorf wie Dulworth der Hausarzt zu sein, den jeder kennt und dem jeder vertraut.«

Dr. Stuart blinzelte überrascht. Er hörte fast auf zu lächeln. »Ich kann Ihnen genauso gut jetzt sagen, bevor es alle anderen tun, dass ich in Dulworth Bay nicht sehr beliebt bin, Mrs. Temple. Ich bin ein Fremder, aus Edinburgh, und zu allem Übel …«

»Ich bin mir sicher, dass man Sie sehr schätzt«, unterbrach Steve.

»Nein, nein. Die Leute halten mich für einen guten Arzt, das freut mich, aber sie haben ein bisschen Angst vor mir.«

»Warum sollten sie Angst vor Ihnen haben, Dr. Stuart?«

Der Doktor kicherte gutmütig. »Tja, wissen Sie, vor langer Zeit habe ich den Tod eines Manns verursacht. Und die Leute von Dulworth Ray sind sehr konservativ.«

Der Zug hielt am Bahnhof, einer malerischen kleinen Station aus Holz mit dem Namen Dulworth Bay, der mit Steinen in ein Blumenbeet gelegt war. Ein Mann, der aussah wie Will Hay[5], stand neben dem Fahrkartenschalter mit einer Fahne in der Hand. Paul hob Steve auf die hölzerne Plattform und winkte dann Dr. Stuart zum Abschied.

»Kann ich Sie mitnehmen?«, fragte der Arzt. »Mein Auto steht hier auf dem Vorplatz.«

»Nein, danke«, sagte Paul. »Wir gehen zu Fuß zur St.-Gilbert-Schule.«

»Das ist ein halbstündiger Fußmarsch. Ich nehme Sie lieber mit.« Er führte sie über die asphaltierte Straße zu einem ramponierten Rover 2000, der zu seiner Aura von früherem Reichtum gut zu passen schien. »Ich muss auch nach St. Gilbert«, sagte er, »dort gibt es eine Welle von Röteln. Ich kann zwar nichts tun, aber ein Besuch des Arztes kommt immer gut an. Es gefällt den Leuten dort, dass man sich um sie kümmert.«

»Sind Sie der Schularzt?«

»Ja, natürlich.«

Das Auto ratterte die gefährlich steile Straße vom Dorf hinauf. Die Straße führte an einem Bach entlang, der in die Bucht hinabstürzte, und Paul beobachtete besorgt, wie drei kleine Jungen einen vierten über eine Brücke zu werfen schienen. Er drehte sich um, um sie zu beobachten, aber die Szenerie ging schnell zwischen den alten Dächern unter. Sie kamen in das nach dem Krieg errichtete Neubaugebiet auf der Spitze des Hügels, dass sich klar von den alten Bauten abgrenzte.

»Ich bin der Arzt von allen hier in Dulworth Bay. Das bin ich, seit ich vor elf Jahren hierherkam.«

»Dann müssen Sie die Baxter-Brüder aber ziemlich gut kennen.«

Er warf einen neckischen Blick über seine Schulter. »Jetzt wollen Sie sicher wissen, ob sie in letzter Zeit beunruhigt waren, nicht mehr gegessen haben oder an einer Nervenkrankheit litten. Die Antwort ist nein!«

---

[5] Will Hay (1888–1949) war ein populärer britischer Schauspieler, Komiker und Varieté-Künstler.

»Das haben Sie sicher auch Inspektor Morgan gesagt«, ergänzte Paul lachend.

»Genau. Ich habe ihm auch gesagt, dass es vernünftige, ernsthafte Jungen sind, die nicht aus Jux und Tollerei weglaufen würden.«

St. Gilbert war ein beeindruckendes Gebäude aus dem achtzehnten Jahrhundert. Die Schule war 1552 von Eduard VI. für die Söhne bedürftiger Menschen gegründet worden und war schnell zu einer sehr teuren Lernanstalt geworden. Das Gebäude vor ihnen markierte den Übergang von der Wohltätigkeit zum Privileg: Es erhob sich mit einer plötzlichen, düsteren Majestät aus dem Moorland.

»Übrigens«, sagte Dr. Stuart, »ich hoffe, Sie erwarten nicht, Reverend Dudley Clarke zu sehen?«

»Warum, ist er fort?«

»Ja, bis Samstagmorgen. Er ist auf irgendeiner Konferenz. Ich habe noch nie einen Mann erlebt, der so viel Zeit damit verbracht hat, von einem Ort zum anderen zu fliegen. Man könnte meinen, er sei ein Handelsreisender und nicht der Leiter einer Privatschule.«

Paul lächelte. »Dr. Clarke scheint sie nicht sehr zu beeindrucken.«

»Er ist eine Quasselstrippe. Er redet zu viel und sagt zu wenig.«

»Macht nichts, dann besuchen wir den Elch.«

Dr. Stuart nahm sein Pfeifen von *Loch Lomond* wieder auf. Gerade als die klanglose Monotonie an Pauls Nerven zu zerren begann, winkte der Doktor in Richtung einer staubigen, mit Büschen überwucherten Straße. »Die führt zum Haus der Baxters«, sagte er. Dann bogen Sie auf das Schulgelände ein.

»Wir werden mal da runter spazieren, nachdem wir den Elch gesehen haben.«

Dr. Stuart fuhr am Haupteingang vor, um Paul und Steve hinauszulassen. »Seltsamer Kerl«, murmelte Paul, als sie oben auf der Treppe standen und ihn in Richtung des Sanatoriums verschwinden sahen. »Er wirkt gar nicht wie ein Mörder.«

Das Innere der Schule war anstaltsmäßig, mit Fliesenkorridoren, grünen und cremefarbenen Wänden, gedämpfter Beleuchtung und penibler Sauberkeit. Man konnte das Klappern der Schuhe von Schuljungen und den Widerhall von hohen Stimmen wahrnehmen.

»Kannst du mir das Arbeitszimmer von Mr. Elkington zeigen?«, fragte Paul einen jugendlich-frisch aussehenden Schüler mit fröhlichem Gesicht, den sein pickeliger Freund »Ursa Major« nannte.

Sie fanden Elkington in seinem Zimmer im ersten Stock dieses Trakts. Es sah so aus, als hätte er gerade die Aufsätze korrigiert, die auf seinem Tisch verstreut lagen. Er war jedoch sofort zur Tür aufgesprungen, um seine Gäste etwas mürrisch zu begrüßen.

»Wie ich sehe, sind Sie mit unserem exzentrischen Arzt gekommen«, sagte er geistesabwesend. »Schön, Sie wiederzusehen. Einen Port?«

»Wie bitte?«

»Portwein und Kekse, oder lieber Tee?«

»Er hat lieber Tee«, sagte Steve. »Haben Sie irgendwelche Neuigkeiten von dem jungen Draper?«

»Nein«, sagte Elkington. Er trödelte etwas mit dem elektrischen Wasserkocher herum, um den Tee vorzubereiten, während Paul die Bücherregale aus Eichenholz und ein gerahmtes Foto der Cricketmannschaft der Schule betrachtete, die Eichentäfelung befühlte und die eleganten Möbel bewunderte. Elkington lebte in der ruhigen Abgeschiedenheit eines efeubewachsenen Turms. Mit Mord und Entführung hatte er eindeutig nichts am Hut. »Ich habe die Eltern des Jungen den ganzen Tag am Telefon gehabt. Sie scheinen zu glauben, dass es meine Schuld ist.«

»Sie müssen Sie für ein wenig leichtsinnig halten«, sagte Paul nüchtern. »Ich kann nicht verstehen, warum Sie nicht sofort die Notbremse gezogen haben, als der Junge verschwunden ist.«

Elkington schüttete kochendes Wasser in die Teekanne, während er über seine Gründe nachdachte. »Es dauerte eine Weile, bis ich begriff, was passiert war«, gab er schließlich zu. »Ich habe den ganzen Zug abgesucht, aber ich wusste nicht, was ich tun sollte. Ich dachte, wenn wir Dulworth erreichen, springt er vielleicht aus dem Gepäckabteil. Aber das tat er nicht.«

Elkington konnte nichts über das Motiv für das Verschwinden des jungen Draper sagen. Der Junge war einfach verschwunden und die Schlussfolgerung musste lauten, dass er entführt worden war, um zu verhindern, dass er Paul Temple erzählte, was er wusste. Nur, dass er nach dem Treffen entführt worden war und nicht davor …

Paul versuchte, sich genau zu erinnern, was der Junge gesagt hatte.

»Der wichtigste Punkt ist, dass jemand auf der Straße war, als die Jungen zurück zur Schule gingen.«

»Und dieser jemand«, sagte Steve strahlend, »war wahrscheinlich Dr. Stuart.«

»Das ist eine Möglichkeit«, sagte Paul vorsichtig. »Aber wir sollten keine voreiligen Schlüsse ziehen.« Er überlegte kurz, ob es in der Bucht von Dulworth mehr als einen Mann geben könnte, der bei der Ausübung seines Berufs ununterbrochen pfiff. »Was für ein Arzt ist er Ihrer Meinung nach?«, fragte Paul den Elch.

Elkington saß in einem der massiven Sessel und schürzte seine Lippen. Es schien, als gäbe es eine Geschichte, die mit Dr. Stuart zusammenhing. Elkington rührte in seinem Tee und begann sie zu erzählen.

»Anscheinend war Dr. Stuart vor etwa fünfzehn Jahren ein ziemlich renommierter Arzt in der Harley Street[6]. Dann begann er plötzlich aus unerfindlichen Gründen stark zu trinken. Das spielte keine Rolle, bis er eines Nachts zu einer Notoperation gerufen wurde.«

»Sie brauchen nicht weiter zu erzählen«, sagte Paul, »lassen Sie mich raten. Der Arzt war betrunken und der Patient ist gestorben?«

Elkington sah überrascht aus. »Das stimmt. Wie sind Sie

---

[6] In der Londoner Harley Street ließen sich seit der zweiten Hälfte des neunzehnten Jahrhunderts viele renommierte Ärzte nieder.

bloß …?«

»Ich habe diese Geschichte schon vor zwanzig Jahren geschrieben«, sagte Paul lachend, »und selbst damals habe ich sie nicht verkauft. Ausgerechnet diese ollen Kamellen!«

»Nun, so ist es gewesen«, sagte Elkington. »Jeder im Dorf kann Ihnen das bestätigen.«

Die Sonne schien immer noch, als sie die Schule verließen, was Paul überraschte. In der düsteren Umgebung des Arbeitszimmers des Elchs hatte er vergessen, dass es ein Sommernachmittag war. Er legte seinen Arm um Steve und hörte zu, wie sie von ihrer Kindheit erzählte, während sie die kurvenreiche Straße zum Haus der Baxters entlanggingen. Sie blieben stehen, um ein Pferd zu streicheln. Der Gras- und Staubgeruch der Straße hing träge in der Luft.

»Lass uns morgen reiten gehen«, sagte Steve. »Ich kenne einen Bauern mit mehreren Pferden, wir könnten …«

»Wir sind hier, um die vermissten Jungen zu finden«, begann Paul.

»Wir sind hier im Urlaub, schon vergessen? Oh, sieh mal, da ist ein Heuhaufen. Hast du schon mal in einem Heuhaufen Liebe gemacht?«

»Nein«, sagte Paul prompt und gab eine diplomatische Antwort. Steve wollte nichts über das Leben ihres Mannes hören, als sie selbst noch Zöpfe trug.

»In dem Roman, den du vor zwei Jahren geschrieben hast, gab es eine furchtbar realistische Liebesszene, voller vor Leidenschaft schwitzender Körper im Heu …«

»Pure Phantasie«, sagte Paul hastig.

»Ich dachte, du hast mal eine Farmerstochter ausgeführt, als du achtzehn Jahre warst?«

»Ja.« Paul stimmte zu. »Ich habe sie einmal auf einem Heuballen sitzend geküsst. Wir fanden das ziemlich wagemutig.«

Steve hatte spekulativ auf den Heuballen geblickt, aber das plötzliche Auftauchen eines Landarbeiters mit einer Mistgabel in der Hand ließ jeden Gedanken an Romantik verschwinden.

»Komm schon«, sagte sie entschlossen, »das hier ist kein

Ort für eine Liebelei.«

Sie erreichten eine Kurve und kamen an einen Ort, den Paul für einen Weiler hielt. Etwa ein Dutzend kleiner Häuschen, ein Gemischtwarenladen, ein Pub und eine Kirche. »Das ist das Ende der Welt«, murmelte Steve unverständlicherweise. Sie hielt inne und beobachtete, wie ein Hund träge auf die Füße kam, sich streckte und auf sie zulief. Mit vorgetäuschter Freude drehte sie sich um. »Ich kannte mal einen Jungen, der in einem dieser Cottages wohnte. Meine erste große Liebe. Ich weiß nicht mehr, welches Cottage. Aber ich habe ihn fast geheiratet. Billy hieß er, glaube ich, oder Charley oder so ähnlich. Er war ein furchtbar harter Kerl und sehr maskulin, mit blondem Haar und Sommersprossen …«

»Wann war das?«, fragte Paul.

»Ach, bevor ich dich kennengelernt habe, Darling.« Sie nahm seinen Arm und ging schwungvoll über die Wiese zum Gemischtwarenladen. Im Schaufenster hing eine Tafel mit mehreren Anzeigen. »Kein Grund zur Eifersucht. Er war sieben und ich war sechs. Er hatte einen Streit mit dem Jungen, von dem meine Mutter wollte, dass ich mit ihm spiele, und er gewann. Der andere Junge rannte weg, als seine Nase zu bluten begann.« Sie lachte und sah in Pauls Gesicht. »Du hast nie um meine Hand gekämpft, nicht wahr?«

Paul strahlte. »Ich muss mich aber oft zurückhalten, deinen Freunden auf die Nase zu hauen.« Er schaute aufmerksam auf die Anzeige. Frauen konnten sehr anstrengend sein. »Fünf Pfund Belohnung. Papagei entflogen, rot-grünes Gefieder, hört auf den Namen Cheeta. Bitte hier melden.« Na ja, der Laden war sowieso geschlossen. »Wie, sagtest du, lautete der Name deiner großen Liebe?«

»Charley, glaube ich, obwohl es auch Jimmy sein könnte.«

Sie gingen durch den Weiler und weiter hinunter. An der Straße dahinter standen mehrere große, prunkvolle viktorianische Häuser mit vielen Hektar überwucherten Gärten. Eines davon war vermutlich das Cottage der Baxters, ein Anwesen, in das sich auch ein Börsenmakler zurückziehen hätte können, auch wenn das Wort »Cottage« ein wenig euphemistisch war.

Paul ging durch ein Gewirr von Rosensträuchern und wilden Schwertlilien zur Haustür voraus. Er läutete und hörte, wie es hohl im Haus widerhallte. Während er wartete, spähte er neugierig durch die vergitterten Erkerfenster, dann läutete er erneut. Das Haus schien leer zu sein.

»Sieh mal«, sagte Steve, »die Tür ist offen.«

Paul warf einen Blick über die Schulter zurück, um zu sehen, ob jemand kam. »Auf dem Land macht man das so. Man glaubt noch an gute Nachbarschaft.« Es kam niemand, also ging er mutig ins Haus.

Es war eines dieser labyrinthischen Gebäude, in denen man die äußeren vier Wände gar nicht mehr wahrnimmt. An der Ecke einer Treppe gab es plötzlich Räume und Gänge, die in unerwarteten Ecken verschwanden. Zweimal befanden sie sich im Arbeitszimmer und konnten die Küche nicht finden. Im Wohnzimmer stand eine halb ausgetrunkene Tasse warmen Tees, als ob bis vor Kurzem noch jemand im Haus gewesen wäre.

»Jemand zu Hause?«, rief Paul.

»Kraaak! Kraaak!«, kam die Antwort von irgendwo hinter ihnen.

»Wer ist da?«

»Kraaak!«

Paul eilte in den Flur und erschrak kurz als er Steve und sich selbst ihm entgegeneilen sah. Ein großer, sehr dunkler Quecksilberspiegel stand vor ihm. Das nicht von einem Menschen kommende Geschrei führte sie in das Zimmer hinter der breiten Treppe.

»Hallo«, krächzte die Stimme, als sie das Wohnzimmer betraten. »Hallo, hallo, hallo«, gab der Vogel von sich und sträubte gleichzeitig seine gelben und grünen Federn.

»Es ist nur ein Papagei!«, sagte Paul erleichtert. »Guten Tag.« Der Papagei starrte stumm zurück. »Ist das deine Tasse Tee im anderen Zimmer?«

Keine Antwort.

»Vielleicht mag er keine Männer«, sagte Steve. Sie steckte einen Finger in den Käfig und kitzelte ihn am Hals. »Hallo«, sagte sie mit der Stimme, die sie normalerweise für kleine Kinder reserviert hatte. »Wie heißt du denn?«

»Cheeta Cheeta!«, krächzte er.

»Das ist ja ein lustiger Name!«

»Cheeta«, wiederholte das Tier gereizt.

Paul lachte. »Die Leute geben ihren Papageien wirklich lustige Namen. Da war doch diese Anzeige im Fenster des Ladens: »… hört auf den Namen Cheeta«.« Sein Lachen verstummte abrupt. »Wie war sein Name nochmal?«

»Cheeta!«, krächzte der Papagei.

»Ist dir klar, dass …?«

»Ja«, stimmte Steve geduldig zu, »das war der Name des vermissten Papageis.« Sie kitzelte weiter die Federn an seinem Hals. »Aber wenn er als entflogen gilt, was in aller Welt macht er dann hier?«

»Das weiß ich genauso wenig wie du«, sagte Paul nachdenklich.

Sie wurden durch einen dumpfen Aufprall von oben unterbrochen. Es klang so, als würde jemand stöhnen. Ein weiterer dumpfer Aufprall ließ Paul zur Treppe rennen. »Schnell«, rief er Steve zu, »da stimmt etwas nicht.«

»Wahrscheinlich noch ein Papagei, der zu entkommen versucht.«

Am Fuß der Treppe blieb Paul abrupt stehen. Über ihm befand sich ein Mann, der sich an den Geländern des Treppenabsatzes hochzog. Sein Gesicht war blutverschmiert und er stöhnte vor Schmerz und Anstrengung. Er war eindeutig der Ohnmacht nahe.

»Bleiben Sie, wo Sie sind!«, rief Paul.

Der Mann starrte mit leerem Blick nach unten, schwankte leicht zurück und stürzte dann nach vorne auf das Geländer. Es hielt dem Gewicht nicht stand. Geräuschlos stürzte der Mann fast viereinhalb Meter nach unten und landete neben Paul auf der untersten Treppe.

»Ist er tot?«, fragte Steve.

Der Mann war schlaff und schwer, als Paul seinen Kopf anhob und ihn dann auf den Rücken rollte. »Er wurde brutal zusammengeschlagen.« Sogar gefoltert, dachte Paul. Er untersuchte das Genick und die Rippen des Mannes. Da hatte jemand genau gewusst, wie man schwere Verletzungen beifügt. Paul stand angewidert auf und ging die Treppe hinauf ins Schlafzimmer.

»Ist es Mr. Baxter?«, fragte Steve.

»Ja.« Paul zeigte auf ein Foto auf der Frisierkommode. Darauf war die ganze Familie zu sehen: zwei Jungen, eine attraktive Mutter mittleren Alters und der tote Mann, der sehr wohlhabend aussah. »Es *war* Baxter.«

Das Telefon begann neben dem Bett zu klingeln. Paul seufzte. »Sollen wir rangehen?« Er setzte sich auf das Bett und nahm den Hörer ab. »Hallo?« Er sah auf die Nummer in der Wählscheibe. »Hier ist Dulworth 9862.«

»Bist du das, Vater?«, fragte eine jugendliche Stimme.

»Mhm«, murmelte Paul so unverbindlich wie möglich. »Wer spricht da?«

»Michael natürlich! Der alte Tom sagte, er habe die Anzeige über den Papagei im Schaufenster gesehen. Vater, können wir jetzt nach Hause kommen?«

Paul hielt inne, während er sich fragte, was das zu bedeuten hatte. »Wann hat der alte Tom die Anzeige gesehen?«

»Heute Nachmittag auf dem Rückweg von der Arbeit.« Der Junge klang plötzlich misstrauisch: »Deine Stimme klingt anders«, sagte er. »Stimmt etwas nicht, Vater?«

»Nein, nein, es ist nichts«, sagte Paul schnell. »Von wo aus sprichst du?«

»Aus der Telefonzelle neben Toms Haus.« Es herrschte eine kurze Stille. »Wer sind Sie? Ist mit meinem Vater alles in Ordnung?« Seine Stimme wurde vor Erregung lauter. »Ich will wissen, was los ist!«

»Gib mir Tom«, sagte Paul. »Ist er da?«

»Bleiben Sie dran.« Am anderen Ende der Leitung wurde geflüstert, dann gab eine andere, ältere Stimme mit Yorkshire-Akzent ein mürrisches »Ja, wer ist da?« von sich.

»Hören Sie«, sagte Paul mit aller Autorität, die er ausstrahlen konnte, »hängen Sie nicht ein! Ich heiße Temple. Ich weiß nicht, was passiert ist, aber Sie müssen mir glauben. Baxter ist tot. Er ist ermordet worden.«

Einen Moment lang hörte Paul nichts außer dem Atmen des Mannes. »Das glaube ich nicht«, sagte er schließlich. »Das ist bloß eine Falle, um die Jungs zu kriegen.«

»Ich fürchte nein«, sagte Paul. »Sie sollten sie besser hierherbringen und der Polizei alles erklären. Würden Sie jetzt bitte die Leitung freimachen? Ich habe einige Telefonate zu führen.« Er legte den Hörer auf und schaute Steve verwirrt an. »Verstehst du, was das alles soll?«, fragte er sie.

»Nein.«

»Ich auch nicht. Es sei denn, Baxter war an der Entführung seiner eigenen Kinder beteiligt.«

Kapitel vier

Inspektor Morgan war immer noch sehr höflich, aber es fiel ihm sichtlich schwer. Er schnauzte die beiden Polizisten an, die an der Tür des Hauses Wache hielten, beschimpfte den Polizeifotografen und meckerte bitterlich, weil der Fingerabdruckexperte zu spät kam. Aber er sagte »Bitte« und »Danke« zu Paul und führte einen ironischen Smalltalk mit Steve.

»Ich nehme an«, sagte er, während Dr. Stuart die Leiche untersuchte, »dass Sie nicht mehr so oft in den Ferien hierherkommen werden?«

»Guter Gott, nein«, sagte Paul, »ich ziehe ein ruhiges Leben vor!«

»Das ist mir noch gar nicht aufgefallen«, murmelte Steve ironisch.

Der Inspektor ging unruhig zur Eingangstür hinüber.

Die beiden uniformierten Polizisten zappelten nervös herum, bis er wieder zurückging, um die medizinische Untersuchung zu beobachten. »Was macht Sie so sicher, dass dieser Tom die Jungs zurückbringen wird?«, fragte er düster. »Wenn ich Tom wäre, würde ich aus Yorkshire verschwinden, bevor wir herausfinden, wer er ist.«

»Sie werden schon sehen«, sagte Paul. »Er wird bald hier sein.«

Der Inspektor murmelte etwas von psychologischer Intuition, während er sich umwandte und den Fotografen anschnauzte. Dieser lehnte sich bedenklich weit über das zerbrochene Geländer, um einen Blick auf die Leiche zu erhaschen.

»Die Jungs werden noch packen müssen«, sagte Paul mit einem Blick auf seine Uhr, »bevor sie kommen und sich dieser Tortur stellen.« Er war dennoch besorgt. Vielleicht hatte er sich auch geirrt.

Dr. Stuart blickte von der Leiche auf, schaltete seinen Hörapparat ein und erklärte, dass Baxter tot sei. »Das Genick ist gebrochen«, sagte er, »um es mit den Worten eines Laien auszudrücken. Armer alter Kerl. Ich schätze, er ist seit etwa einer halben Stunde tot.« Er steckte seine Instrumente wieder in die Tasche und machte sich bereit zu gehen. »Ich schicke Ihnen morgen früh den Bericht, Inspektor.«

»Gut, das ist früh genug.«

Der Arzt hielt inne und sah Paul traurig an. »Warum sollte jemand Philip Baxter ermorden wollen, hm? Sind es nicht immer die anständigen, freundlichen Menschen, die ein unglückliches Ende finden? Ich kannte Philip Baxter seit Jahren. Einen netteren Mann hätte man sich nicht vorstellen können.«

Paul folgte ihm zur Eingangstür: »Wann haben Sie Baxter kennengelernt?«

»Das ist schon lange her. Er war Börsenmakler in London, als ich ihn zum ersten Mal begegnete. Er machte ein paar glückliche Geschäfte und ging früh in den Ruhestand. Ich schätze, er war jetzt erst fünfzig oder einundfünfzig. Ziemlich jung.« Er ging den vorderen Weg hinunter und blieb dann stehen, um einen großen Kombi zu beobachten, der die Straße entlangfuhr. »Oje«, sagte er, »ich hatte gehofft, die Ankunft der Jungs zu verpassen. Ich mag keinen Trauerschmerz.«

»Dann haben Sie den falschen Beruf«, sagte Paul angespannt. Auch er hätte lieber auf die kommende Szene verzichtet.

Der Kombi kam zum Stehen und zwei Teenager kletterten aus den Sitzen. Sie hatten einen starren und teilnahmslosen Blick. Paul trat zur Seite, als sie schweigend in das Haus gingen. Am Steuer des Wagens saß ein Mann mittleren Alters mit einem blutunterlaufenen, wettergegerbten Gesicht.

»Gütiger Gott«, sagte Dr. Stuart, »der alte Tom Doyle.«

Die uniformierten Polizisten hatten sich unauffällig vom Cottage entfernt und auf beiden Seiten des Wagens positioniert. »Ich denke, Sie kommen besser rein, Mr. Doyle«, sagte einer von ihnen. »Der Inspektor wird Ihnen einige Fragen stellen wollen.«

Doyle nickte. »Aber wir lassen die Jungs ein paar Minuten mit ihm allein, ja? Sie brauchen keine Zuschauer.« Er nahm seine Pfeife aus der Jackentasche und füllte sie langsam und bedächtig. Dann saß er da, paffte nachdenklich und starrte in die Unendlichkeit, während die wenigen Minuten vergingen.

Ein Eichhörnchen rannte am Ast eines gegenüberliegenden Baumes entlang und sprang einen halben Meter weit, bevor es im schwankenden Laub eines Kastanienbaums verschwand. Paul verfolgte den Weg des Eichhörnchens anhand der Bewegung der Blätter und sah es wenige Augenblicke später wieder durch die Luft fliegen. Er träumte kurz von den Geschichten Beatrix Potters[7], bis plötzlich Dr. Stuart sprach.

»Nun gut«, sagte der Arzt, »ich gehe jetzt und sehe nach den beiden Jungs. Sie werden vielleicht ein Beruhigungsmittel brauchen.« Zögernd ging er den Weg entlang. »Am besten wäre es vielleicht, wenn sie eine Weile im Internat von St. Gilbert untergebracht würden. Ich kann mit dem Direktor sprechen.«

Steve ging in der Tür an ihm vorbei, als sie mit leicht verstörtem Blick herauskam. Sie eilte zu Paul und nahm seinen Arm, wartete dann aber einige Sekunden, bevor sie sprach. »Darling«, sagte sie schließlich, »ich habe ihnen angeboten, eine Zeit lang hier zu bleiben. Die Jungs haben eine Tante, die in Leeds lebt, und wir haben ihr ein Telegramm geschickt. Aber in der Zwischenzeit werde ich ihnen das Abendessen kochen und ganz allgemein in der Nähe bleiben. Sie haben ein paar Freunde, die ihnen helfen könnten, aber sie sind beide unglaublich beherrscht und wollen niemandem zur Last fallen.« Sie sprach immer schneller und die Sätze überschlugen sich, bis Paul sie beruhigend bremste.

»Langsam! Langsam! Ja, ja, ich denke, das ist eine großartige Idee. Lieb von dir, Liebling.« Er küsste sie auf die Wange. »Inspektor Morgan kann mich nach Whitby mitnehmen.«

Ein Wagen traf ein, um die Leiche abzutransportieren. Die polizeilichen Ermittlungen waren offenbar abgeschlossen, und

---

[7] Beatrix Potter (1866–1943) war eine englische Kinderbuchautorin und -illustratorin.

der Inspektor verließ mit seinen Kollegen das Haus, als die Bahre herausgetragen wurde.

»Ich nehme an, dass Sie mit Ihrer Frau hierbleiben werden, Mr. Temple?«, fragte er ohne Überzeugung.

»Nein, eigentlich wollte ich Sie fragen …«

»In Ordnung, steigen Sie ins Auto!« Er wandte sich wütend an die uniformierten Männer am Kombi. »Na los, kommt schon, ihr zwei, bringt Doyle zum Revier hinunter!«

Tom Doyle war ein rätselhafter Mann. Er war beliebt und auch ein wenig geheimnisvoll, gutherzig und verschlossen. Er war Fischer, Gelegenheitsarbeiter und Abenteurer. Aber das Dorf akzeptierte ihn, was wahrscheinlich bewies, dass er in Ordnung war. Er machte auf Paul einen ehrenwerten Eindruck, während er im Büro des Inspektors saß und seine Pfeife paffte.

»Erzählen Sie uns von den Baxter-Jungen«, sagte der Inspektor. »Warum haben sie sich versteckt?«

»Das weiß ich nicht.« In seiner Stimme lag ein Hauch von verblüffter Aufrichtigkeit. »Ich schwöre, ich weiß es nicht, und das ist die Wahrheit!«

Eines Abends vor etwa drei Wochen war Tom Doyle von einem Angeltag zurückgekehrt und hatte eine Nachricht erhalten, in der er gebeten wurde, Mr. Baxter aufzusuchen. »Er hatte gerade eine Menge Pflanzen in einer der Gärtnereien im Dorf gekauft, und ich wusste, dass er wollte, dass ich sie für ihn aussortiere, denn Gartenarbeit ist sozusagen ein Hobby von mir.« Also war Doyle gegen acht Uhr zum Cottage gefahren.

Als er das Haus erreichte, fand er Mr. Baxter in der Einfahrt stehen und sich mit Lord Westerby und einem anderen kräftig gebauten Mann mit amerikanischem Akzent unterhalten. Baxter sah besorgt aus, wirkte mitgenommen, und er bemerkte den Gelegenheitsarbeiter an seinem Tor nicht. »Na gut, na gut«, sagte er müde, »wenn das so ist …!»

»In der Tat ist es so, Baxter. Ich denke, wir haben uns verstanden.«

»Und ich hoffe, dass sie es uns nicht übelnehmen«, sagte der Amerikaner. »Sie haben doch verstanden, dass das alles nichts Persönliches ist.« Baxter nickte.

»Die Lage ist eindeutig und es ist nichts Persönliches. Ich weiß.«

Der Amerikaner war sichtlich unzufrieden mit Baxters müder Resignation, aber Lord Westerby war der Meinung, dass sie sich klar ausgedrückt hatten. »Kommen Sie, Walters, wir müssen gehen. Er versteht unsere Sicht der Dinge, auch wenn er sie nicht zu schätzen weiß.«

»Das ist nicht genug. Ich gebe ihm bis Freitag nächster Woche Zeit, und dann werde ich …«

»Aber, aber, Walters, es gibt keinen Grund, ihm zu drohen. Es geht bei diesem Geschäft um sehr viel Geld. Wir müssen vorsichtig sein!«

Lord Westerby kam den Weg entlang auf Doyle zu. »Guten Abend, Tom«, sagte Lord Westerby mit herzlichem Wohlwollen. »Wie geht es Ihnen?« Es schien ihn überhaupt nicht zu stören, dass ihr Gespräch belauscht worden sein könnte.

»Ich kann nicht klagen, Sir«, sagte Doyle.

»Wirklich? Warum nicht? Ich klage die ganze Zeit!« Seine Lordschaft brüllte vor Lachen, wickelte seine Tweedjacke um seinen dicken Bauch und ging zu dem Landrover hinüber, der neben dem Kastanienbaum geparkt war. Der Amerikaner folgte ihm weniger fröhlich.

»Wenn es am Freitag nichts Neues gibt«, sagte er streng zu Lord Westerby, »dann müssen Sie eben nach London kommen.«

»Seien Sie nicht so ungeduldig, mein lieber Freund.« Er ließ den Motor an und winkte dann Baxter und Doyle zu. »Wiedersehen!« Er lächelte den Mann namens Walters nachsichtig an. »Ich will damit sagen, dass wir, was auch immer passiert, versuchen müssen, in dieser Sache keine Dummheiten zu machen.« Der Landrover wirbelte eine Staubwolke auf und brauste über die Landstraße davon.

Philip Baxter sah ihnen mit ernstem und besorgtem Gesicht hinterher. Er sah aus, dachte sich der alte Tom Doyle, als würde der edle Westerby um die Rückgabe des Pachtvertrags bitten. Er grüßte Tom Doyle nicht einmal. »Kommen Sie herein und trinken Sie etwas«, sagte er unhörbar leise.

»Danke«, sagte Doyle, als er ihm ins Cottage folgte. »Sie wollten mich doch wegen dieser Pflanzen sprechen ...«

»Ein andermal.« Philip Baxter ging in die Küche. »Diesen Brandy hier hatte ich eigentlich für eine besondere Gelegenheit aufgespart«, sagte er traurig, »aber wir werden ihn jetzt trinken! Er ist besser als all die schrecklichen Whiskys, die es im Laden zu kaufen gibt. Und ich habe kein Bier.«

Tom Doyle war verblüfft, aber er hob sein Glas und fragte, was sie feierten. Er sprach mit heiterem Gemüt. Als Baxter einen verzweifelten Blick aufsetzte, bot er seine Hilfe an. »Wenn ich irgendetwas tun kann ...«, sagte er entschlossen.

Baxter setzte sich in den Ohrensessel und nippte an einem großen Brandy. Mehrere Minuten lang sprach er nicht. Dann seufzte er. »Mögen Sie meine Jungs, Tom? Glauben Sie, Roger und Michael sind es wert, dass ich mein Leben für sie opfere?«

»Sie sind zwei nette Jungs, Mr. Baxter«, antwortete er verblüfft.

Baxter starrte wieder in sein Glas, bemerkte, dass es leer war und füllte es wieder auf. Dann starrte er auf die leuchtende, goldfarbene Flüssigkeit.

»Sie sind doch nicht in Schwierigkeiten, oder?«, fragte Doyle. »Roger und Michael? Ist alles in Ordnung mit ihnen?«

Baxter schüttelte den Kopf. »Ich habe eine Frage an Sie«, sagte er nachdenklich. »Meinen Sie, sie könnten eine Zeit lang bei Ihnen bleiben, Tom? Vielleicht für zwei oder drei Wochen?«

Doyle hatte zunächst an Ferien gedacht: An Ausflüge mit dem Boot und an das morgendliche Abenteuer, um sich das Frühstück zu holen. Aber Baxter hatte es ernst gemeint. Sie sollten beim alten Tom Doyle bleiben und sich nirgends blicken lassen.

»Es ist kein Urlaub, Tom. Ich fahre nicht weg. Aber ich

will, dass die Jungs verschwinden.« Er kippte den Brandy hinunter, ohne das Getränk zu schmecken. »Ich will nicht, dass sie zur Schule gehen, ich will nicht, dass man sie im Dorf sieht, und ich will nicht, dass jemand weiß, dass sie sich bei Ihnen aufhalten.«

»Sie wollen also, dass ich sie verstecke?«, fragte er nervös. »Aber warum?«, lachte Doyle. »Die Jungs können doch nicht einfach so verschwinden. Es werden alle möglichen Fragen gestellt werden. Was wird die Schule sagen? Vielleicht erfährt sogar die Polizei davon, und dann werden eine Menge unangenehmer Fragen gestellt werden!«

»Die Polizei wird sicherlich davon erfahren, Tom, denn ich habe vor, die Angelegenheit zu melden.«

Doyle war nicht länger amüsiert. »Was soll das heißen?«

»Ich möchte den Eindruck erwecken, dass die Jungen entweder von zu Hause weggelaufen sind oder entführt wurden. Ich werde bei der lokalen Presse und allen anderen, die mir einfallen, so viel Aufsehen wie möglich erregen.«

Doyle nickte resigniert. »Und die ganze Zeit über werden sie in meinem Haus sein? Das gefällt mir nicht.«

»Sie sind in Gefahr, Tom, und es gibt nichts, was ich dagegen tun kann. Ich würde zur Polizei gehen, wenn ich könnte, aber …« Er trommelte nervös mit den Fingern auf die Armlehne des Stuhls. »Es tut mir leid, dass ich es Ihnen nicht erklären kann, aber das ist die einzige Lösung.«

Doyle ging nachdenklich zum Fenster hinüber und betrachtete den Kasten mit den neuen Topfpflanzen im Wintergarten. »Angenommen, ich tue, was Sie wollen«, sagte er langsam. »Angenommen, ich nehme die Jungen mit und verstecke sie für drei oder vier Wochen, woher wissen wir dann, dass sich die Sachlage bis dahin geändert hat? Können wir sicher sein, dass die Gefahr dann vorbei ist?«

Baxter erkannte, dass er den Mann überredet hatte. »Das können wir nicht, Tom, aber in drei oder vier Wochen werde ich mit der Situation fertig.«

»Und was werden Sie den Jungs sagen?«

»Die Wahrheit.«

Baxter war zur Schublade seines Schreibtisches im Neben-zimmer gegangen und hatte hundert Pfund in Zehn-Pfund-Noten aus einer Geldkassette genommen. »Das reicht für alle Ausgaben«, sagte er, »und was übrigbleibt, gehört Ihnen.« Damit hatte er Doyles Einwände weggewischt. »Denken Sie daran: Wenn die Jungs erstmal bei Ihnen sind, möchte ich nicht, dass sie mit mir in Kontakt treten, und das dürfen Sie auch nicht. Sie dürfen auf keinen Fall anrufen, schreiben oder telefonieren. Ist das klar?«

Doyle seufzte und steckte das Geld in seine Tasche. »Ja, Mr. Baxter. Aber was ist, wenn etwas passiert, ein Notfall? Einer von ihnen könnte krank werden …«

»Kennen Sie den kleinen Laden von Mrs. Vernon? Wenn Sie mich brauchen, hängen Sie eine Karte mit einer Anzeige ins Fenster: Dreirädriges Fahrrad zu verkaufen, zwei Ersatz-reifen, geeignet für einen zehnjährigen Jungen.«

»Und wenn Sie von mir etwas wollen?«, fragte Doyle.

»Ich werde Sie nicht brauchen, Tom. Aber behalten Sie den Laden im Auge. Wenn Sie eine Karte sehen, auf der »Fünf Pfund Belohnung. Papagei entflogen, rot-grünes Gefie-der, hört auf den Namen Cheeta. Bitte hier melden« steht, dann wissen Sie, dass die Luft rein ist. Dann freuen Sie sich und bitten Michael, mich anzurufen.«

Das war alles, was Tom Doyle ihnen sagen konnte. »Die Jungs kamen am folgenden Nachmittag um fünf Uhr und blieben bis heute bei mir – bis ich die Karte im Fenster sah.«

Inspektor Morgan warf dem Mann einen finsteren Blick zu, da er ihn nur ungern nach Hause schickte, aber offensicht-lich keinen Grund hatte, ihn weiter festzuhalten. »Was ist mit diesem anderen Jungen, diesem John Draper?«, fragte er ohne viel Optimismus. »Wohin ist er verschwunden?«

»Ich habe keine Ahnung.« Doyle beugte sich besorgt vor. »Ich habe in der Zeitung von seinem Verschwinden gelesen und mich zu Tode erschrocken. Aber Mr. Baxter kann nicht darin verwickelt gewesen sein, Sir.«

»Warum nicht?«

Doyle drehte sich nervös zu Paul um und zuckte mit den

Schultern. »Nun, das konnte er nicht, oder? Ich meine, er hat mir gegenüber nichts bezüglich des jungen Draper gesagt. Er hat immer nur von seinen eigenen Jungs gesprochen.«

»Sie haben bestimmt recht«, murmelte Paul beruhigend. »Hat Mr. Baxter Ihnen gegenüber den Namen Curzon erwähnt?«

»Nein, Sir.«

Paul lächelte und erhob sich. Es war ein aufschlussreiches Gespräch gewesen, aber es war jetzt Zeit zu gehen. Paul empfand die Atmosphäre dieser ländlichen Polizeistationen als bedrückend. Sie waren alle im Jahr 1870 gebaut worden, was nicht gerade seine bevorzugte Architekturperiode war.

Paul Temple ging zurück zum Hotel und holte sein Auto. Er musste nachdenken. Er fuhr über das Moor und wog in seinem Kopf alle Fakten ab, die er über den Fall Curzon wusste. Er dachte an alle Fragen, auf die er keine Antwort hatte.

Er wusste, dass Doyle ein glaubwürdiger Zeuge war und dass er die Geschichte detailreich wiedergegeben hatte. Philip Baxter hatte die Jungen offensichtlich wegen einer Bedrohung bei sich versteckt, und diese Bedrohung war real gewesen, denn Baxter selbst war jetzt tot. Hatte es etwas mit den geschäftlichen Vereinbarungen zwischen Baxter und Lord Westerby zu tun?

Jemand hatte dreimal versucht, Diana Maxwell zu töten, und sie fürchtete um ihr Leben. Sie wollte den Mund nicht aufmachen, aber vielleicht wusste ihr Onkel, Lord Westerby, was sie beunruhigte.

Und wer war Curzon? Sein Name hatte auf Rogers Cricketschläger gestanden und Diana Maxwell hatte ursprünglich behauptet, alles über ihn zu wissen. Paul sah zu, wie die Sonne unter den Grün- und Brauntönen des fernen Horizonts verschwand und ein kühles, goldenes Leuchten hinterließ. Es gab keinen guten Grund zu glauben, dass Curzon wichtig war, nur Vospers Nase war dieser Meinung.

Das Haus der Baxters sah noch genauso aus wie vor der Tragödie. Paul konnte es noch immer nicht glauben, welche

Brutalität hinter diesen verhangenen Fenstern ausgeübt worden war. Er klopfte an die Tür und erwartete fast, dass Philip Baxter sie öffnen und erklären würde, dass alles nur ein Irrtum gewesen war.

In Wirklichkeit war es Steve, die ihn hereinließ.

Sie hob einen Finger an ihre Lippen. »Die Jungs sind gerade beim Abendessen«, sagte sie vertraulich. »Du wirst sie doch jetzt nicht verhören wollen, oder? Sie sind noch ziemlich mitgenommen von dem Schock.«

Paul betrat das Cottage. »Ich bin gekommen, um meine Frau zu sehen. Ich habe heute Abend noch nichts gegessen, und außer dir ist die ganze Grafschaft voll mit Leuten aus Yorkshire. Ich habe mich einsam gefühlt.« Er fand den Weg in die Küche, wo die Gesichter zweier Jungs zu ihm aufblickten, innehielten und dann weiter aßen. »Falls noch ein Stück Wurst übrig ist«, sagte Paul, »oder ein kleines Stück Käse, dann ...«

»Roger und Michael haben einen gesunden Appetit. Aber da ist noch ein halber Yorkshire-Pudding«, sagte Steve herzlos, »und im Kühlschrank ist noch eine Dose Bier.«

Die beiden Jungen lächelten schüchtern und sahen zu, wie Steve einen Stapel Schinkensandwiches zubereitete. »Wir haben heute Abend über Sie geredet«, sagte der jüngere von beiden. »Ich gebe die Schülerzeitung heraus und Mrs. Temple hat mir von Ihren Anfängen als Schriftsteller erzählt. Ich würde auch gerne Schriftsteller werden.«

Paul lachte. »Du solltest dir lieber einen richtigen Job suchen. Warum nicht Profi-Cricketspieler? Dann kannst du Sportjournalist werden, wenn du in Rente gehst.«

»Es ist verdammt harte Arbeit«, sagte der Junge taktlos, »ein guter Cricketspieler zu sein.«

Es zeigte sich, dass Steve echte Sympathien für die Baxter-Jungen entwickelt hatte. Der ältere, Michael, hatte sie über das Leben und die Möglichkeiten einer Designerin ausgefragt, und sie hatten über seine Absicht gesprochen, im nächsten Jahr eine Kunstschule in London zu besuchen. Er war ein sympathischer junger Mann, der durch einen Zeitungsartikel kurz nach Weihnachten von Steves Ruf gehört hatte.

»Er wollte mich gerade nach oben bringen, um mir seine Mappe mit Bildern zu zeigen«, sagte Steve.

Paul hob eine ironische Augenbraue. »In Ordnung. Roger und ich können hier unten bleiben und über Cricket reden. Ich hasse es, Sandwiches allein zu essen.« Er wandte sich ab und sprach mit Roger von Mann zu Mann. Er fragte ihn, ob er im Cricketteam der Schule spiele.

»Nein«, sagte Roger, als sie allein waren. »Ich bin nicht wirklich gut genug. Deshalb wollte ich Schriftsteller werden.«

Paul knabberte einige Sekunden lang nachdenklich an einem Schinkensandwich. »Roger, ich wollte dich nach einem Namen auf deinem Cricketschläger fragen. Warum hast du den Namen Curzon zur Schulmannschaft hinzugefügt?«

Roger Baxter starrte erstaunt. »Das war aber schlau von Ihnen, Mr. Temple! Dass Sie das bemerkt haben!«

Paul zuckte bescheiden mit den Schultern. »Ich nenne das Naseologie.«

»Ich habe ihn nur so hingekritzelt«, erklärte der Junge. »Eigentlich hätte ich schon schlafen sollen, aber es war eine warme Nacht und ich habe den Namen auf den Schläger geschrieben, um mir die Zeit zu vertreiben. Das haben in diesem Schuljahr viele Jungen gemacht.«

»Aber warum Curzon?«, beharrte Paul. »Ich denke, das ist sehr wichtig, um herauszufinden, wer deinen Vater getötet hat. Also erzähl mir bitte, was in jener Nacht geschah, als du eigentlich schlafen solltest.«

Roger Baxter blinzelte ernsthaft. »Nun, da gibt es nicht viel zu erzählen. Es war schon spät, wie ich sagte, und ich konnte unten Stimmen hören. Die Stimmen waren laut und wütend, also schlich ich mich auf den Treppenabsatz, um zu sehen, was los war. Mein Vater war unten im Wohnzimmer und es war ein anderer Mann bei ihm, dessen Stimme ich nicht kannte, aber sie waren sehr wütend und mein Vater schrie immer wieder: »Es ist mir egal, was Curzon sagt! Ich gehorche diesen Anweisungen nicht, egal was Curzon will!« Der Streit dauerte mehrere Minuten.« Roger lächelte entschuldigend. »Mein Vater hat sich nie mit anderen gestritten. Er hat fast nie geschrien, nicht einmal mit mir.«

»Und was hat der andere Mann gesagt?«

»Er sagte, es sei sinnlos, sich zu streiten. »Curzon gibt den Ton an, und wir müssen danach tanzen.« So etwas in der Art. »Seien Sie nicht dumm, Baxter, wir müssen alle tun, was man uns sagt.« Ich fand das sehr beunruhigend. Deshalb ging ich zurück in mein Zimmer und schrieb den Namen auf den Cricketschläger. Die Sache brachte mich zum Nachdenken.«

»Hast du deinen Vater später gefragt, was los war?«

»Ja, am nächsten Morgen beim Frühstück habe ich gefragt, wer Curzon ist. Aber Vater hat es mir nicht gesagt. Zuerst war er sehr wütend, dass ich ihn belauscht hatte. Dann beruhigte er sich und sagte, ich solle das Ganze vergessen. Er sagte, ein alter Bekannter sei auf einen Drink vorbeigekommen und sie hätten einen freundschaftlichen Streit gehabt.« Der Junge dachte einen Moment lang nach. »Aber ich weiß nicht, wer dieser Bekannte war. Und er war nicht sehr freundlich.«

Das Bier zischte, als Paul die Dose öffnete und es dann in ein Glas goss. »Wie war die Stimme dieses Mannes?«

»Wortgewandt, gebildet. Ich glaube, es war ein Südstaaten-Akzent.«

»Hat dein Vater jemals einen Freund von ihm namens Walters erwähnt?«, fragte Paul. »Verdammt und zugenäht!« Das Bier war übergelaufen und hatte sich auf den Tisch ergossen. »Das ist der Grund, warum ich Whisky bevorzuge.«

»Walters?«, wiederholte der Junge. »Nein, ich habe meinen Vater nie von ihm sprechen hören.« Er beugte sich mit plötzlicher Intensität vor. »Sagen Sie mir, Mr. Temple, glauben Sie, dass dieser Mann, Curzon, meinen Vater ermordet hat?«

Paul seufzte. »Das wüsste ich auch gerne, Roger.« Er tupfte die Bierlache mit seiner Serviette ab und stand dann vom Tisch auf. »Tja, das war köstlich.« Er nahm die Reste des Getränks mit nach nebenan.

Es war das Arbeitszimmer von Philip Baxter. Ein Hauch Studierstube lag in der Luft. Ein massiver lederbezogener

Schreibtisch gab den Blick auf die Gärten und die Ländereien von Westerby frei. Es war die Art von Raum, in dem Paul niemals arbeiten hätte können, mit dicken schalldichten Teppichen und Vorhängen, die wie Wandteppiche aussahen, und Tapeten mit Samtprägung. In schweren Rahmen hingen präraffaelitische Gemälde, die unordentlichen Bücherregale waren vollgestopft. Paul fragte sich, womit sich Baxter in seinem Ruhestand beschäftigt hatte. Die beiden Bände des aktuellen Börsenjahrbuchs sahen unbenutzt aus. Auf dem Wörterbuch lag Staub. Das Gesamtwerk von Trollope glänzte künstlich, als ob es nie gelesen worden wäre.

»Hat dein Vater immer über hundert Pfund in Scheinen im Haus aufbewahrt?«, fragte Paul.

»Nein, hat er nicht. Ich war überrascht, als Tom sagte, dass Vater das Geld aus seinem Schreibtisch genommen hatte. Aber wenn Tom das gesagt hat, dann …«

Paul überprüfte die Schubladen und fand sie offen. Aber es gab keine Geldkassette darin, nur die üblichen Akten und persönlichen Papiere, die Paul in diesem Moment nicht zu lesen wagte. Er warf jedoch einen Blick in Baxters Scheckbuch und fand keinen Beleg für Abhebungen, die hundert Pfund ausmachten.

»Mein Vater sagte immer, dass herumliegendes Geld nur verschwendet wurde. Er hätte es investiert oder ausgegeben.«

Paul nickte. Er drehte sich auf dem gepolsterten Stuhl hinter dem Schreibtisch um und griff im Vorbeigehen nach dem Roman *Die Türme von Barchester*. Als er ihn herausziehen wollte, merkte er, dass sich die Buchrücken aller zehn Romane von Trollope daneben wie eine Tür vom Regal herunterklappen ließen. Hinter den Attrapen befand sich ein Wandtresor.

»Sieh an, sieh an«, sagte Paul. »Wusstest du davon?«

»Ja, natürlich. Als ich ihn zum ersten Mal entdeckte, versuchte ich, die Kombination zu knacken. Ich hatte gerade Edgar Wallace gelesen und dachte, dass es einfach wäre, die richtigen Ziffern einzustellen. Aber ich habe es nie geschafft. Ich habe keine Ahnung, was Vater darin aufbewahrt hat.«

»Wann wurde er eingebaut?«

»Ich nehme an, vor etwa einem Jahr. Damals erschien das Gesamtwerk von Trollope und einige der Bücher sind echt. Vater hat über Weihnachten *Der Premierminister* gelesen. Ich dachte, er wollte vielleicht in die Politik gehen.«

Paul fummelte mehrere Minuten lang an der Kombination herum, während er sich fragte, woher der Brandgeruch kam. Aber wenn es einem entschlossenen Vierzehnjährigen nicht gelungen war, den Tresor zu öffnen, dann war es eher unwahrscheinlich, dass er ihn in fünf Minuten öffnen konnte. Dazu brauchte man Spezialwerkzeug: ein Stethoskop oder eine Ladung Dynamit.

»Ich glaube, da brennt etwas«, verkündete Roger plötzlich.

»Schon gut«, sagte Paul schnippisch, »du wirst dich an die Kochkünste meiner Frau auch noch gewöhnen.«

»Wir hatten den Eindruck, dass sie eine sehr gute Köchin ist.«

»Ja, das ist sie tatsächlich.« Paul sah sich überrascht um. »Mein Gott, ich glaube, das Haus brennt!« Es knisterte und brannte, und als er in den Flur rannte, wurde es noch schlimmer. Flammen sprangen und schlugen die Treppe herunter, und er sah, dass der obere Teil des Hauses in Flammen stand.

»Paul!«, hörte er Steve hinter dem Feuer rufen. »Geht es dir gut?«

»Ja!«, rief er. »Kannst du runterkommen?«

»Nein, die Treppe ist zerstört!«

Während sie sprach, krachte das Geländer durch das Feuer zusammen und stürzte in den Flur. Rauch waberte durch das Treppenhaus und machte das Atmen unmöglich. Paul merkte, dass seine Augen brannten und sein ganzer Körper nass geschwitzt war.

»Das Dach!«, rief Roger Baxter. »Sie können durch das hintere Fenster auf das Dach klettern!«

»Hast du das gehört?«, rief Paul.

»Ja.«

Paul folgte dem jüngeren Bruder eilig in den Garten. Der ganze Rasen war durch die Flammen erleuchtet. Paul blickte hinauf in die wütende Brunst und konnte gerade noch zwei Silhouetten auf dem niedrigen Dachvorsprung über der Küche ausmachen.

»Springt!«, rief Paul. »Denkt nicht lange darüber nach!« Durch das anstrengende Schreien füllten sich seine Lungen mit brennendem Rauch. Es schnürte ihm kurz die Kehle zu, als ein Stück des Schornsteins auf das Gras neben ihm stürzte.

Michael Baxter flitzte schnell die Regenrinne hinunter und benutzte dabei das Küchenfensterbrett mit der Geschicklichkeit eines Kindes, das diesen Weg schon einmal genommen hatte. Steve sprang auf Pauls ausgestreckte Arme. Sie stürzten ins Rhododendrongebüsch.

»Entschuldige, Darling«, murmelte sie. »Ausgerechnet dein neuer Anzug!«

»Wen interessiert mein neuer Anzug? Ist alles in Ordnung mit dir?«

»Ja«, sagte sie. »Was ist mit den Jungs?«

Die Baxter-Brüder standen zusammen in sicherer Entfernung vom Haus und schauten schweigend zu. So viele Dinge waren ihnen an einem Tag widerfahren, und es gab nicht viel zu sagen. Sie sahen einfach zu, wie ihr Haus wie ein Leuchtfeuer in der Nacht abbrannte.

»Wir hatten keine Gelegenheit, die Feuerwehr anzurufen«, sagte Paul.

Steve zuckte mit den Schultern. »Es bräuchte mehr als ein paar Feuerwehrfahrzeuge, um das hier zu löschen«, sagte sie. »Es ist ein so altes Haus und es hat diesen Sommer nicht viel geregnet.«

Die Straße kamen schon Leute herunter, ein großes Auto fuhr vor, und man hörte Stimmen, die sich gegenseitig fragten, ob noch jemand im Haus sei. Die beiden Brüder nahmen keine Notiz davon, und so schlich Paul um das Haus herum, um die Schaulustigen zu beruhigen und jemanden zu bitten, die Polizei zu holen.

»Ja, ja«, stimmte er zu, »es brennt. Nein, wir sind alle rechtzeitig rausgekommen. Ja, das ist alles sehr schlimm.« Die Fragen der Herbeigeeilten waren im Angesicht dieser

Katastrophe ehrlich gemeint, aber das Entsetzen, das sich auf ihren Gesichtern abzeichnete, etwas zu stark aufgetragen. Es ging nicht darum, echt zu wirken. »Wir hätten tatsächlich verbrennen können«, stimmte er zu, »aber wir leben alle noch. Ich frage mich, ob Sie nicht nach Hause laufen und die Polizei anrufen könnten?«

Ein großes Auto wurde auf der anderen Seite der Straße geparkt. »Hallo, Mr. Temple!«, rief eine junge Frauenstimme vom Beifahrersitz aus. »Was ist los?«

Paul ging zu Diana Maxwell hinüber. »Leider ist ein Feuer ausgebrochen«, sagte er müde. Der Fahrer des Wagens war Peter Malo. »Interessant, dass Sie beide in der Nähe sind«, sagte er. »Machen Sie eine Spazierfahrt?«

»Wir haben das Feuer vom Gutshaus aus beobachtet«, sagte Peter Malo, »also sind wir gekommen, um zu sehen, ob wir helfen können.«

»Ich nehme an, Sie haben nicht daran gedacht, die Feuerwehr zu rufen?«

Der junge Mann lachte. »Großer Gott, doch, natürlich. Wir haben sie sofort angerufen, als wir die Flammen sahen, nicht wahr, Di?«

Diana Maxwell sah Paul nachdenklich an. »Ja«, sagte sie automatisch, »sie sollte jeden Moment hier sein.«

Diana Maxwell kletterte aus dem Auto. »Wartest du hier, Peter? Ich muss kurz mit Michael Baxter sprechen.« Sie nahm den Arm von Paul Temple und ging mit ihm zurück zum Haus. Sie klammerte sich an ihn, als sie an den brennenden Trümmern des Wintergartens vorbeikamen. »Ich wollte mit Ihnen unter vier Augen sprechen, Mr. Temple«, sagte sie. »Ich möchte nicht, dass Peter Malo es hört.«

»Über Curzon?«, fragte er.

»Ja, wenn Sie wollen. Haben Sie morgen mal eine Stunde Zeit?«

»Wir haben eine solche Verabredung doch schon einmal getroffen.«

Ihr Körper versteifte sich bei dieser Anspielung, aber ihr Tonfall war angemessen entgegenkommend, als sie antwortete. »Ich weiß. Das tut mir leid. Normalerweise verbringe ich meine Sommertage auf unserer Jacht draußen in der Bucht. Das ist viel abgeschiedener als in Westerby Hall. Können Sie morgen früh hinauskommen?«

»Ich werde es versuchen«, sagte Paul. »Wie heißt diese Jacht?«

»*Windswept*«, sagte sie und warf ihr Haar hin und her. »Fragen Sie einen der Fischer vor Ort und man wird Sie mitnehmen.«

Diana Maxwell ließ ihn auf dem Rasen zurück und ging weiter, um mit Michael Baxter zu sprechen. In diesem Moment traf die Feuerwehr mit eindringlichem Glockengeläut ein. Zwei Löschzüge rückten an und fast augenblicklich wurden die Menschenmassen zurückgedrängt. Das Haus war plötzlich von fleißigen Männern in Uniformen umgeben, die ihrer Arbeit nachgingen.

»Zurückbleiben, bitte!«, riefen sie. »Bring es hierher, Turner! Genau so, Wilson, geradeaus und an Nummer acht anschließen!« Große Wasserstrahlen spritzten in die Reste des Daches, während andere Feuerwehrleute mit ihren Äxten auf das verkohlte Holz und den Verputz einhackten.

Sie kamen jedoch zu spät, um noch viel aus den Trümmern zu retten. Jemand schien sich ins Innere des Hauses gewagt zu haben, und vereinzelte Stühle und brennende Möbelstücke wurden durch die Fenster geschleudert. Paul hoffte zynisch, dass Philip Baxter voll versichert war.

»Wir müssen etwas wegen der Bäume unternehmen, Sir«, rief ein Feuerwehrmann.

Die Bäume standen am Rande des Gartens. Paul hatte gerade noch Zeit, Steve wegzuziehen, als ein Wasserstrahl über ihre Köpfe hinweg in das Laub gerichtet wurde. »Man hätte sie schon längt bespritzen sollen«, sagte jemand verärgert. »Geht zur Seite, ihr beiden!« Aber die Warnung kam zu spät.

»Macht nichts«, sagte Steve. »Ist doch schön kühl, oder?«

Sie rannten hinüber, um sich neben Diana Maxwell und den beiden Jungen in Sicherheit zu bringen, und wischten sich dann mit Taschentüchern die Kleidung und das Gesicht ab.

Währenddessen gingen die Männer, die sich im Inneren des Hauses befanden, ein letztes Mal nach draußen. Die Wände drohten einzustürzen.

»Ich nehme Michael und Roger nach Westerby Hall mit«, sagte Diana Maxwell. »Ihre Frau war sehr freundlich, aber nach dieser Sache brauchen sie einen Ort, an dem sie bleiben können, bis ihr Leben wieder in geordneten Bahnen verläuft.«

Die beiden Jungen verabschiedeten sich und bedankten sich, dann folgten sie der Frau widerspruchslos zum Auto. Paul sah ihnen nach und fühlte sich beklommen und hilflos. Es konnte gut sein, dass sie mitten in die Gefahr hineinliefen.

»Meinst du denn, dass sie bis jetzt in Sicherheit waren?«, fragte Steve ironisch. Es gibt nur einen Weg, Dulworth Bay für sie sicher zu machen, und das ist, diesen Fall so schnell wie möglich aufzuklären. Wollen wir gehen?«

»Gleich«, sagte Paul. Ich möchte etwas aus den Trümmern holen, falls es das Feuer überlebt.

Er ging hinüber zur Westwand des Hauses, einem zerklüfteten Haufen Mauerwerk, der nach innen gestürzt war und immer noch rauchte. Plötzlich flackerte das Feuer wieder auf. Temple versuchte zu erraten, wo sich das Arbeitszimmer befunden hatte.

»Was suchst du?«, fragte Steve.

»Das hier«, sagte Paul. Er schob einen Haufen schwelender Trümmer beiseite und stieß auf etwas, das zwischen dem verbrannten Holz hervorlugte. Es war ein Stahlkasten. Als er ihn mit dem Fuß umdrehte, sah Paul das Zahlenschloss, das er im Arbeitszimmer zu öffnen versucht hatte. »Das ist der Tresor von Philip Baxter.«

»Was auch immer da drin war«, sagte Steve, »wird jetzt zu Asche verkohlt sein.«

»Vielleicht.« Paul trug ihn vorsichtig auf das Gras und ließ ihn dann fallen. »Autsch!« Er rieb sich schmerzhaft die Hände. »Das war heiß.«

Der Tresor war noch intakt und ließ sich nicht öffnen. Paul schaute sich um, um zu sehen, wer ihn beobachtete, aber die Feuerwehrleute waren immer noch mit dem Rest der eingestürzten Wände beschäftigt. Paul nahm einen Ziegelstein in die Hand und schlug drei Zentimeter links vom Schloss auf den Stahl ein. Als er den Ziegelstein über seinen Kopf hob, um einen weiteren Angriff zu starten, griff jemand nach seinem Handgelenk.

»Guten Abend, Mr. Temple. Haben Sie den Schlüssel zu Ihrem Tresor verloren?«

Es war Inspektor Morgan, der sehr verärgert aussah.

»Als wir heute Abend hierherfuhren, sagte ich zu meinem Sergeant: »Wenigstens ist dieser Temple in Whitby, wir haben ihn ja selbst dorthin gebracht.« Aber ich habe es nicht wirklich geglaubt. Als ich hörte, dass es Ärger gibt, ahnte ich, dass Sie hier sein würden. Guten Abend, Mrs. Temple. Es ist sehr warm heute Abend.«

Als sie zur Polizeistation in Whitby zurückkamen, war es schon sehr spät, aber Inspektor Morgan schien das nicht zu stören. Er nahm den Hörer ab, verlangte von jemandem zwei Tassen Kakao und lehnte sich dann in seinem Stuhl zurück.

»Setzen Sie sich, Temple, entspannen Sie sich. Ich hatte heute Abend ein Gespräch mit Charlie Vosper. Er hat mir etwas erzählt, das Sie vielleicht interessieren könnte.«

Sie wurden durch ein Klopfen an der Tür unterbrochen und eine beängstigend stämmige Polizistin brachte den Kakao herein.

»Das macht Sie schläfrig, mein Lieber, falls es Sie nicht umbringt«, sagte sie zu Paul.

»Keine Zeit für Witze«, schnauzte Inspektor Morgan. »Schicken Sie den jungen Mason mit seiner Tresorknackerausrüstung herein.«

Die Frau starrte auf den Tresor auf dem Schreibtisch. »Er ist heute nicht im Dienst, Sir. Soll ich es mal versuchen?«

Inspektor Morgan stimmte zu und ging hinaus, um die benötigten Präzisionswerkzeuge zu holen.

»Wir sind immer auf dem neuesten Stand was Einbruchswerkzeuge betrifft, Temple«, sagte er stolz. »So bleiben wir immer auf dem Laufenden, wir können wie Kriminelle denken und ihre Arbeit besser machen als sie selbst. Also, wo waren wir nochmal?«

»Bei Charlie Vosper. Sie sagten, er hat Ihnen etwas erzählt, dass …«

»Ah ja. Inspektor Vosper hat großes Interesse an diesem Fall. Wir haben uns heute Abend unterhalten und ich habe ihm die Geschichte von Tom Doyle erzählt. Ich erwähnte diesen Amerikaner, der am Abend vor dem Verschwinden der Jungen mit Lord Westerby gesehen wurde. Und wissen Sie was?«

Paul versuchte, arglos zu wirken. »Charlie Vosper kannte ihn?«

»Ja, genau. Wie konnten Sie das erraten?«

»Ich kenne meinen Inspektor Vosper.« Paul zog eine Grimasse und stellte die Tasse Kakao auf den Boden, damit sich der Bodensatz absetzen konnte. »Was wissen wir also über diesen Walters?«

»Lassen Sie den Kakao nicht kalt werden, Temple. Sie waren doch vor einigen Tagen in den Fall Bobby Jameson verwickelt. Inspektor Vosper hat einige Routineuntersuchungen durchgeführt, um etwas über ihre Gewohnheiten und ihren Hintergrund herauszufinden. Ihr Freund hieß Carl Walters.«

Paul war beeindruckt. »Ich mag es, wie Charlie Vosper alles so schön zusammenfügt. Hat er gesagt, ob Walters vorbestraft ist?«

Inspektor Morgan schüttelte den Kopf. »Hierzulande nicht, obwohl er dem FBI bekannt sein könnte. Er ist eine zwielichtige Gestalt. Ihm gehören drei Spielhallen in London.«

»Klingt so, als ob man sich mit ihm beschäftigen sollte«, murmelte Paul nachdenklich.

Die Polizeibeamtin kam mit einem Vorschlaghammer zurück. »Entschuldigen Sie, Sir«, sagte sie. »Das sollte gleich erledigt sein.« Während Paul erstaunt zuschaute, stellte sie den Tresor in die Mitte des Zimmers. »Treten Sie zurück!« Sie stellte sich über den Tresor, spannte ihre Muskeln an und schwang dann den Hammer in einem mächtigen Bogen. Der

Aufprall war ohrenbetäubend.

Als Paul seine Augen wieder öffnete, sah er, dass die Tür des Tresors aus den Angeln gehoben und nach innen gebogen war. Der Steinboden des Büros schien unversehrt zu sein.

»Danke, Jackson«, sagte der Inspektor. »Das müsste genügt haben, oder?«

Die Frau zwinkerte Paul zu. »Man muss genau wissen, wo man hinschlagen muss.« Sie verließ mit dem Vorschlaghammer über der Schulter das Zimmer.

»Was«, fragte der Inspektor, »erwarten wir jetzt zu finden, Temple? Darf ich Ihre Prognose hören?« Er kam hinter dem Schreibtisch hervor und kniete sich neben den Tresor. »Na los, Mann, Sie müssen sich doch darüber schon einige Gedanken gemacht haben.«

»Ich habe keine Ahnung, was wir darin finden werden«, sagte Paul vorsichtig. »Aber ich vermute, dass Philip Baxter in irgendwelche zwielichtigen Geschäfte verwickelt war und deshalb nicht zur Polizei gehen konnte, als seine Jungs in Gefahr waren. Höchstwahrscheinlich war es ein zwielichtiges Geschäft, an dem auch Lord Westerby beteiligt war.«

»Und Carl Walters«, sagte der Inspektor, »wir dürfen ihn nicht vergessen. Die großen Gauner aus London könnten sehr wohl darin verwickelt sein. Vielleicht war das der Grund, warum Philip Baxter sich zurückziehen wollte. Vielleicht dachte er, dass die zwielichtigen Geschäfte aus dem Ruder liefen.«

»Sehr wahrscheinlich«, sagte Paul. Er wünschte sich ungeduldig, dass der Inspektor endlich einen Blick in den Tresor werfen würde. »Aber mit etwas Glück werden wir bald wissen, worum es sich handelt.«

»Welche Art von Gaunereien«, fragte der Inspektor skeptisch, »könnten Ihrer Meinung nach in North Riding of Yorkshire betrieben werden?«

»Ich weiß es nicht. Was sind denn die üblichen Fälle von Kleinkriminalität?«

Inspektor Morgan kicherte. »Sie wissen ja, wie die Leute hier sind. Manchmal werden sie mit ihren Fischerbooten in fremden Hoheitsgewässern erwischt. Im vorigen Jahrhundert haben sie ein bisschen gewildert und einige von ihnen haben nebenbei auch ein bisschen geschmuggelt. Im 18. Jahrhundert lockten die Dorfbewohner von Dulworth nachts Frachtschiffe an, die gegen die Klippen fuhren, und stahlen dann alles aus den Wracks. Heutzutage bringen sie jedoch jeden ehrgeizigen Polizisten zur Verzweiflung. Sie versuchen nicht einmal, sich vor der Zahlung ihrer Fernsehgebühren zu drücken.«

»Aber Philip Baxter war früher Börsenmakler«, sagte Paul. »Er war kein durchschnittlicher Bürger aus Yorkshire.«

»Ja, das ist wahr.«

Inspektor Morgan kippte den Tresor nach vorne, um ihn zu leeren. Darin befanden sich mehrere Stapel verbrannter Papiere, bei denen es sich wahrscheinlich um fünfundzwanzig Pfund in Banknoten und einige Aktien gehandelt hatte. Es gab außerdem ein in Leder gebundenes Notizbuch. Das Leder war durch das Feuer steif und brüchig geworden, aber man konnte die Notizen darin noch lesen.

»Was ist das?«, fragte Paul.

»Ich denke ein Code. Zahlenkolonnen über Zahlenkolonnen, mit ein paar Daten und Diagrammen. Ich werde es an Scotland Yard schicken, damit es dechiffriert wird.« Er schaute zu Paul und grinste. »Nun, wenigstens wissen wir eines. Mr. Baxter hatte sich nicht zur Ruhe gesetzt. Und wenn dieses Haus angezündet wurde, um sicherzustellen, dass niemand dieses Notizbuch findet, dann glaube ich, dass wir an etwas dran sind.«

Paul nickte. »Jemand war wahrscheinlich erpicht darauf, das Notizbuch zu finden. Es war ihm wichtig genug, um Philip Baxter zu foltern und ihn sogar zu töten. Ich nehme an, Sie werden den Yard einschalten?«

»Wir werden sehen.« Der Inspektor zeigte die übliche Zurückhaltung, wenn es darum ging, Außenstehende zur Lösung eines Falles heranzuziehen und ihnen den Ruhm zu überlassen. »Wir werden abwarten und sehen, was dieses Notizbuch offenbart, wenn es entschlüsselt worden ist. Ich werde morgen einen Mann damit nach London schicken.«

»Ich fahre morgen Abend zurück«, sagte Paul impulsiv. »Ich kanne es mitnehmen und Charlie Vosper persönlich übergeben.«

Der Inspektor überlegte einige Augenblicke und stimmte dann zu. »In Ordnung, aber ich werde das Ding zuerst fotokopieren lassen. Kommen Sie irgendwann im Laufe des Nachmittags vorbei, dann habe ich es sicher fertig. Eingepackt und versiegelt.«

»Keine Sorge«, sagte Paul, »Sie können mir vertrauen.«

Kapitel fünf

»Oh, schön«, sagte Steve aufgeregt, »ich liebe Picknicks – und es ist so ein herrlicher Morgen dafür.« Sie lud den Picknickkorb in den Kofferraum des Autos. »Ich kenne einen herrlichen Platz an einem Bach.«

»Nein. Wir gehen an den Klippen entlang«, sagte Paul. »Ich ziehe das Meer und ein bisschen Klettern deinen endlosen sturmgepeitschten Anhöhen vor.«

Steve beobachtete, wie er einen großen Erste-Hilfe-Kasten herausholte. Hinter diesem Ausflug steckte mehr, als Paul bisher verraten hatte. Aber Steve kletterte ins Auto und genoss die Illusion, im Urlaub zu sein. Sie verfiel in eigene Erinnerungen, die sie beim Anblick einer Straße, eines Hauses oder eines weit entfernten Dorfes an die Freunde und Ausflüge ihrer Kindheit erinnerten. Sie hoffte verzweifelt, dass sie sich später auch noch an die angenehmen frühen Erlebnisse erinnern würde und nicht an die Brutalität der letzten Tage.

Ab und zu erhaschte sie einen Blick auf die malerische kleine Eisenbahn und merkte, dass Paul sie ebenfalls aufmerksam beobachtete. Steve kannte ihren Mann gut genug, um zu erraten, was in ihm vorging. Sie beschloss jedoch, es nicht anzusprechen. Sie hatte Paul eine Stunde lang auf der Hotelveranda sitzen sehen, bevor sie losgefahren waren. Er hatte diese widerliche Pfeife geraucht, was ein sicheres Zeichen dafür war, dass er über die Lösung eines Rätsels nachdachte oder einen Roman plante.

Die Straße schwenkte landeinwärts und stieg steil an, bis die Bucht und das Dorf Dulworth plötzlich in der Ferne auftauchten, ausgebreitet und glitzernd im Sonnenschein. Die Eisenbahn war irgendwo unter ihnen in den Felsen verschwunden. Paul fuhr noch fünf Minuten weiter und hielt dann am Straßenrand an.

»Sollen wir von hier aus laufen?«, fragte Paul.

Ein einzelnes Schaf kaute gerade geistesabwesend an einem Ginsterstrauch. Es hielt inne, um zu beobachten, wie sie den Picknickkorb, den Erste-Hilfe-Koffer und die Decke ausluden, und hüpfte davon, als sie sich auf den Weg zum Klippenrand machten. Es war nicht an Menschen gewöhnt.

»Was glaubst du, wie weit sind wir vom Dorf entfernt?«, fragte Paul mit einer ausgeklügelten Unbekümmertheit. »Wir wollen niemandem über den Weg laufen, den wir kennen. Das könnte unser kleines Vergnügen verderben.«

»Wir sind drei Meilen vom Dorf entfernt«, sagte Steve präzise. »Die Bahnlinie verläuft fast direkt unter uns. Sie macht hier eine scharfe Kurve und sie kommt irgendwo dort drüben, an der braunen Felswand in einer halben Meile Entfernung, aus dem Tunnel wieder heraus.«

Paul sah überrascht aus. »Die Bahnlinie?«, sagte er unschuldig. »Ach, du meinst die Eisenbahn. Ja, ich weiß schon.« Er drehte sich begeistert um und blickte auf das Meer. »Ein perfekter Ort, findest du nicht auch, Liebling? Lass uns hierbleiben. Ich habe einen Bärenhunger!«

Steve lachte und breitete die Decke aus. »Ja, lass uns hierbleiben!« Als ob sie eine Wahl gehabt hätte!

Der Hotelkoch hatte eine Auswahl an Pasteten, Salat, Krabben, dünnen Scheiben geräucherten Lachses und eine Menge winziger Rispenbrötchen eingepackt. Es gab sorgfältig eingelegte Hülsenfrüchte, einen Stapel dicker Truthahn-Sandwiches, Obst und eine Flasche *Château Neuf du Pape 1959*.

»Nicht schlecht«, sagte Paul anerkennend. »Schmeckt es dir?«

»Köstlich«, sagte Steve mit vollem Mund, »Danach schlafe ich bestimmt den ganzen Nachmittag. Ich würde sogar hierbleiben und mich sonnen, wenn du mich daran erinnerst, dass ich mich alle halbe Stunden umdrehen soll.«

Paul schüttete eine kleine Menge Wein in einen Einweg-Plastikbecher: »Willst du ihn probieren?«, fragte er. Als Steve zustimmte, füllte er die beiden Becher. »Es ist doch schön, dieser modern-konservativen Gesellschaft zu entfliehen, oder?«, murmelte er. »Ich genieße es, im Freien zu leben, mit zwei Stöcken Feuer zu machen und zu essen, was Gott bereitgestellt hat.« Er biss in ein Truthahnsandwich. »Ich dachte, wir könnten uns den Nachmittag mit Geschichten von Piraten und Schmugglern vertreiben. An diesem Küstenabschnitt gibt es viele Höhlen. Hast du sie als Kind erforscht?«

»Nein«, sagte Steve, »das habe ich nicht.«

»Oh.« Paul ließ seine Beine enttäuscht über den Klippenrand baumeln. »Was denn, keine davon?«

»Nein, keine.«

»Wo war denn dein Sinn für Abenteuer?« Aus Versehen ließ er ein Stück Truthahn über den Abgrund fallen. Als er hinunterschaute, um eine Möwe zu beobachten, die sich über das Fleisch hermachte, schien etwas seine Aufmerksamkeit zu erregen. »Sag mal, Liebling, hast du hier schon nach unten gesehen? Es ist alles verbrannt, als hätte es ein Feuer gegeben. Sieh mal, sieht ziemlich schlimm aus.«

Steve spähte hinunter. Die Klippe war mindestens sechzig Meter hoch. Im untersten Drittel waren die Felsen schwarz und die spärliche Vegetation war verbrannt. »Das muss die Stelle sein, an der das Flugzeug abgestürzt ist«, sagte sie.

»Großer Gott, ja, das hatte ich ganz vergessen. Nach dem Mittagessen gehen wir auf Erkundungstour. Ich denke, wir könnten diese Felswand bezwingen. Hundert Meter weiter gibt es eine Art Ziegenpfad …«

»Ich bleibe hier oben, um mich zu sonnen.«

Paul drehte sich auf den Rücken und legte seinen Kopf in Steves Schoß. »Ich habe über das Verschwinden des jungen Draper nachgedacht. Es scheint mir, dass es zwei Möglichkeiten gibt.« Er griff nach oben, nahm Steve die Sonnenbrille von der Nase und setzte sie sich selbst auf. »Entweder wurde er aus dem Zug geworfen, als sie noch im Tunnel waren …«

»… oder er war irgendwo im Zug versteckt«, sagte Steve. »Der einzige Haken an dieser Schlussfolgerung ist, dass die Polizei den Zug durchsucht und überall im Tunnel nachgesehen hat.«

»Ich dachte, wir könnten uns den Tunnel noch einmal ansehen, vor allem die Kurve, in der der Zug ganz langsam fahren muss.«

Steve seufzte. »Zuerst beenden wir aber unser Picknick!«

Als sie sich durch das Festmahl gegessen und den Wein ausgetrunken hatten, war Steve noch weniger bereit, auf ein Sonnenbad am Nachmittag zu verzichten. Paul räumte die Reste auf und brachte den Korb zurück zum Auto. Er kam mit einer großen Taschenlampe zurück.

»Na komm schon«, sagte er, »wir gehen runter.«

»Wonach suchen wir?«

»Nach einem Jungen«, sagte er. »Die Jungen von heute sind wahrscheinlich viel abenteuerlustiger, als du es in deiner Jugend warst. Die Jungs von St. Gilbert grillen wahrscheinlich jeden Gründertag am Strand und kennen jeden Zentimeter dieser Höhlen.«

Steve kam mühsam auf die Beine. »Glaubst du, dass die Höhlen mit dem Eisenbahntunnel verbunden sind?«

»Genau das wollen wir herausfinden.«

Paul nahm ihren Arm und führte sie auf den Ziegenpfad. Sie schlitterten einen gefährlichen Abhang hinunter und wanderten dann über eine grasbewachsene Strecke zum nächsten Abstieg. Der Pfad schlängelte sich leicht und wurde dann mit einem Ruck im Zickzack immer steiler. Als sie etwas mehr als die Hälfte der Felswand hinuntergestiegen waren, erreichten sie die erste Höhle.

»Am besten, wir fangen gleich hier an«, sagte Paul.

Steve spähte in die Höhle. »Ich dachte, du wolltest heute noch Miss Maxwell besuchen?«

»Wir haben keine besondere Zeit vereinbart. Ich hatte vor, später am Nachmittag zu ihrem Boot rauszufahren – wenn wir John Draper gefunden haben.«

Seine Stimme hallte aus der Ferne wider, was darauf hinzudeuten schien, dass die Höhle weit in die Felswand hineinreichte. Paul leuchtete den Weg vor ihm ab. Die Wände waren trocken und glatt. Nach ein paar Metern mussten sie in die Hocke gehen, aber sie konnten sich leicht bewegen. Generationen von Schmugglern hatten dafür gesorgt, dass der Gang benutzbar blieb.

Paul hatte befürchtet, dass sie an ein paar Skeletten und Überresten von Musketenschlachten aus dem siebzehnten Jahrhundert vorbeikommen würden, aber in Wirklichkeit enthielt die Höhle nichts dergleichen und war sauber. Da lagen nur eine Coca-Cola-Flasche, wo der Boden plötzlich nach unten abfiel, und ein paar Zigarettenstummel, wo ein Liebespaar in den letzten fünfzig Jahren geknutscht hatte. Es gab Spuren auf dem Boden, wo eine Krabbe oder ein Dachs vorbeigekommen war. Paul fragte sich, welche Spuren ein Dachs hinterlassen würde. Krabben hinterließen parallele Linien, wie ein Eisenbahngleis.

Der Gang gabelte sich nach etwa dreißig Metern. Paul überlegte, welchen Weg er einschlagen sollte. Er konnte nur das hohle Rauschen des Meeres hören. Er klatschte in die Hände und ein paar Sekunden später kehrte das Echo aus der rechten Gabelung zurück. Paul wählte die linke.

Paul leuchtete mit der Taschenlampe auf die Wände und wunderte sich, warum es keine Jagdszenen wie in französischen Höhlen gab, als Steve ihn am Arm packte. »Vorsicht!«, sagte sie nervös. »Vor dir ist ein Loch.«

Es führte in eine andere Höhle, die drei Meter tiefer lag. Paul half Steve durch das Loch und ließ sie den letzten halben Meter hinuntergleiten. Dann schwang er sich hinter ihr her. »Sieht ja langsam ganz vielversprechend aus«, sagte er. Die Taschenlampe enthüllte einige kleine Stalaktiten und Stalagmiten weiter innen, und die Höhle weitete sich schnell zu einer Kaverne mit mehreren abgehenden Gängen. »Wir sollten uns das zum Hobby machen.«

Steve fröstelte. »Könnten wir uns nicht einen Ort aussuchen, wo es wärmer ist? Ich wollte heute Nachmittag eigentlich ein Sonnenbad nehmen.«

Die Wände waren feucht und in der Ferne konnten sie einen kleinen Wasserfall hören. Aus einem leisen Rumpeln wurde das Dröhnen eines herannahenden Zuges. Steve klammerte sich ängstlich an Pauls Arm und erwartete beinah, dass der Zug durch die Höhle selbst rasen würde, aber dann hörten sie, wie er langsamer wurde und allmählich durch einen anderen Tunnel verschwand.

»Ich glaube, das war irgendwo unter uns«, sagte Paul.

»Wo unter uns?« Steve klang so, als ob sie den ganzen Picknickausflug bereute. »Hätten wir nicht einen Faden vom Eingang aus abspulen sollen? Wir werden uns hier unten wahrscheinlich verirren und tagelang nicht rauskommen.«

Paul lachte. »Ich habe einen unfehlbaren Orientierungssinn.«

»Und wo ist das Meer?«

Paul deutete vage nach hinten. »Irgendwo da drüben.«

Sie waren an einem losen Felsen angelangt, der etwa sechs Meter in die Tiefe ragte. »Wenn wir da runterrutschen«, sagte Steve, »kommen wir nie wieder hoch.« Sie sah zu, wie Paul in die nächste Höhle hinabstieg. »Hast du im Hotel Bescheid gegeben?«, fragte sie, »für den Fall, dass wir zum Abendessen nicht zurück sind?«

»Schon gut, Liebling, ich habe ihnen gesagt, dass wir nicht da sind. Wir dinieren heute mit Lord Westerby.«

»So habe ich das aber nicht gemeint.«

Steve gesellte sich schneller zu ihm, als sie beabsichtigt hatte, und rutschte die letzten paar Meter auf ihrem Hintern hinunter. Es wäre nicht so schlimm gewesen, wenn Paul nicht gelacht hätte. Und wenn der Boden nicht so nass gewesen wäre. Sie befanden sich jetzt offensichtlich auf Meereshöhe und Steve fragte sich, ob sie ertrinken würden, wenn die Flut eintrat.

»Draper!«, rief Paul. Seine Stimme hallte in drei verschieden langen Abständen zurück. Eine Ratte huschte davon, erschreckte Steve und platschte in einen unsichtbaren Bach.

»Bist du hier, Draper?«

»Warum sollte er hier sein?«, fragte Steve nervös. Irgendwo in der Ferne hörten sie ein stöhnendes Geräusch.

»Ja, er ist hier«, sagte Paul. »Das hier ist der einzige Ort, an dem er sein kann.«

Sie warteten, bis John Draper erneut stöhnte, und liefen

dann den niedrigen Gang entlang. Hinter der nächsten Biegung sahen sie ihn. Er lag erschöpft und halb bewusstlos in einer Wasserlache. Er weinte, was Steve aus irgendeinem Grund noch beunruhigender fand, als wenn er verletzt gewesen wäre. Er weinte wie ein verängstigter Schuljunge, der sich zwei Tage lang in einem unterirdischen Labyrinth verirrt hatte.

»Wer hat ihm das angetan?«, fragte Steve.

»Niemand. Er hat es sich selbst angetan. Er ist aus dem Zug gesprungen, als dieser in der Kurve langsamer wurde«, sagte Paul. »Ich dachte, das wäre offensichtlich.«

Sie hoben den sich im Delirium befindlichen Jungen auf die Beine und begannen dann mit dem langen, mühsamen Weg zurück ans Tageslicht.

»Wir schicken ihn nach Hause«, sagte Paul zwei Stunden später. »Er hat schließlich nichts verbrochen.«

»Aber er hat einige Verwirrung gestiftet. Warum ist er aus dem Zug gesprungen?«

»Er hat zwei und zwei zusammengezählt«, sagte Paul. Er sah auf die schlafende Gestalt auf dem Rücksitz des Autos hinunter. »Leider hat er daraus vier gemacht. Ich glaube, er hat es sich zu einfach gemacht.« Paul lächelte wissend. »Willst du ihn nach Hause bringen? Eine anständige Mahlzeit und eine Nacht voller Schlaf und er sollte wieder fit sein. Er ist ein widerstandsfähiger Junge und hat seine Lektion gelernt.«

»Welche?«, fragte Steve.

»Verbrechen«, sagte Paul, als stamme der Spruch von ihm, »lohnt sich nicht.«

Kapitel sechs

Paul Temple stand auf dem Anlegesteg und atmete tief die Seeluft ein. Es war immer noch ein brütend heißer Nachmittag, ideal, um eine Bootsfahrt zu machen. Ein paar Minuten lang beobachtete er die entspannte Szene, in der Menschen mit Fischernetzen herumhantierten, den Lack eines zerkratzten Rumpfes ausbesserten und Fangschiffe mit Proviant beluden. Die ruhige Atmosphäre wurde nur durch die Möwen gestört, die über ihm hin- und herflogen und sich heftig zankten.

Er fragte sich, welches der Boote, die in der Bucht vor Anker lagen, die *Windswept* war. Sie waren zu weit draußen, um sie zu erkennen. Ein halbes Dutzend Luxusjachten, vielleicht vierhundert Meter vom Ufer entfernt. Niemand war darauf zu sehen.

»Guten Tag, Mr. Temple!«, rief jemand.

Drei Boote weiter lugte Tom Doyles blutrotes Gesicht aus einer Luke hervor. Er winkte und kletterte dann an Land.

»Was machen Sie denn hier, Mr. Temple?«, fragte er. »Das Lokalkolorit aufsaugen?«

»Ich habe mir gerade überlegt, wie ich zu einem Boot namens *Windswept* komme. Ich habe darauf eine Verabredung …« Er wartete, bis Tom Doyle seine Handflächen an einem öligen Lappen abgewischt hatte, und gab ihm dann die Hand. »Ich wusste nicht, dass heute Nachmittag alle so beschäftigt sein würden.«

»Ich rudere Sie hinaus«, sagte Tom Doyle. »Warten Sie nur, bis ich wieder halbwegs sauber bin.« Er gluckste stolz. »Ich habe dem in die Jahre gekommenen Mädchen etwas frische Schmiere in die Gelenke gegeben. Sie wird alt.«

»Das ist sehr nett von Ihnen«, sagte Paul. »Ich warte gern.«

Tom Doyle setzte die Motorabdeckung wieder ein und stellte die Dose mit dem Fett weg. »Klettern sie ins Beiboot«, sagte er. »Vorsichtig.« Er lachte, als Paul behutsam in das Boot stieg. »So ist es gut. In einer Viertelstunde sind Sie in Lord Westerbys altem Kahn.«

»Gehört er denn Lord Westerby?«, fragte Paul.

»Er gehörte Lord Westerby, aber ich glaube, Miss Maxwell ist jetzt die Besitzerin. Es heißt, der alte Knabe habe ihn ihr zu Weihnachten geschenkt.« Er löste die Leinen und sprang mit ungezwungener Vertrautheit an Bord. Er benutzte die Ruder, um das Boot von seinem Motorkreuzer wegzuschieben. »Nicht, dass sie damit viel herumfährt. Sie nutzt die Jacht eher als Rückzugsort. Ein komisches Mädchen, diese Miss Maxwell. Sie schreibt Gedichte.«

Das Ruderboot ruckelte leicht, als es über die Wellen ritt, aber Tom Doyle lenkte es mühelos in die Bucht. Sobald sie fünfzig Meter vom Ufer entfernt waren, wankte es in den leichten Wellen etwas hin- und her, was Paul als recht behaglich empfand. Sogar die Meeresbrise empfand er als angenehm kühlend.

Die *Windswept* schien das frisch gestrichene blaucremefarbene Boot zu sein, das etwas nördlich von den anderen lag. Tom Doyle warf gelegentlich einen Blick über die Schulter, erklärte, dass die Strömung in der Bucht stark sei, und bewegte sich in einem Bogen darauf zu.

»Wie groß muss die Besatzung für ein solches Boot sein?«, fragte ihn Paul. »Angenommen, man würde damit auf hohe See fahren?«

»Nun, als seine Lordschaft es hatte, waren es zwei Männer und ein Schiffsjunge. Aber ich weiß nicht, ob sie noch beschäftigt sind.«

»Waren es Einheimische?«, fragte Paul im Plauderton.

»Nein, Sir. Der Junge war von auswärts. Ich weiß nicht, woher er war. Und die Männer kamen aus Jersey.« Tom Doyles Gesicht war von Missbilligung zerfurcht. »Das war ein komischer Haufen. Sie blieben sehr unter sich. Das war früher ein ziemliches Thema unter den Einheimischen.« Er stoppte das Rudern, spuckte auf seine Hände und fuhr fort. »Wir waren der Meinung, dass seine Lordschaft eine einheimische Mannschaft hätte anheuern sollen. Obwohl er natürlich tun kann, was er will.«

Paul stimmte zu. »Lord Westerby hat das Boot dieses Jahr also nicht viel benutzt?«

»Nicht, dass ich wüsste. Als seine Sekretärin ein bisschen Seeluft schnappen wollte, habe ich ihn in meiner alten Kiste mitgenommen.« Tom Doyle lachte bei der Erinnerung daran. »Dieser junge Mann, Peter Malo, ist schon eine Persönlichkeit, was? Kennen Sie ihn?«

»Ja«, gab Paul zu. »Hat er Ihnen denn geholfen? Beim Fischen, meine ich?«

»Ob er mir geholfen hat? Bei jeder Bewegung wäre er fast über Bord gefallen. Warum zum Teufel er mit mir rausfuhr, werde ich wohl nie erfahren. Das einzige Mal, dass ich Ruhe hatte, war, als er durch sein Fernglas schaute, und das tat er ein paar Stunden lang.«

»Wann war das?«, fragte Paul.

»Oh, vor etwa drei Wochen.«

Sie hatten sich der *Windswept* längsseits genähert und Tom Doyle ließ sich gekonnt zur Strickleiter treiben, die über die Bordwand hing. »So, da wären wir, Mr. Temple. Soll ich warten, oder kann ich Sie später abholen?«

»Das ist sehr nett von Ihnen. Ich würde mich freuen, wenn Sie mich in etwa einer Stunde holen könnten.«

Paul kletterte ohne große Schwierigkeiten die Strickleiter hoch. Als er das Deck erreichte, schwang er sich an Bord und fühlte sich wie ein erfahrener Seemann. Er winkte Tom Doyle zu und machte sich dann auf die Suche nach der neuen Besitzerin.

»Miss Maxwell!«, rief er.

Sie war nicht auf dem Sonnendeck, wo sie an einem Nachmittag wie diesem eigentlich hätte sein müssen. Wahrscheinlich war sie in ihrer Kajüte, dachte Paul, und dichtete eine Ode an eine Möwe oder ein Sonett, in dem sie den Sommer begrüßte. »Miss Maxwell!« Irgendwie konnte er sich nicht vorstellen, dass es sich um eine gefühlvolle Beschwörung der romantischen Liebe handelte. Sie war nicht diese Art von Mädchen. Aber sie war auch nicht unter Deck.

Paul schlenderte auf die Brücke und stand dort wie Kapitän Bligh[8], der das Meer nach über Bord gegangenen Männern absuchte. »Legen Sie den Mann in Ketten, Mr. Christian«, sagte er in einer entsetzlichen Imitation von Charles Laughton. »Mit Volldampf voraus nach Jamaika. Am Leuchtturm rechts abbiegen und weiterfahren.« Er fragte sich, was Diana Maxwell den ganzen Tag an Bord tat. Hatte sie eine Obsession für weiße Wale? Er beschloss, ihre Gedichte noch einmal zu lesen. Um zu sehen, ob sie die Zeile »Lieber in der Hölle regieren als im Himmel dienen« verwendet hatte. Er ließ sich auf das Deck gleiten, klemmte sich ein imaginäres Fernrohr unter den Arm und schaute zur Sonne hinauf. »Fünf Minuten vor vier«, murmelte er.

»Hallo da!«, rief jemand. Es war die Stimme von Diana Maxwell, die von der Brise getragen wurde.

Paul spähte über die Bordwand. »Ahoi!«, rief er fröhlich. »Sie sollten sich vor den Haien in Acht nehmen. Barry Fitzgerald[9] hat auf diese Weise ein Bein verloren.«

Sie lachte und griff nach der Strickleiter. »Ich habe Sie herauskommen sehen, aber ich war noch beim Nachmittagstee mit Gerry Cazabon.« Sie deutete auf die nächste Jacht, die ein paar hundert Meter entfernt lag. »Tut mir leid, dass ich Sie habe warten lassen.« Mit beneidenswerter Athletik kletterte sie die Leiter hinauf.

»Sie erlauben«, sagte Paul und reichte ihr seinen Arm, den sie jedoch nicht brauchte.

Diana war zweifelsohne ein atemberaubendes Mädchen.

---

[8] Der britische Seeoffizier William Bligh (1754–1817) ist für die gegen ihn gerichtete Meuterei auf der Bounty bekannt. Das folgende Zitat im Text, das Paul Temple macht, stammt aus dem Film *Meuterei auf der Bounty* (1935), in dem Charles Laughton den Kapitän spielte.
[9] Hier wird auf eine Szene in dem Film *Der Seewolf* (1941) Bezug genommen, in der der Schauspieler Barry Fitzgerald durch einen Haibiss ein Bein verliert.

Sie hielt an der Reling des Bootes inne, warf ihr blondes Haar locker über die Schultern und erstarrte dann. Paul schien es, als würden mehrere Sekunden vergehen, bevor er den Schuss hörte. Dann keuchte Diana Maxwell auf und sackte nach vorne auf das Deck.

Die erste Person, die die *Windswept* erreichte, war Tom Doyle, fünf Minuten nach dem Schuss und ziemlich außer Atem. Zu diesem Zeitpunkt hatte Paul bereits festgestellt, dass die Kugel in den Körper des Mädchens unter ihrer linken Schulter eingedrungen war. Sie war noch immer bewusstlos und Paul hatte sie genau so liegen gelassen, wie sie hingefallen war. Er hatte ein Laken zerrissen, das er benutzte, um die Blutung zu stillen und die Sonne von ihrem Gesicht fernzuhalten.

Gerade als Tom Doyle an Bord kam, starrte Paul unsicher auf den kleinen Funksender und überlegte, ob er die Zeit nutzen sollte, um die Küstenwache zu kontaktieren, oder ob er lieber versuchen sollte, den Motor anzulassen, um das Boot im Alleingang ans Ufer zu manövrieren.

»Gott sei Dank sind Sie gekommen«, sagte Paul. »Wir müssen Miss Maxwell zu einem Arzt bringen.«

»Ich dachte, ich hätte einen Schuss gehört«, sagte Doyle.

Tom Doyle war der richtige Mann für Notfälle wie diese. Er warf einen Blick auf Diana Maxwell, um sich zu vergewissern, dass sie von einem Schuss getroffen wurde, und verschwendete keine Zeit mit unnötigen Fragen. »Wir versuchen, den Motor in Gang zu kriegen «, sagte er. »Mit den Segeln brauchen wir zu lange, vor allem bei dieser leichten Brise in der Bucht.« Er verschwand kurz unter Deck. Während er weg war, stotterte der Motor los. Die Jacht bebte leicht, dann bewegte sich der zitternde Motor gleichmäßig.

»Sind wir bereit zum Ablegen?«, fragte Paul.

»Sind wir!« Tom Doyle zeigte ihm, wie er die Gänge einlegen konnte. »Sobald ich den Anker gelichtet habe, volle Kraft voraus!«, sagte er, »und passen Sie auf, dass Sie nicht übersteuern. Das hier ist der Choke. Sie müssen ihn ausschalten, sobald wir losfahren. Okay?«

Paul nickte. »Können Sie das Funkgerät bedienen, Tom?«

»Ja. Soll ich durchgeben, dass im Hafen ein Arzt warten soll?«.

»Sie sollten auch der Polizei Bescheid sagen.« Er lehnte sich über die Brücke. »Und wenn es Ihnen gelingt, Lord Westerby eine Nachricht zukommen zu lassen, umso besser.«

Das Boot schob sich mit einem großen Wirbel, den die Schiffsschraube verursachte, vorwärts, erzeugte schäumendes Kielwasser und glitt leicht dahin, ganz und gar nicht wie ein rostiger Kahn, der seit Weihnachten nicht mehr bewegt worden war.

Paul stand an Deck und sah zu, wie der Krankenwagen wegfuhr. Sie würde überleben, hatte Dr. Stuart gewagt zu diagnostizieren, aber eine Notoperation war notwendig. Der Krankenwagen schlängelte sich den Hügel hinauf und verschwand, so dass sich die Beteiligten an dem Drama plötzlich ratlos fühlten.

»Ich bin Ihnen verdammt dankbar, dass Sie so schnell gehandelt haben, Temple«, sagte Lord Westerby. »Zum Glück waren Sie an Ort und Stelle.«

»Danken Sie Tom Doyle«, sagte Paul. Er sah auf den Fischer und Gelegenheitsarbeiter hinunter, der auf einem Poller saß und sich eine Zigarette drehte. »Wir hatten Glück, dass Tom so schnell zurückkam.« Er stellte sich neben Lord Westerby und ging auf die andere Seite der Jacht, ehe er wieder sprach. »Ich fürchte allerdings«, sagte er schließlich, »dass es nur eine Frage der Zeit ist, bis man Erfolg hat, wenn man entschlossen ist, eine Frau zu töten. Ich glaube, das war schon der vierte Versuch, Miss Maxwell zu ermorden.«

»Woher kam die Kugel?«

»Unmöglich zu sagen. Vielleicht vom Ufer aus, oder von einem der Boote, die dort draußen vor Anker liegen. Meiner Meinung nach kam sie vom Ufer aus, aber ich bin mir nicht sicher.«

Lord Westerby war ein großer Mann und verbarg seine Emotionen hinter einer stürmischen und anmaßenden Art. Er grunzte ungeduldig über Pauls Ungenauigkeit. »Was soll das alles, Temple?«, fragte er. »Ist die Welt denn verrückt geworden? Warum ist diese wahnsinnige Gewalt über Dulworth Bay hereingebrochen?«

»Ich hatte gehofft, dass Sie es mir sagen würden.« Westerby schnaubte angesichts dieser Beleidigung.

»Offenbar haben Sie und ein Mann namens Walters Philip Baxter am Abend vor dem Verschwinden der beiden Jungen einen Besuch abgestattet«, fuhr Paul fort. »Ich dachte, Ihr Besuch könnte ein Schlüsselfaktor gewesen sein …«

»Ich kenne niemanden, der Walters heißt.« Westerby hielt in seinem Rundgang auf dem Deck inne und blickte Paul direkt ins Gesicht. »Ich habe Inspektor Morgan bereits gesagt, dass ich den Mann nie begegnet bin. Außerdem habe ich nicht die Angewohnheit, Leute wie Baxter zu besuchen.«

»Aha!«, murmelte Paul Temple und ging weiter, bis er die Landungsbrückte erreichte. »Tja, ich fürchte, ich werde Ihre Einladung zum Abendessen heute Abend nicht annehmen können, Lord Westerby. Geschäfte in London. Aber ich kommer wieder. Wir sehen uns dann.« Er schüttelte ihm die Hand.

»Es tut mir leid, dass ich nicht behilflicher sein konnte«, sagte Lord Westerby.

Paul schritt reumütig den Kai entlang. Es gab Männer, mit denen man sich nicht streiten wollte, und Lord Westerby war einer von ihnen. Der einzige vernünftige Weg wäre, ihn der Lüge zu überführen. Paul seufzte. Diese ganze vermaledeite Truppe war ziemlich stur. Wenn Diana Maxwell doch nur schon in London gesagt hätte, was sie zu sagen hatte … Paul blieb am Poller stehen.

»Tom! Worauf warten Sie noch?«

»Ich, Mr. Temple?« Tom Doyle warf seine Zigarette ins Meer. »War nur kurz mit den Gedanken weg. An einem Tag wie heute habe ich noch viel zu tun, das können Sie mir glauben.«

»Haben Sie gewartet, um zu erfahren, was mir Lord Westerby gesagt hat?«, fragte Paul misstrauisch. »Denn er bestreitet vehement Ihre ganze Geschichte.«

»Aha«, sagte Tom schicksalsergeben.

»Ihre Geschichte ist wahr, oder? Seine Lordschaft hat doch Baxter mit diesem Amerikaner besucht?«

»Oh ja.« Er nickte. »Ich glaube schon. Aber vielleicht habe ich mich ja auch geirrt.«

»Wie können Sie sich geirrt haben? Sie kennen Lord Westerby seit Jahren! Entweder war er es oder nicht.« Paul hockte sich verärgert neben den Mann. »Als Sie Ihre Aussage machten, schienen Sie ziemlich sicher zu sein, dass es Westerby war. Sie sagten sogar, dass Lord Westerby mit Ihnen gesprochen hat.«

Doyle lächelte entschuldigend. »Ich weiß, Mr. Temple, aber jetzt, wo ich darüber nachdenke, glaube ich, dass es der andere Mann war, der mit mir sprach.«

»Walters? Aber Sie sagten, Walters sei ein Fremder gewesen. Sie hatten ihn noch nie gesehen. Warum also sollte ein völlig Fremder mit Ihnen sprechen?«

»Warum sollte er das nicht?«, fragte Doyle. »Ich habe höflich genickt und er hat mir einen guten Abend gewünscht. Das ist hier in der Gegend üblich.«

»Als Sie an jenem Abend zum Cottage kamen, sahen Sie also Mr. Baxter im Gespräch mit diesem Walters und einem anderen Mann, der Lord Westerby gewesen sein *könnte*?«

»Das ist richtig.«

»Eigentlich ist es so: Je mehr sie darüber nachdenken«, fuhr Paul sarkastisch fort, »desto mehr wird ihnen klar, dass es wahrscheinlich gar nicht Lord Westerby war!«

Tom Doyle warf einen Blick über seine Schulter auf die *Windswept*. Dann zuckte er ärgerlich mit den Schultern. »Ja, könnte sein.«

»Tom, ich glaube, Sie haben den Ernst Ihrer Lage nicht wirklich bedacht. Was, wenn die Polizei zur Ansicht kommt, dass Sie Lord Westerby nicht gesehen haben? Sie könnten auch zu dem Schluss kommen, dass Sie sich mit dem Rest Ihrer Geschichte geirrt haben. Sie könnten sogar zu dem Schluss kommen, dass Sie an jenem Abend gar nicht in der

Nähe des Cottages von Baxter waren und dass Ihre Darstellung der Entführung eine ausgeklügelte Lüge war!«

»Was wollen Sie damit sagen?« Tom Doyle wurde unruhig. »Natürlich war ich beim Cottage. Ich habe Mr. Baxter gesehen. Da hat er mir von den Jungen erzählt! Sie müssen mir glauben, Mr. Temple. Ich habe Mr. Baxter gesehen.«

Paul lächelte. »Ich glaube Ihnen, Tom. Ich glaube alles, was Sie der Polizei erzählt haben, auch dass Sie Lord Westerby gesehen haben.« Er stand auf. »Meine Güte, sehen Sie nur, wie spät es ist. Ich muss los.«

»Ich habe ihn nie … – He, Mr. Temple!«

»Wir sehen uns, wenn ich aus London zurück bin!« Paul ließ den Mann, der noch etwas sagen wollte, einfach am Kai stehen.

Kapitel sieben

Als sie auf halber Strecke in Richtung London auf der M1 waren, hielten sie an, um in einem gläsernen Autobahnrestaurant, das beide Richtungsfahrbahnen überspannte, zu Abend zu essen. Es war voll wie immer, und Steve stand eine Viertelstunde an, um zwei Tassen Kaffee und ein paar Sandwiches in Zellophanverpackung zu kaufen.

»Ich dachte, wir würden eine Mahlzeit einnehmen«, sagte Paul.

»Sie servieren nur Frühstück. Eier, Speck, gebackene Bohnen. Ich dachte, du hättest keine Lust darauf …«

»Nein, habe ich auch nicht. Wir hätten in Doncaster abbiegen und diesen kleinen Pub suchen sollen, in dem …«

»Keine Zeit dazu. Es ist Mitternacht, bis wir London erreichen.«

Paul kaute missmutig an seinem Schinkensandwich herum und fand heraus, dass er Margarine von Butter unterscheiden konnte, egal wie dünn sie aufgetragen war. Dann rührte er seinen Kaffee um. Er beobachtete die anderen Gäste in ihren offenen Hemden und Urlaubshosen, Männer, die für zwei Wochen ihr Büro oder ihre Fabrik zurückließen, und Frauen, die von den Fesseln der Hausarbeit befreit waren und ihre Kinder mitnahmen. Blackpool, hier kommen sie! Doch die vergnügliche Aufregung war nicht ansteckend.

»Ich bin nicht sehr hungrig«, beschloss Paul.

Sie waren kurz vor sechs Uhr in Whitby losgefahren. Paul hatte auf dem Polizeirevier vorbeigesehen, um sich zu verabschieden und das Paket zur Übergabe an Inspektor Vosper abzuholen. Bis jetzt hatten sie die dreihundert Meilen in sehr guter Zeit zurückgelegt.

»Dann lass uns gehen«, sagte Steve. »Ich habe Orte wie diese noch nie gemocht.«

Eine angetrunkene Reisegruppe strömte in das Restaurant, sang *You'll never walk alone* und rief mit großer Begeisterung »Ab in den Norden!«. Paul nahm Steves Arm und führte sie durch das Durcheinander. Sie stießen mit einem aufgeregten kleinen Mann zusammen, der am Eingang einen Spielautomaten bediente. Ein Hagel von Münzen ergoss sich in die Schale und er sprang verzückt zurück.

»Oh je! Tut mir leid, alter Knabe«, sagte der Mann schnell. »War das Ihr Fuß?« Er stützte Paul, bis er sein Gleichgewicht wiederfand. »Normalerweise gewinne ich bei so etwas nicht. Ist alles in Ordnung mit Ihnen?« Er klopfte Paul auf den Rücken.

»Ja, alles in Ordnung.«

Sie gingen über den Parkplatz und fanden ihr Auto. Es waren nur noch hundertzwanzig Meilen zu fahren. Paul folgte einem Tankwagen auf die Abbiegespur, um sich in den Hauptstrom des Verkehrs einzureihen. Plötzlich trat er auf die Bremse.

»Was ist los?«, fragte Steve.

»Er hat mich beklaut!« Paul öffnete seine Jacke und zeigte eine leere Innentasche. »Meine Brieftasche ist weg – und das Notizbuch auch!«

»Der Mann am einarmigen Banditen!«, sagte Steve.

Paul versuchte, rückwärts auf den Parkplatz zu fahren, während zwei verärgerte Fahrer hinter ihm hupten und gestikulierten.

»Da ist er!«, rief Steve.

Ein roter E-Type-Jaguar zog auf der Nebenspur vorbei. Durch die gelben Lichter sah es so aus, als ob er von dem aufgeregten kleinen Spieler gefahren wurde. Paul beschloss, alles auf den Jaguar zu setzen, und nahm die Verfolgung auf.

»Wie dumm von mir«, sagte Paul verbittert. »Ich habe das verdammte Auto schon bemerkt, als es uns auf der A64 gefolgt ist, und mir nichts dabei gedacht. Ich habe nicht mit Schwierigkeiten gerechnet, bis wir London erreichen.«

Der E-Type fuhr fast hundert Meilen pro Stunde. Paul konnte nur mit Mühe die Rücklichter des Wagens im Blick behalten. Er hoffte, dass eine Polizeistreife den Wagen stoppen würde oder dass der Verkehrsfluss ihn verlangsamen würde, wenn sie sich London näherten.

»Würdest du ihn denn wiedererkennen«, fragte er Steve.

»Ich denke schon. Dichtes lockiges Haar, dunkle, scharfe Gesichtszüge, etwa einen Meter fünfundsechzig groß, Anfang vierzig, gut gekleidet.«

Paul nickte. »Und er benutzt ein Parfüm für Männer. *Old Spice.*«

»Das scheint als Beschreibung zu reichen«, sagte Steve. »Warum fahren wir dann nicht langsamer? Du könntest Inspektor Vosper anrufen und den Mann in Mill Hill festnehmen lassen.«

»Ganz sicher nicht. Charlie Vosper würde mich auslachen.«

Paul drückte aufs Gas und sah zu, wie die Tachonadel über die Hundertermarke kroch. Er stellte fest, dass sein Fahrstil ziemlich gefährlich war, als ein Fernlaster vor ihm ausscherte und ihn fast durch die Mittelleitplanke drückte. Paul überholte auf der falschen Seite und sagte dann zu Steve, sie könne die Augen wieder öffnen.

Sie fuhren gerade an der Tankstelle in Leicester vorbei, als Paul den roten E-Type überholte. Der aufgeregte Mann warf einen Blick über seine Schulter und gab Gas. Sie fuhren nebeneinander auf einen Reisebus auf der Mittelspur zu. Paul fuhr so, dass er dem E-Type keine Ausweichmöglichkeit bot, so dass der Mann entweder abbremsen oder den Bus rammen musste.

»Mach keinen Unsinn!«, zischte Steve.

Der E-Type schwenkte aus, um Paul von der Straße zu drängen, doch dann verlor der Mann die Nerven. Er bremste zu schnell und schleuderte über die Autobahn. Sein Jaguar schien außer Kontrolle zu geraten. Mit einem grässlichen Quietschen landete er auf dem Seitenstreifen. Dreißig Gesichter schauten entsetzt aus dem Bus.

Hundert Meter weiter kam Paul zum Stehen und rannte dann zum E-Type zurück. Der Mann war außer sich. Beinahe hysterisch torkelte er aus seinem Auto. »Sind Sie verrückt?«, schrie er Paul an. »Wollten Sie mich umbringen?«

»Ich wollte Sie aufhalten«, sagte Paul. »Ich will das Notizbuch zurück.«

»Keine Ahnung, wovon Sie ...«

Der Mann wich erschrocken vor Paul zurück. Er stolperte über die hintere Stoßstange und blieb mit dem Rücken auf dem Kofferraum liegen, als Paul in seine Brustinnentasche griff. Paul fand seine Brieftasche und den Umschlag mit dem Notizbuch genau dort, wo er sie erwartet hatte.

»Sie schäbiger kleiner Ganove«, sagte Paul. »Was wollten Sie damit?«

Der Mann sah aus, als würde er in Tränen ausbrechen. »Wir müssen alle unseren Lebensunterhalt verdienen«, jammerte er.

»Wie heißen Sie?«

»Man nennt mich Langfinger-Lou.«

»Sie lügen!« Paul zog ihn hoch. »Ich habe noch nie einen gewöhnlichen Taschendieb gesehen, der einen E-Type fährt. Warum haben Sie dieses Notizbuch gestohlen?«

»Ich war hinter Ihrer Brieftasche her ...«

Paul schlug dem Mann hart in den Magen und als der Dieb sich zur Seite wandte, stieß er seinen Kopf heftig gegen das Autodach.

»Ich will wissen, für wen Sie arbeiten!«

»Ich arbeite für niemanden, ich bin selbständig ...«

Er sprach nicht weiter, als Paul ihn in die Luft hob und auf den Rand der Fahrspur schleuderte. Der Mann rappelte sich erschrocken auf, als Paul ihn von hinten an den Armen packte. Ein scharfer Stoß und er wäre kopfüber auf der Autobahn gelandet.

»Schon gut, schon gut«, rief er, »ich erzähle es Ihnen. Ich wurde angeheuert, um ein ledergebundenes Notizbuch zu stehlen. Ich weiß nichts anderes als ...«

»Wer hat Sie angeheuert?«

»Ein Mann namens Carl Walters. Er sagte, er würde mir zweihundert Pfund zahlen, wenn ich es zwischen Whitby und

London klauen würde, also tat ich es. Ich meine, würden Sie das nicht auch tun? Es war leicht verdientes Geld.« Verlegen bürstete er den Schmutz von seiner Kleidung und rückte die Bügelfalten in seiner Hose zurecht. »Oder zumindest wäre es das gewesen. Ich wusste nicht, dass ich es mit einem verdammten Profi zu tun haben würde. Wenn einem ein Schwergewicht in dem Geschäft so einen Job gibt, stellt man nicht allzu viele Fragen, oder?«

Charlie Vosper hörte sich die Geschichte an und brüllte dann vor Lachen. »Lou!«, sagte er freudvoll. »Na sowas, Sie sind auf den alten Lou hereingefallen!« Er lachte mehrere Sekunden lang und wischte sich dann die Tränen aus den Augen. »Was macht Lou denn so? Kann er sein Leben bestreiten?«

»Er fährt in einem E-Type-Jaguar herum«, sagte Paul sauer. »Und ich bin nicht auf Lou Kenzell hereingefallen, denn das Notizbuch liegt vor Ihnen.«

Vosper hob es hoch. »Wir werden es bald entschlüsselt haben, keine Sorge.« Er grinste Steve an. »Ich nehme an, Sie beide waren zu sehr damit beschäftigt, Ihren Urlaub zu genießen, um sich mit dieser Baxter-Sache zu befassen. Aber es ist alles in Ordnung, denn Inspektor Morgan hat die Jungs zurück. Er scheint alles unter Kontrolle zu haben.«

»Was passiert, wenn er die Kontrolle verliert?«, fragte Steve wütend.

»In Dulworth Bay?« Er winkte abweisend. »In diesem Teil der Welt passiert doch nie etwas. Das Leben von Bill Morgan ist ein einziger langer Urlaub. Aber während Sie beide geschwommen sind und sich am Meer gesonnt haben, haben wir hier unsere Ermittlungen fortgesetzt. Wir waren fleißig.«

»Ach ja?«, erkundigte sich Paul. »Wer ist also dieser geheimnisvolle Curzon?«

»Ah, ja, Curzon.« Er schniefte nachdenklich. »Das frage ich mich auch. Setzen Sie auf Carl Walters oder auf Lord Westerby?«

»Ich bin mir verdammt sicher, dass Curzon …« Aber Paul hielt sich rechtzeitig zurück. Es hatte keinen Sinn, sich aufzuspielen, nur weil Charlie Vosper sich gerade amüsierte. »Nein, ich kann mich da nicht festlegen, bevor ich mehr über Carl Walters weiß. Ich möchte erst mit ihm sprechen.«

Vosper nickte ermutigend. »Ja, gute Idee. Reden Sie mal mit ihm, Temple. Vielleicht verrät er in einem unbedachten Moment etwas und gesteht durch einen Versprecher, dass er seine Freundin und Philip Baxter ermordet hat. Uns dick-köpfigen Polizisten gegenüber wird er es nicht zugeben, aber Sie könnten es schaffen, ihm eine Falle zu stellen. Ich meine, wo sie doch mit dem stellvertretenden Polizeichef befreundet sind.«

»Stimmt«, sagte Paul gelassen. »Wo finde ich diesen un-schuldsvollen Amerikaner?«

»In der Galerie *Octagon*. Sie gehört ihm.«

»Ich überlege gerade«, mischte sich Steve diplomatisch ein, »dass ich ihm auch eine Falle stellen könnte. Ich weiß, die Polizei ist gründlich und mein Mann schreibt hervorra-gende Bücher, aber die weibliche Herangehensweise hat manchmal ihre Vorteile. Schließlich bin ich nicht an die poli-zeilichen Richtlinien gebunden, nicht wahr?«

»Wissen Sie denn, was für eine Galerie das *Octagon* über-haupt ist?«, fragte Vosper säuerlich. »Kennen Sie ihren Ruf?«

Steve lachte. »Natürlich kenne ich das *Octagon*, es ist eine florierende, neue Galerie in der Bond Street.«

»Alles nur Fassade«, sagte Vosper, »nur eine Fassade, glauben Sie mir.«

Es war viele Jahre her, dass Steve eine Kunststudentin war, aber sie genoss es, wieder in diese Rolle von damals zu schlüpfen. Sie zog eine alte Jeans mit Rüschenbesatz an, eines von Pauls weißen Hemden, offene Sandalen und einen regen-bogenfarbenen Poncho. Der Gesamteindruck, sagte sie sich, war sehr leger. Sie bürstete ihr Haar über die Schultern und benutzte ein unauffälliges Make-up mit viel Wimperntusche um die Augen. Es war schön, wieder jung zu sein. Ein paar Perlen und Armreifen, und schon war sie startklar.

Glücklicherweise war Paul nicht zu Hause, als diese Verwandlung stattfand, sondern nahm am frühen Abend einen Drink mit einem befreundeten Börsenmakler ein. Sie hatte das Gesicht und die Figur, um eine solche Jugendlichkeit auszustrahlen, entschied Steve, aber sie wollte nicht, dass jeder sie sah.

»Hey, Sie!«, rief Kate Balfour, als Steve die Treppe hinuntereilte. »Wo wollen Sie denn hin?«

Steve hielt schuldbewusst inne. »Ich war gerade auf dem Weg zum *Octagon*.«

»Steve!« Kate Balfour eilte mit entschuldigendem Ton aus der Küche. »Es tut mir leid, Steve, ich dachte, Sie wären ein Einbrecher. Ich habe Sie ohne BH nicht erkannt.«

»Ich glaube nicht, dass junge Leute heutzutage einen tragen.«

»Junge Menschen vielleicht nicht«, sagte sie rätselhaft.

Steve flüchtete und ließ die Haushälterin mit einem düsteren Gemurmel über die Jugend von heute, Sex und Freizügigkeit zurück.

Das *Octagon* hatte vor etwa einem Jahr mit einer Ausstellung über Popkultur eröffnet. Die Galerie war modern und farbenfroh und die dort stattfindenden Vernissagen waren immer gut für Fotos auf einer Zeitungsmittelseite. Die Art von verrückten Klatschgeschichten, die dort standen, bestärkten mehrere Millionen Leserinnen und Leser beim Frühstück in ihrer Meinung, dass alle Kunst Schwachsinn war. Das *Octagon* hatte offensichtlich Erfolg, denn es zog mehrere wichtige New Yorker Künstler an und einige neue englische Künstler wurden dort entdeckt.

Steve fuhr um halb acht mit dem Taxi vor. Es hatte zwei Anrufe gebraucht, um zu erfahren, dass an jenem Abend eine Vernissage von Ed Suleiman stattfand und damit eine Einladung am Eingang für sie hinterlegt wurde. Tatsächlich aber ging Steve einfach hinein und mischte sich unter das Gedränge. Ein Mann im Foyer sagte »Schön, Sie zu sehen« und ein anderer drückte ihr ein Glas in die Hand.

Steve musste zugeben, dass es einem Mann wie Carl Walters, der sein Geld mit Spielhallen verdiente, gelungen war, eine beeindruckende Galerie zu schaffen. Alle Kritiker waren da. Sie schauten distanziert kritisch, während einige große Sammler nervös und unverbindlich wirkten. Ed Suleiman, ein bärtiger Mann mit lauter Stimme, verkündete lauthals, was er von Galerien hielt.

»Man sollte sie alle niederbrennen«, rief er. »Sie sind Gefängnisse für Bilder. Galerien sind für Geschäftsleute – wie übrigens Banken auch.« Er schien auch etwas gegen Gemälde zu haben, was die Kunsthändler dazu ermutigte, seine Werke zu kaufen, solange sie noch die Gelegenheit dazu hatten.

Steve schloss sich einer Gruppe von Leuten an, die über Umweltkunst diskutierten. Sie kannte eine der Frauen noch aus ihrer Studienzeit. Sie spulten die »Was ist denn aus der und der geworden«-Platte ab und Steve stellte fest, dass sie beide den Kontakt zu fast allen verloren hatten. Alle ihre alten Freundinnen hatten geheiratet und waren im dunkelsten Dorset, in Norfolk und Golders Green verschwunden.

»Und was machst du jetzt?«, fragte die Frau.

»Ich bin Designerin«, verkündete Steve. »Ich habe die Malerei vor Jahren aufgegeben.«

Ed Suleiman hörte die Bemerkung und erkannte eine Seelenverwandte. Er legte einen massiven Arm um ihre Schulter und fuhr fort, den anderen mitzuteilen, was er von Leuten hielt, die Gemälde kauften. Steve war einen Schritt näher an Carl Walters herangerückt.

Sie hielt Carl Walters für den hochgewachsenen und recht eleganten Mann, der das Geschehen vom Fuß der Treppe aus beobachtete. Er war sorgfältig frisiert und teuer gekleidet. Seine süffisante Gelassenheit war typisch für einen Mann, der wusste, wie man Leute in einer Galerie manipulierte, dachte Steve. Er sah nicht wie ein Krimineller aus.

»Was halten Sie von meiner Arbeit?«, fragte Ed Suleiman plötzlich herausfordernd, als ob er sich fragen würde, was sein Arm um dieses seltsame Mädchen machte.

Steve überlegte schnell. »Schrecklich direkt, kühn und selbstbewusst«, sagte sie und versuchte, nicht zu oberflächlich zu klingen. »Ihr Sinn für Formen ist etwas waghalsig, aber es scheint anzukommen, oder?«

Ed Suleiman nickte zweifelnd. »Ja, manchmal. Aber das sind alles nur Tapeten.«

»Ich glaube, dass auch Michelangelo das manchmal über seine Arbeit dachte.«

»Tja, damit hat er wohl recht gehabt. Deckentapeten. Wie heißen Sie eigentlich?«

Steve warf einen Blick durch die Galerie, um zu sehen, wo ihre alte Studienfreundin geblieben war. »Caroline Fawcett-Blake«, sagte sie. »Ich wurde eingeladen, weil …«

»Ich mag Ihren Knochenbau. Fein und sehr stämmig. Ihre Haut dehnt sich effektvoll über Ihre Wangen aus. Sehr schön.«

»Danke sehr.«

»Und was für Hüften stecken unter diesen ganzen Klamotten?«

»Ziemlich breite, fürchte ich.«

»Frauen sind so gebaut. Und das ist gut so. Ich mag eine feine, klare Figur, ohne viel Fleisch, das herumschwabbelt und die Form stört. Caroline, ja?«

»Ja«, sagte Steve.

»Mein Name ist Ed. Sie müssen noch mit zu mir kommen, wenn der Zirkus hier vorbei ist. Ich schmeiße eine kleine, private Party, nur Sie und ich und Carl und ein paar Freunde.«

»Carl?«

»Das ist der Mann, dem der Laden hier gehört. Kennen Sie ihn nicht?« Ed Suleiman führte sie hinüber zu dem Mann am Fuße der Treppe. »Hey, Carl«, rief er, »schau mal, wen ich entdeckt habe! Hat einen Knochenbau wie ein Präraffaelit!«

Carl Walters hatte Charme, fand Steve. Es gelang ihm zu suggerieren, dass er und Steve den Witz über ihren Körperbau lustig fanden, damit der eigensinnige Künstler sich darüber freute. Und Walters kannte die Kunstszene. Er kannte mehrere von Steves früheren Professoren und konnte mit belustigter Vertrautheit über sie sprechen. Steve musste sich wirklich anstrengen, um nicht zu vergessen, dass ein Mann, der ein Kunstkenner war, auch ein Verbrecher sein konnte.

»Ich habe Sie noch nie in meiner Galerie gesehen«, sagte er, als Ed Suleiman gegangen war, um einer größeren Frau unter den Gästen zu sagen, dass sie einen Körper wie ein Modell von Renoir hatte. »Da muss meine Werbung nicht an die richtigen Stellen kommen.«

»Ich verbringe den Großteil meiner Zeit außerhalb Londons. Ich bin Designerin und arbeite am liebsten auf dem Land. Ich habe ein Cottage in der Nähe von Broadway.«

»Eine sehr schöne Gegend«, murmelte Walters.

Sie saßen auf der Treppe und unterhielten sich über Design, während der Mann, der Steve so überschwänglich begrüßt hatte, acht Gemälde für jeweils mehrere hundert Guineen verkaufte. Ed Suleiman und zwei ziemlich betrunkene Kritiker stritten sich lautstark über die entsprechenden Fähigkeiten von Walt Disney im Vergleich zu Zeichentrickfilmen mit Tom und Jerry. Es schien so, als würde ihr Urteil zugunsten von Tom und Jerry ausfallen. Als das geklärt war, machte sich Ed Suleiman auf die Suche nach einem Mädchen, das in seinen Proportionen absolut klassisch war.

»Er hat mich gebeten, zu seiner Party zu kommen«, sagte Steve lachend. »Aber ich glaube, es könnte ein bisschen voll werden, wenn er mit allen Einladungen hier fertig ist.«

»Sie müssen kommen«, bestand Walters. »Da ist es immer so laut und alle sind betrunken. Ich brauche jemanden, mit dem ich mich zivilisiert unterhalten kann.«

»Na gut, aber Sie müssen mich mitnehmen, ich bin nämlich mit dem Taxi gekommen.«

»Aber natürlich.«

Die Vernissage war zu Ende, als Ed Suleiman zu gehen beschloss. Er führte eine Menschenmenge aus der Galerie und rief: »Kommt alle mit, die Party findet bei mir statt! Ihr seid alle eingeladen!« Und alle schienen entschlossen zu sein, mitzukommen, mit Ausnahme der beiden ziemlich betrunkenen Kritiker, die man zu einem Taxi brachte. Steve blieb zurück, während Carl Walters das Schließen der Galerie überwachte.

»Sie kommen also aus Broadway«, sagte er, als sie den

überschwänglichen jungen Mann beobachteten, der die Schecks in den Tresor legte.

»Nein, dort wohne ich nur. Ich komme aus einem Ort in Yorkshire, den niemand kennt. Es ist ein kleines Fischerdorf namens Dulworth Bay.«

»Dulworth Bay?«, wiederholte er erstaunt. »Aber natürlich kenne ich Dulworth Bay! Ich habe dort eine Menge Freunde. Kennen Sie Doc Stuart?«

»Ja, natürlich. Wer kennt ihn in Dulworth Bay denn nicht?«

Carl Walters lachte vergnügt. »Na, was sagt man dazu? Und was ist mit dem alten Schwergewicht? Ist er ein Freund von Ihnen?«

»Lord Westerby? Er ist ein alter Kumpel meines Daddys. Finden Sie nicht, dass er ein netter alter Kerl ist?«

»Nicht ganz. Lord Westerby und ich verkehren nicht miteinander. Er ist ein Snob.«

»Aber erschreckend reich.«

»Glauben Sie das bloß nicht«, sagte Carl Walters verächtlich. »Er hat keinen Penny, den er sein Eigen nennen kann.«

»Kennen Sie die Baxters?«

»Die Baxters? Nein, ich glaube nicht.« Der junge Mann drehte das Licht ab und machte sich daran, die Alarmanlage einzuschalten. »Ich habe den alten Doc Stuart vor vierzehn Tagen gesehen, als ich in Dulworth war. Er beklagte, dass alle jungen Leute die Gegend verlassen, um nach London zu ziehen. Ich nehme an, Sie sind auch so ein Fall. Würden Sie auf mich warten? Ich muss noch einen Rundgang durch den Laden machen, bevor wir gehen.«

Steve lächelte zustimmend. »Vielleicht könnte ich einen Anruf tätigen, während ich warte? Nur um meiner Mitbewohnerin mitzuteilen, dass ich nicht so früh zurückkomme.«

Walters ließ sie im Büro zurück, während er auf dem Korridor verschwand. Steve rief zu Hause an. »Hallo, Paul?«, flüsterte sie aufgeregt. »Hier ist Caroline Fawcett-Blake. Ich bin mit Carl Walters in der Galerie *Octagon*. Ich kann nicht viel sagen …«

»Im *Octagon*?« Seiner Stimme nach zu urteilen war Paul offensichtlich alarmiert. »Steve, was ist das für ein Unsinn? Du kennst doch niemanden, der Caroline Fawcett-Blake heißt! Ist dir klar, in welcher Gefahr du dich befindest? Bleib, wo du bist, bis ich …«

»Tut mir leid, Darling, aber ich bin gerade auf dem Sprung. Walters nimmt mich zu einer Party mit. Da ist ein verrückter Künstler, der uns seine private Sammlung von Tom-und-Jerry-Filmen zeigen will.«

Am anderen Ende der Leitung gab es eine durch Erschrecken verursachte Pause: »Ich will nichts davon hören. Steve, komm sofort nach Hause.«

»Entschuldige, Darling, aber mir geht es furchtbar gut. Und Carl ist absolut charmant. Er kennt Dulworth Bay und wir haben viele gemeinsame Bekannte. Mach dir keine Sorgen.«

Steve legte den Hörer auf die Gabel, als Carl Walters zurückkehrte. Er grinste, nahm Steves Arm und führte sie durch eine Seitentür auf die Straße. Sein glänzender Jensen war in einer Ladezone geparkt.

»Was für ein tolles Auto!«, murmelte Steve leise.

»Es ist nicht schlecht«, sagte er stolz. Um zu demonstrieren, wie schnell der Jensen war, beschleunigte er in Piccadilly auf fünfzig Meilen pro Stunde und raste um Hyde Park Corner, als wäre er auf freier Landstraße. Die Verkehrsteilnehmer, die in den Hyde Park fahren wollten, hupten wütend.

»Was ist mit den Bremsen?« fragte Steve sanft.

»Die benutze ich nie«, sagte er lachend, »außer wenn ich einen Streifenwagen sehe. Alle anderen Autos auf der Straße sind doch mit Bremsen ausgestattet, oder?«

»Das hoffe ich doch. Sie erinnern mich an Diana Maxwell. Sie fährt genauso wie Sie. Nur, dass ihr Auto auf dem Schrottplatz steht.«

»Diana Maxwell? Ah ja, die Nichte von Lord Westerby, oder bessergesagt seine Freundin. Sie ist eine schreckliche Nervensäge. Wäre ich ein englischer Aristokrat, würde ich mir eine bessere Geliebte suchen als die eiskalte Miss Maxwell.«

Sie rasten durch Knightsbridge. »Wo wohnt Ed Suleiman denn?«, fragte Steve.

»In Hampstead.« Steve drehte sich überrascht zu ihm um. »Aber dann sollten wir genau in die entgegengesetzte Richtung fahren. Hampstead liegt doch im Norden …«

»Wir fahren auch nicht nach Hampstead«, sagte Carl Walters.

»Wohin fahren wir dann?«

»Dreimal dürfen Sie raten, Mrs. Temple.«

Steve unterdrückte ein plötzliches Gefühl der Panik. »Oh«, sagte sie leise, »dann wissen Sie also Bescheid.«

Carl Walters nickte. »Ihr Anruf war ein dummer Fehler.«

»Wo bringen Sie mich hin?«

Die Straßen von London waren plötzlich verschwommen, obwohl dies auch mit der Geschwindigkeit zu tun haben konnte, mit der sie unterwegs waren. Steve glaubte, den Bahnhof Kensington zu erkennen, und später kam ihr ein Buchladen bekannt vor, an dem sie vorbeirasten. Es war dunkel geworden und die Straßenbeleuchtung vermischte sich mit der grellen Beleuchtung der Schaufenster zu einem schillernden Leuchten. Das Flackern der nach links und rechts abbiegenden Autoscheinwerfer, das Aufleuchten der roten Bremslichter und das wechselnde Farbspektrum der Ampelanlagen bildeten ein Kaleidoskop, das sie noch mehr verwirrte.

»Halten Sie den Wagen an!«, forderte sie. »Hören Sie nicht? Ich bestehe darauf, dass Sie den Wagen anhalten!«

Walters lachte leicht. »Regen Sie sich nicht auf, Mrs. Temple. Sie erfahren früh genug, wo ich Sie hinbringe.«

Steve erwog, in das Lenkrad zu greifen und den Wagen gegen einen Laternenpfahl zu steuern. Oder an der nächsten Ampel hinauszuspringen – Walters war jedoch bereits über zwei rote Ampeln gefahren. Es musste schnell etwas passieren. Sobald sie auf der A4 waren, würde sie verloren sein.

»Das war eine kluge Idee von Ihnen«, sagte Carl Walters vergnügt. »Aber immerhin etwas besser als die nervigen Aktivitäten der Polizei. Ich hatte schon zweimal Besuch von der

111

Kripo, einmal vom Sittendezernat und einmal von den Drogenfahndern. Jetzt warte ich nur noch darauf, dass die Verkehrspolizei mich morgen wegen Falschparkens festnimmt.« Er lachte. »Sie haben nicht die leiseste Ahnung, wonach sie suchen sollen. Sie wissen nur, dass ich es getan haben muss.«

»Was getan? «

»Das, Mrs. Temple, ist die große Frage.«

Steve versuchte, ihre Gedanken zu beruhigen, indem sie sich auf die abstrakten Probleme des Falles konzentrierte. Die Drogenfahndung, hatte Walters gesagt. Sie fragte sich, ob Drogen der Schlüssel zu allem waren. Die Kunstszene mit ihren Wurzeln im Studentenleben reichte in alle Schichten der Gesellschaft und war eine ideale Tarnung für einen Mann wie Walters. Steve war plötzlich wütend auf sich selbst, weil sie alles an diesem Abend verpatzt hatte. Ein Besuch auf der Party von Ed Suleiman hätte ihre Theorie sicherlich bald bestätigt.

»Wenn ich um zehn Uhr nicht zu Hause bin, weiß mein Mann, wo ich zu finden bin«, schnauzte sie.

Langsam wurde das Auto langsamer. Steve griff unbemerkt nach dem Türgriff. Sie fuhren um einen dieser ununterscheidbaren Londoner Plätze. Es war die beste Gelegenheit für sie, sich auf den Bürgersteig zu werfen. An der nächsten Ecke ...

Dann erkannte sie, wo sie war. »Aber Sie haben mich nach Hause gebracht«, sagte sie erstaunt. Carl Walters war langsam in die Mews eingebogen und blieb vor ihrer Haustür stehen. »Hier wohne ich ja.«

»Wollten Sie denn nicht hierher?«

»Nun, ja, aber ...« Steve kletterte aus dem Auto und fühlte sich sehr erleichtert und ein wenig entkräftet. »Ich dachte ...«

»Ich weiß, was Sie dachten, Süße. Vielleicht ein anderes Mal, ja?« Er lachte schadenfroh, als er den Wagen rückwärts aus der Mews lenkte und davonfuhr.

Kapitel acht

»Dr. Stern hat in seinem Buch eine solche Menge an Bewei-sen zusammengetragen, dass kein Raum für logische Schluss-folgerungen bleibt. In einem langen Abschnitt über Bagatell-diebstahl kommt der verdienstvolle Arzt beispielsweise zu der wenig überraschenden, aber gewagten Theorie, dass ein Fak-tor, der zum Stehlen beiträgt, die Armut sein könnte. Auf den folgenden siebzehn Seiten zieht Dr. Stern den Einsatz von Elektroschocktherapie, Strafhaft und Umschulung in Erwä-gung, erwägt jedoch niemals die Möglichkeit, dem kleinen Dieb ein wenig Geld zu geben, um dessen Armut zu beseiti-gen.«

Das Rattern der Schreibmaschine verstummte und Paul Temple las, was er geschrieben hatte. Ja, das war eine klare Ansage. Er lächelte und schenkte sich einen weiteren Whisky ein. Er amüsierte sich und grübelte nicht über Steves idioti-sche Abenteuer nach!

»Diese Studie ist natürlich irreführend, weil sie die Krimi-nalität nicht in einen Kontext der Ehrlichkeit stellt. Was ist ein ehrlicher Mensch, und warum? Gibt es eine signifikante Korrelation zwischen Ehrlichkeit und Konformität und Passi-vität? Muss ein ehrlicher Mensch aus einem asozialen Umfeld psychopathisch sein, und ist es darüber hinaus wünschens-wert, ihn zu heilen? Oder sollte er einfach in eine Gruppe abgeschoben werden, an deren Normen er sich leicht anpas-sen kann? Keine dieser wichtigen und grundlegenden Fragen wird in diesem oberflächlichen und einseitigen Buch behan-delt ...«

Das Klingeln an der Tür unterbrach den Höhenflug seiner Fantasie. Paul fluchte leise vor sich hin. Es konnte nicht Steve sein, denn sie hatte einen Schlüssel. Es war immer das Glei-che! Wenn Steve nicht da und Kate Balfour nach Hause gegangen war, kam ein ganzer Schwarm von Vertretern, die ihm ein Lexikon verkaufen wollten und ihn störten.

»Man muss sich die Frage stellen, für wen ein Buch wie dieses bestimmt ist ...«

Die verdammte Klingel ertönte wieder. Vielleicht war es ein Polizist mit der Nachricht, dass Steve ... Unsinn! Paul tippte weiter.

»Sicherlich nicht für den erfahrenen Kriminologen ...«

Er hörte Steves Stimme auf der Treppe und sprang auf. Gott sei Dank! Sie plauderte gerade atemlos mit jemandem darüber, wie lange er oder sie gewartet hatte und dass Paul zu Hause gewesen war, als sie vor fünfzehn Minuten angerufen hatte. Als ob nichts passiert wäre! Paul setzte sich wieder an die Arbeit. Der Teufel sollte ihn holen, wenn er Erregung oder Erleichterung zeigte. Es war ihm egal, ob Carl Walters' Sammlung von Radierungen einzigartig in diesem Land war. Steve hatte sich dumm benommen. Und außerdem war Paul beschäftigt. Er lieferte seine Arbeit gerne pünktlich ab und wegen dieser Rezension hatte der Redakteur schon zweimal angerufen. Die Wochenzeitschrift sollte am Freitag erscheinen.

»Darling! Sir Graham dachte, dass du nicht zu Hause bist.« Sie eilte quer durch den Raum zu seinem Schreibtisch und küsste ihn. »Rate mal, wer da ist!«

»Sir Graham?«

So war es. Paul beschloss, die Arbeit anstandslos sein zu lassen und stand von der Schreibmaschine auf. Er schenkte beiden einen Drink ein und fragte Steve, warum sie so früh zurück sei.

»Tja«, sagte sie, »es ist eigentlich nicht so gut gelaufen. Er hat mein Telefongespräch mit dir belauscht.«

Wenigstens war Steves Bericht über den Abend amüsant. Paul lachte fast bösartig darüber und sogar Sir Graham musste grinsen.

»Ich muss Charlie Vesper davon erzählen, Steve«, sagte der stellvertretende Polizeichef herzlos. »Es wird ihn über meinen Fauxpas hinwegtrösten, dass ich Ihnen beiden auf der

Party von diesem Fall erzählt habe. Vosper hat mir das nicht verziehen, aber vielleicht tut er es jetzt.« Er klopfte Steve auf die Schulter und schlenderte zu Pauls Schreibtisch hinüber. »Charlie Vosper liebt gute Witze.« Er schaute neugierig auf das Papier in der Maschine.

»Das wird dich lehren«, sagte Paul selbstgefällig, »mit fremden Männern auf Partys zu gehen.«

»Aber Darling, ich glaube, wir sind jetzt an etwas dran. Ich denke, wir können davon ausgehen, dass es bei diesem ganzen Fall um Drogen geht, oder nicht? Sie müssen die Drogen nach Dulworth schmuggeln. – Schmugglerei ist doch Teil ihrer traditionellen Lebensweise dort oben. – Sie müssen die Drogen nach London bringen, um sie hier zu verteilen. Ich denke, Carl Walters ist der Vertriebsboss, der vom *Octagon* oder einem seiner anderen Läden aus operiert. Er ist zu reich, um sein Geld auf legale Weise verdient zu haben.« Sie schwenkte ihr Glas in Richtung Sir Graham Forbes. »Drogen, verstehen Sie? Deshalb wollte Baxter unbedingt aussteigen.«

Paul zuckte mit den Schultern. »Vielleicht ist das so. Aber eigentlich spielt es keine Rolle, womit sie handeln.«

»Es spielt keine Rolle? Warum habe ich dann heute Abend ein Schicksal riskiert, das schlimmer als der Tod ist?«

»Das weiß ich auch nicht.« Paul setzte sich neben sie auf das Sofa. »Warum hast du denn ein Schicksal riskiert, das schlimmer als der Tod ist?«

»Ich hasse dich!«

Sir Graham Forbes blickte überrascht von der Schreibmaschine auf. »Hören Sie, Paul, das hier ist ein bisschen heftig. Dr. Stern könnte Sie deshalb wegen Verleumdung verklagen. Sie können sein Buch doch nicht als leichte Bettlektüre für Kreuzworträtselsüchtige abtun.«

»Er hat das Buch nicht einmal gelesen«, sagte Steve.

Paul zeigte auf das aufgeschlagene Buch auf dem Schreibtisch. »Bitte schön! Ich bin ein schneller Leser. Und ich habe großen Respekt vor Kreuzworträtselliebhabern. Einige der anspruchsvollsten von ihnen sind Leser meiner eigenen Bücher, wie mir Scott Reed sagte, und ich zweifle nie am Wort meines Verlegers.«

Steve schaute misstrauisch auf die Whiskyflasche. »Paul, wie viel hast du heute Abend schon getrunken? Zu viel Whisky macht einen immer leichtsinnig. Hätte ich gewusst, dass Sir Graham kommt, hätte ich die Flasche versteckt.«

»Steve!«, protestierte der stellvertretende Polizeichef. »Ich bin zwar ein Generalmajor im Ruhestand, aber ich kann mich trotzdem beim Alkohol zurückhalten!«

»Immer, wenn ihr euch abends zum Plaudern trefft, trinkt ihr die ganze Flasche aus und diskutiert dann über alte Filme mit James Cagney! Paul hatte eine Woche lang blaue Flecken, als er den Sturz von der Kirchentreppe mit drei Kugeln im Bauch nachspielte.«

»Die wilden Zwanziger«, erklärte Paul. »Aber das bringt mich auf eine Idee. Glaubst du, ich könnte Dr. Stern vorwerfen, dass seine Verbrechenstheorien darauf beruhen, dass er zu viele Gangsterfilme gesehen hat? Sein Kapitel über gleichrangige Verbrecher stammt direkt aus dem Film *Chicago – Engel mit schmutzigen Gesichtern*, wo die verwahrlosten Jugendlichen sich weigern, dem Jugendclub beizutreten …«

»… und wo Cagney den Feigen spielt, als er sich auf dem Weg zum elektrischen Stuhl befindet«, sagte Sir Graham enthusiastisch.

»Genug jetzt«, sagte Steve. »Ich wünschte, ich hätte den Abend mit Carl Walters verbringen können. Er hätte mir alles erzählt, was wir über diesen Curzon-Fall wissen wollen.«

»Das bezweifle ich«, sagte Paul abschätzig. »Er weiß selbst nicht alles, was wir wissen wollen.« Dann beugte er sich über den Sessel und küsste sie auf den Kopf. »Mach dir nichts draus, Liebling, du hast dich wacker geschlagen. Du bist immerhin noch am Leben.«

»Ich war sehr gut! Bis Carl Walters herausfand, wer ich war, sagte er mir die Wahrheit. Wir wissen nun immerhin, dass er Dulworth Bay regelmäßig besucht und dass er ein Freund von Dr. Stuart ist. Habe ich dir schon erzählt, was er über Diana Maxwell gesagt hat?«

»Ja, das hast du.«

»Er sagte, sie sei die Geliebte von Lord Westerby.«

»Aber wir wissen immer noch nicht, was Curzon vorhat«, sagte Sir Graham.

Steve lächelte ironisch. »Das ist nicht wichtig, Sir Graham. Was zählt, ist wo, wer und wie. Offensichtlich lief etwas schief, als Baxter beschloss, auszusteigen, und ich glaube, ich kann mir denken, was schieflief. Baxter beschloss, den Rest der Bande zu erpressen. Er hatte Beweise in diesem Notizbuch, die sie alle für Jahre in den Knast bringen würden.« Sie lehnte sich in ihrem Sessel nach vorne. »Ich nehme an, Ihre Dechiffrierspezialisten haben noch nicht herausgefunden, wie diese Beweise aussehen?«

»Gütiger Gott, ich wusste doch, dass ich einen Grund hatte, hierher zu kommen …«

»Sie sind gekommen«, mischte sich Paul ein, »um mir eine Kopie des Berichts über den Flugzeugabsturz zu bringen.«

»Ja, aber ich habe auch von Major Browning eine Nachricht über das Notizbuch erhalten. Er hat den ganzen Tag damit verbracht, diese Zahlen durchzugehen und zu versuchen, sie in eine sinnvolle Verbindung zu bringen. Es schien absolut keinen Zusammenhang zwischen den Zahlen oder Zahlenfolgen zu geben. Dann, als er heute Abend nach Hause ging, kam ihm der Gedanke, dass die Zahlen genau das sein könnten, was sie zu sein scheinen, und genau das sind sie auch: Es sind einfach Zahlen.«

»Zahlen, die sich worauf beziehen?«, fragte Paul. »Geldbeträge, Uhrzeiten, Aktienindexbewegungen?«

Sir Graham zuckte mit seinen kantigen Schultern. »Sie scheinen sich auf Messungen zu beziehen, Entfernungen von einem bestimmten Objekt. Aber da wir nicht wissen, um welches Objekt es sich handelt, sind wir ziemlich ratlos.«

»Vielleicht um einen Ort«, sagte Steve nachdenklich, »wie der Lagepunkt eines Schmugglerschatzes.«

Sir Graham Forbes nahm eine Mappe mit Berichten über die Flugzeugkatastrophe von Dulworth Bay aus seiner Aktentasche und legte sie auf den Schreibtisch mit der dringenden Bitte, Charlie Vosper nicht zu verraten, woher sie stammte.

»Dieser Mann macht mir das Leben zur Hölle, wenn er wütend ist«, sagte Sir Graham. »Er wird verschlossen und förmlich und spricht nur, wenn man ihn anspricht. Er ist schlimmer als meine Frau …« Der Gedanke beunruhigte ihn sichtlich, und er nahm einen weiteren Whisky, um seine Nerven zu beruhigen. Der Mythos James Cagney reizte ihn, sagte er, weil Cagney immer eine Antwort für Polizeiinspektoren parat hatte, wenn er nicht gerade Grapefruits in Gesichtern von Frauen zerdrückte.

»Ihr seid wie ein paar übergroße Schuljungen«, sagte Steve, als sie im Bett waren. Sie schlüpfte zwischen die Laken, gähnte und kuschelte sich an Paul. »Mit jedem Glas Whisky wurde Sir Graham reaktionärer und du hast ihn dabei noch unterstützt.« Sie kicherte. »Ich finde Sir Graham schrecklich süß, aber ich verstehe nicht, wie er in der heutigen Zeit stellvertretender Polizeichef werden konnte.«

»Er ist verdammt gut in seinem Job«, sagte Paul. »Und nachdem sie ihm sein Kolonialregiment weggenommen hatten, mussten sie natürlich eine Aufgabe für ihn finden. Sonst wäre er noch in die Politik gegangen.«

Paul öffnete die Mappe und lehnte sie gegen seine Knie. Er hatte den Abend genossen. Das euphorische Gespräch ging von Kino über Literatur bis hin zu Sir Grahams leicht strengen Ansichten über die Gesellschaft. Sie hatten viel gelacht, und es kostete Paul einige Mühe, sich wieder auf den Fall Curzon zu besinnen.

Er studierte den Bericht. Es hatte sich um ein kleines privates Charterflugzeug gehandelt, das auf dem Weg nach New York über Manchester nach Amsterdam war. Es waren nur sechsundvierzig Passagiere an Bord gewesen, die alle auf der Stelle tot waren. Amerikanische Touristen, mehrere Beamte, ein Trio holländischer Lehrer, ein paar Geschäftsleute und jemand namens Duprez. Duprez?

»Was«, fragte Steve plötzlich, »macht dich so sicher, dass dieser Flugzeugabsturz etwas mit Curzon zu tun hat?«

»Ich bin mir da nicht so sicher. Aber der Zeitfaktor interessiert mich. Nach dem Flugzeugabsturz begannen die Dinge mit Baxter schief zu laufen. Das war, als Peter Malo mit Tom Doyle und einem Fernglas segeln ging, und dann verschwanden die Jungs. Carl Walters war in Dulworth. Ich halte nichts von Zufällen.«

Duprez war eine rätselhafte Person. Die Fluggesellschaft wusste anscheinend nichts über ihn, außer dass er Franzose war und den Flug bis nach Manchester gebucht hatte. Die französische Polizei hatte keine Verwandten ausfindig machen können und es hatte keine weiteren Nachforschungen über ihn gegeben. Ein Vermerk in dem Bericht erwähnte, dass ein Zollbeamter in Schipol der Meinung war, dass der Mann etwas mit der Automobilindustrie zu tun hatte, aber dieser Eindruck konnte nicht bestätigt werden. Alle Papiere und Dokumente waren vernichtet worden, als das Flugzeug auf den Klippen Feuer fing.

Das half Paul also nicht viel weiter. Wenn Duprez ein Kontaktmann zwischen dem Kontinent und Curzons Organisation war, dann trug er offensichtlich einen falschen Namen und war jetzt tot.

»Was passiert jetzt?«, fragte Steve.

»Ich weiß es nicht.« Paul löschte die Nachttischlampe und starrte in die Dunkelheit. Weder der Bericht noch das Notizbuch halfen ihm weiter. »Ich denke, wir müssen Carl Walters in Angriff nehmen …«

»Walters in Angriff nehmen?«, fragte Steve entrüstet. »Was zum Teufel glaubst du, was ich heute Abend getan habe?«

»Du hast ein Schicksal riskiert, das schlimmer ist als der Tod.«

Als Paul am nächsten Morgen anrief, willigte Carl Walters bereitwillig ein, ihn zu treffen. »Ja, sicher«, sagte er. »Ich hatte gestern Abend das Vergnügen, Ihre charmante Frau kennenzulernen. Bringen Sie sie doch einfach mit.«

»Da freut sie sich sicherlich«, sagte Paul verbittert. »Wie wäre es mit einem Mittagessen im Grillrestaurant des Savoy?«

»Okay, warum nicht? Übrigens, können Sie mir verraten, was dieses ganze geheimnisumwitternde Getue soll?«

»Es geht um einen Freund von Ihnen namens Lou. Er sagt, Sie hätten ihn angeheuert, um ein Notizbuch von mir zu stehlen.«

»Nie von ihm gehört. Um was für ein Notizbuch handelt es sich denn?«

»Um eines mit jeder Menge Messwerten und Berechnungen. Sie wissen schon, ein X markiert die Stelle …«

Walters lachte und sagte, dass er nicht wisse, von was zum Teufel er da redete. Er wollte Paul jedoch um ein Uhr zum Mittagessen treffen.

Um viertel nach eins war Carl Walters noch nicht aufgetaucht.

Paul bestellte zwei weitere Sherrys und versuchte, den Hunger zu unterdrücken.

»Habe ich dir schon von meinem gestrigen Treffen mit Jimmy Forester-Ford erzählt?«, fragte er Steve.

Steve warf ihm einen gelangweilten Blick zu. »Nein«, sagte sie. »Hat er dir gesagt, du sollst deine *Imp*-Aktien verkaufen und *Canpacs* kaufen? … Oh! Schau mal! Ich bin mir sicher, dass dieses Mädchen dort letzten Monat auf dem Cover der *Vogue* war.«

»Wir haben die meiste Zeit über Baxter gesprochen. Ich wollte wissen, wie sein Ruf ist, ob er jemals von der Börse ausgeschlossen worden war und so weiter.«

»Ich nehme an«, sagte Steve abwesend, »ein Mann, ein Wort.«

»Nun, ja, aber er war nicht sehr hoch angesehen. Jimmy sagte, dass er Philip Baxter nicht für einen Gentleman hielt. Er spekulierte ganz schön auf dem Markt, wie ein Spieler, und machte in den frühen Tagen, als die Unternehmensübernahme florierte, viel Geld. Das war, bevor Regeln aufgestellt wurden, die diese Art von Praktiken an der Börse unterbanden. Diese Praktiken hat auch Philip Baxter mitgeprägt.«

Steve nickte. »Mit anderen Worten: Philip Baxter war

nicht gerade skrupellos.«

»Ganz und gar nicht«, stimmte Paul zu.

Jemand winkte von der anderen Seite des Speisesaals. Die Kellner wichen erschrocken zur Seite, als Kate Balfour sich zwischen die Tische drängte, um zu den Temples zu kommen. Sie war außer Atem und leicht errötet. »Es tut mir leid, dass es so lange gedauert hat«, keuchte sie, »aber der Verkehr ist schrecklich. Ich bin sofort los, als ich Ihre Nachricht erhielt.«

»Sie kamen wegen einer Nachricht?«, sagte Steve. »Ich dachte, Sie kämen vielleicht wegen des Essens hierher …«

»Was für eine Nachricht war das?«, fragte Paul. »Wir haben keine …«

»Ein Mann rief an und sagte, Sie wollten mich dringend hier sehen. Er sagte, er sei der Oberkellner.« Kate sah verwirrt aus. »War das etwa ein Scherz?«

»Nein«, sagte Paul nachdenklich, »nein, das war kein Scherz, Kate. Jemand wusste, dass wir hier sind und wollte Sie aus der Wohnung locken. Ich nehme an, dass wir in diesem Augenblick Besuch haben.«

Die Wohnung war, wie die Polizei es ausdrückte, gründlich umgedreht worden. Steve keuchte bei diesem Anblick entsetzt auf. Alle Schubladen waren herausgezogen und deren Inhalt auf den Boden gekippt worden, die Bücher waren aus den Regalen gekippt, Bilder heruntergestoßen, Möbel verschoben und der Teppichboden weggerissen worden. Die Durchsuchung war im Wohnzimmer und im Arbeitszimmer gründlich gewesen. Steve rannte die Treppe hinauf, um sich den Schaden im Schlafzimmer anzusehen.

»Ich nehme an, er hat nach dem Notizbuch gesucht«, sagte Paul düster.

Kate Balfour starrte auf das Chaos in der Küche. »War es der Mann, den Sie im Savoy treffen wollten?«

»Carl Walters? Er wusste immerhin, dass wir nicht hier sein würden.«

»Ich werde ihm die Hölle heiß machen, wenn ich ihn zwischen die Finger kriege!«

Paul ging die Treppe hinauf, um nach seiner Frau zu sehen. Er wusste, dass derartige Einbrüche von Frauen symbolisch als Verletzung ihrer Häuslichkeit aufgefasst wurden. Es konnte Steve erschüttert und mitgenommen haben.

Sie saß in der Mitte des Schlafzimmers, umgeben von einem Haufen Kleider, die grob aus den Kleiderschränken und aus der Kommode geworfen worden waren. Auf dem Frisiertisch lagen Kosmetika und Schmuck verstreut. »Es wird Stunden dauern«, sagte sie unglücklich, »um das wieder in Ordnung zu bringen.«

»Fehlt etwas?«

»Nein, ich glaube nicht.«

»Mr. Temple! Hier, schnell!« Kate Balfour war von Zimmer zu Zimmer gegangen. Ihre Stimme kam jetzt aus dem Badezimmer. »Sehen Sie mal, wen wir hier gefunden haben.« Sie steckte ihren Kopf heraus und winkte aufgeregt.

Es war Carl Walters, der in einer Lache seines eigenen Blutes auf dem Boden lag, halb bewusstlos war und vor sich hin stöhnte. Paul kniete sich neben den Mann hin, aber er konnte nicht viel tun.

»Ich bin's, Paul Temple. Bleiben Sie ruhig liegen. Wir rufen sofort einen Arzt.« Er nickte Mrs. Balfour zu. »Kümmern Sie sich darum, Kate?«

Sie sah aus, als wolle sie bleiben und den Mann dafür bestrafen, dass er sich in der Wohnung befand und ihre Küche durcheinandergebracht hatte, aber ein weiteres Röcheln von Walters veranlasste sie, die Treppe hinunterzueilen.

»Wer hat Ihnen das angetan?«, fragte Paul sanft.

»Nicht anfassen«, wimmerte er, »lassen Sie mich in Ruhe. Gott, tut das weh!«

»Ich werde einen Brandy holen«, sagte Steve.

Paul lockerte den Kragen des Mannes und machte es ihm bequem. Es lag ein seltsamer Geruch von Parfüm im Raum, der irgendwie nicht zu Pauls Vorstellung von dem Sterbenden passte. Paul verdrängte diese Merkwürdigkeit aus seinen Überlegungen. Über seltsame Gerüche konnte er sich später Gedanken machen, wenn er mehr Zeit hatte.

»Sie müssen mir sagen, wer das getan hat«, beharrte Paul. »Ich weiß, dass Sie meine Wohnung nach dem Notizbuch durchsucht haben. Aber jemand hat Sie dabei gestört, nicht wahr?«

Walters nickte. »Temple«, sagte er, fast unhörbar, »Sie müssen verhindern, dass Curzon die Diamanten bekommt. Lassen Sie nicht zu, dass er ...« Plötzlich verstummte seine Stimme.

Als Steve mit dem Brandy zurückkam, trank Paul ihn selbst.

»Warum sollten sie Ihre Wohnung durchwühlen, Temple? Wir haben das Notizbuch im Yard. Warum sind sie nicht gekommen und haben mein Büro durchsucht?« Charlie Vosper wetterte mehrere Minuten lang, um klarzustellen, dass Freunde von Sir Graham Forbes für ihn nichts bedeuteten. »Was sollte dieses Treffen mit Carl Walters im Savoy überhaupt?«

»Ich wollte herausfinden, worum es in diesem Fall geht.«

»Jetzt wissen Sie es ja«, sagte der Inspektor heftig. »Es geht um Diamanten.«

»Ich weiß.«

Steve brachte ein Tablett mit Tee und getoastetem Gebäck, was die Laune des Polizisten ein wenig verbesserte. Er lächelte fast. Er aß drei Scones, während er an Pauls Schreibtisch saß und das Blatt Papier in der Schreibmaschine las. Dann grinste er. »Das wird Professor Stern wohl dazu bringen, sich seinen Verrückten anzuschließen! Ich verstehe zwar kein Wort davon, aber ich bin sicher, dass es sehr amüsant ist.«

Sie brachten Carl Walters weg und Steve stand an der Tür und sah zu, wie er vorbeigetragen wurde. »Armer Mann«, murmelte sie. »Wisst ihr, er war mir sehr sympathisch. Er hatte eine Menge Charme und war ein ziemlich netter Mann. Er genoss sein Leben.«

»Er war ein Gangster«, sagte Charlie Vosper. »Es würde mich nicht wundern, wenn einige seiner Jungs dieses Mädchen in dem Lokal erschossen haben – sie wissen schon, diese Bobbie Jameson. Er hatte eine ziemlich große Organisation.

Was ich nicht verstehe, ist, warum er sich selbst um Ihre Wohnung gekümmert hat. Er hätte Joe damit beauftragen sollen, oder sogar Lou Kenzell, wenn es stimmt, dass Lou für ihn arbeitete.«

Paul nippte an seinem Tee. »Walters sagte, er habe noch nie von Lou gehört.« Etwas in Pauls Hinterkopf rührte sich, um eine Verbindung herzustellen. Lou Kenzell, sagte er zu sich selbst, Lou Kenzell. Was war mit ihm?

»Carl Walters hätte seine eigene Freundin doch nicht erschießen lassen«, sagte Steve. »Das ist lächerlich. Carl Walters hat offensichtlich auf der anderen Seite gearbeitet, gegen unseren geheimnisvollen Freund Curzon. Deshalb ist er auch tot.«

»Vielleicht«, sagte Vosper. »Vielleicht war er auf Baxters Seite.«

»Lou Kenzell!«, sagte Paul plötzlich. »Natürlich, er war es, Lou Kenzell! Er kam hierher, um die Wohnung nach dem Notizbuch zu durchsuchen, und er fand Carl Walters bereits bei der Arbeit. Ich konnte den Geruch nicht einordnen, aber jetzt erinnere ich mich …«

»Welcher Geruch?«, fragte Steve.

»*Old Spice*. Im Badezimmer hat es stark danach gerochen.« Er wandte sich wieder an Inspektor Vosper. »Das war das erste, was mir an Lou Kenzell auffiel, als wir ihm auf der Autobahn begegneten.«

Vosper war skeptisch. »Erwarten Sie ernsthaft, dass ich ihn mit dieser Art von Beweis überführen kann?«

»Ja.«

Vosper nahm den Hörer ab und wählte die Nummer von New Scotland Yard. Er gab die Anweisung, dass Lou Kenzell zum Verhör geholt werden sollte und warnte, dass er gefährlich sein könnte. »Ich bin in einer halben Stunde in meinem Büro«, schloss er, »dann will ich, dass Kenzell dort auf mich wartet.« Er legte auf, trank seine Tasse Tee aus und nahm sich ein weiteres Gebäckstück. »Kommen Sie mit, Temple? Ich brauche sowieso noch ihre Aussage.«

Paul begleitete ihn.

Lou Kenzell saß in Vospers Büro, an beiden Seiten von einem Polizisten bewacht. Er bemühte sich, empört auszusehen, aber er war offensichtlich aufgewühlt. Vosper schnüffelte eifrig und nickte Paul zu. »Ich verstehe, was Sie meinen.«

Kenzell war aufgesprungen, als der Inspektor das Büro betreten hatte und hatte eine Erklärung verlangt, aber als er Paul Temple sah, ließ er sich in seinen Stuhl sinken.

»Was soll ich jetzt schon wieder verbrochen haben?«, fragte er mürrisch.

Ein Polizeibeamter saß an einem Schreibtisch in der Ecke des Raums und hielt einen Bleistift und ein Notizbuch parat. Vosper zwang Kenzell, seine Taschen zu öffnen. Die Situation war extrem angespannt, Paul konnte die Spannung sogar spüren, obwohl er mit dem Rücken zum Geschehen aus dem Fenster blickte.

»Wenn Sie glauben, dass Sie mich wegen Taschendiebstahls drankriegen können, Mr. Temple, dann haben Sie sich getäuscht«, sagte er verzweifelt.

»Sie haben mich diesbezüglich angelogen, Lou. Sie haben gesagt, dass Carl Walters Sie angeheuert hat, aber das war unwahr. Carl Walters hat Ihre ganze Geschichte abgestritten.«

»Na ja, was sollte er sonst tun? Ich meine, dass …«

»Wo«, schaltete sich Inspektor Vosper ein, »waren Sie heute Nachmittag um halb zwei?«

»Ich möchte meinen Anwalt anrufen.«

»Ich mag keine Lügner, Lou. Sie wurden von Curzon beauftragt, das Notizbuch zu stehlen, nicht wahr? Und Curzon sagte, dass sie aussagen sollten, Carl Walters hätte Sie angeheuert, falls sie das Pech haben sollten, erwischt zu werden. So war es doch, oder?«

»Ich sage gar nichts.«

Inspektor Vosper war ein großer Mann mit sehr breiten Schultern und wog fast einhundert Kilogramm. Er überragte Kenzell, und wirkte, als könnte er ihn mit einem Mal verschlingen. »Louis Joseph Kenzell, Sie sind nicht verpflichtet, etwas zu sagen, aber ich muss Sie warnen, dass alles, was Sie sagen, zu Protokoll genommen wird und als Beweismittel gegen Sie verwendet werden kann.« Der Inspektor kehrte zu seinem Stuhl hinter dem Mahagonischreibtisch zurück. »Also, wo waren Sie heute Nachmittag um halb zwei? Wir wissen, dass Sie nicht in Ihrer Wohnung waren.«

»Es ist doch nicht verboten, ins Kino zu gehen, oder?«

»Natürlich nicht.« Charlie Vosper rief zum Sergeant hinüber. »Haben Sie diese Antwort notiert, Simpson? Seine Antwort lautet: »Um halb zwei betrat ich die Wohnung von Mr. Temple, um ein schwarzes, in Leder gebundenes Notizbuch zu stehlen. Dort traf ich auf den erwähnten Carl Walters.««

»He, das ist eine verdammte Lüge!«, entrüstete sich Kenzell. Ich war im Kino – und niemand hat etwas über den erwähnten Carl Walters gesagt.«

»Schreiben Sie das auf, Simpson: »Es folgte ein Handgemenge zwischen Walters und mir, in dessen Verlauf ich die Kontrolle verlor. Ich stieß seinen Kopf absichtlich und heftig gegen das Waschbecken, so dass er bewusstlos wurde, woraufhin ich ihm wiederholt in die Rippen und in den Magen trat. Diese Tritte führten, wie ich jetzt weiß, direkt zum Tod von Carl Walters, kurz nachdem ich aus dem Haus geflohen war.««

»Zum Tod?«, wiederholte er leise. »Sie meinen, er ist tot?«

»Ich meine, Sie haben ihn getötet. »Ich habe diese Erklärung aus freiem Willen abgegeben und so weiter und so fort.« Lassen Sie das abtippen, Simpson, und bringen Sie es dann zur Unterschrift her.«

Paul sah zu, wie der Sergeant mit seinen feierlich mitstenographierten Notizen das Büro verließ. Er lächelte vor sich hin. Der Stil war seltsam, es klang nicht danach, wie Lou Kenzell sich ausdrückte. Aber Kenzell war entsetzt. Er stand wie hypnotisiert da, als der Sergeant ging.

»Ich war im Kino«, sagte er wie betäubt, »das habe ich Ihnen doch gesagt. Ich war nicht einmal in der Nähe von Mr. Temples Wohnung. Ich weiß nicht einmal, wo er wohnt. Ich war im *Acadamy*.«

»Allein?«, fragte Inspektor Vosper müde.

»Genau. Haben Sie etwas dagegen, dass ich allein ins Kino gehe?«

Vosper schüttelte den Kopf. »Aber leider haben Sie damit kein sehr gutes Alibi.« Seinem Verhalten war zu entnehmen, dass das Verhör beendet war. Sie schlugen die Zeit tot, bis Sergeant Simpson mit dem Protokoll wieder kam.

»Wenn man unschuldig ist«, sagte Kenzell bewusst schlicht, »braucht man kein Alibi.«

Charlie Vosper lachte unfreundlich.

»Ich sage Ihnen doch: Ich war gegen ein Uhr im *Acadamy*-Kino und bin gegen drei Uhr wieder gegangen. Ich war erst ein paar Minuten zurück, als Ihre Cowboys kamen, um mich zu verhaften.«

»Welchen Film haben Sie gesehen?«, fragte Paul.

»*Hamlet*.« Er dreht sich trotzig zu Paul um. »Wollen Sie, dass ich Ihnen die Handlung erzähle?«

»Das wird nicht nötig sein. Haben Sie den ganzen Film gesehen?«

»Nein, ich war nur zwei Stunden dort. Da kann ich doch unmöglich den ganzen Film gesehen haben, oder?«

»Nein«, stimmte Paul zu, »es ist ja ein sehr langer Film.«

Charlie Vosper wurde plötzlich hellhörig. »Oh, ich erinnere mich an diesen Film. Mit Laurence Olivier und Jean Simmons, in wunderbarem Technicolor.«

»Ja«, sagte Kenzell eifrig, »das ist er.« Dann vermutete er eine Falle. »Oder … Zumindest bin ich mir nicht sicher, ob er in Technicolor war. Aber Laurence Olivier hat darin mitgespielt …«

»Nicht sicher?«, fragte Vosper wütend. »Sie haben den Film vor einer Stunde gesehen und wissen nicht mehr, ob er in Farbe ist? Sie schäbiger Winzling, Sie können sich nicht einmal ein anständiges Alibi ausdenken! Sie sind ein unbedeutender Gauner, ein kleiner Mörder! Bleiben Sie sitzen und halten Sie den Mund, bis der Sergeant zurückkommt!«

Kenzell kauerte sich in seinem Stuhl zurück und schwieg.

Vosper ging den Inhalt von Kenzells Brieftasche durch. Er

legte den großen Stapel Geldscheine in eine Ecke seiner Schreibunterlage, stapelte die Clubkarten, den Führerschein und die Kreditkarten in einer anderen Ecke. »Wussten Sie, dass Sie Ihren Führerschein nicht unterschrieben haben?«, fragte er. »Das ist eine Ordnungswidrigkeit.« Es gab keine belastenden Briefe. Ein paar Fotos, eines davon obszön, ein anderes hochmoralisch, auf dem seine verstorbene Frau abgebildet war, zwei weitere von Männern, die in sein Berufsleben involviert waren. Vosper grinste.

»Hier ist ein Foto von Ihnen, Temple.«

»Vom Schutzumschlag eines meiner Bücher«, sagte Paul. »Es ist ein Wunder, dass er mich dadurch erkannt hat, oder?«

Paul nahm das zweite Foto in die Hand. Es zeigte einen Mann mit Zweifingerbart und kurzgeschnittenem Haar, spitzen Gesichtszügen und der adretten Kleidung eines wahrscheinlich kleinen und wählerischen Mannes. »Tja»«, sagte Paul, »das ist ja interessant.«

»Wer ist das?«, fragte Vosper.

»Ein Mann namens Duprez.«

»Duprez? Sie meinen den Franzosen, der bei dem Flugzeugabsturz ums Leben gekommen ist?« Vosper nahm das Foto und betrachtete es mit strengem Blick. »Sein Name war René Duprez, geboren 1932 in Orléans. So steht es auf der Rückseite.«

Sergeant Simpson klopfte an die Tür, als er mit der in zweifacher Ausfertigung getippten Aussage eintrat. Er reichte Kenzell eine Kopie und Inspektor Vosper das Original.

»Ah, gut. Lesen Sie sich das durch, Kenzell, und unterschreiben Sie es dann. Lassen Sie sich Zeit, es gibt keinen Grund zur Eile.«

Kenzell las das Geständnis durch, wie es ihm gesagt wurde, und unterzeichnete es dann. Paul Temple unterschrieb als Zeuge zusammen mit dem Sergeant.

Kapitel neun

»Paul, ich habe über diese Sache nachgedacht. Über den Fall Curzon. Es gibt da eine ganze Menge, die ich nicht verstehe.«

Er lächelte. »Es gibt da eine ganze Menge, die ich selbst nicht verstehe, Liebling.«

Sie waren schon sechs Stunden unterwegs und Steve langweilte sich. Sie bevorzugte für solch lange Fahrten einen Kleinwagen, in dem man sich der Fahrt bewusst war und ein gewisses Gefühl von Abenteuer verspürte. Der geräuschlose und geräumige Rolls Royce konnte ermüdend sein. Seit Malton starrte sie aus dem Fenster auf die trostlose Moorlandschaft und überlegte, ob sie den Schafen zuwinken oder eine Schachtel *After Eight* essen sollte.

»Gestern Mittag, zum Beispiel«, sagte sie. »Wer hat da Mrs. Balfour angerufen?«

»Kenzell, natürlich. Aber Walters war schon vor dem Haus und beobachtete die Wohnung. Er wusste, dass wir im Savoy waren, und sobald er Kate gehen sah, nahm er an, dass die Wohnung leer war. Also brach er ein.«

»Um das Notizbuch zu stehlen«, murmelte Steve. »Ich nehme an, diese Zahlen verraten, wo der Diamantenschatz versteckt ist?«

»Das nehme ich an.« Paul bog nach rechts auf die Küstenstraße ab, erhöhte sein Tempo und überholte einen Reisebus. »Die Diamanten stammen aus dem Flugzeug, das über den Klippen abstürzte. Offensichtlich brachte sie der Franzose Duprez mit Charterflugzeugen, die über die Küste von Yorkshire umgeleitet wurden, herüber. Er warf das Paket ab und ein wartendes Fischerboot nahm es auf. Alles war gut, bis zu jener Nacht, als das Flugzeug zu tief sank. Ich kann mir vorstellen, dass das Flugzeug deshalb abgestürzt ist.«

»Ja, natürlich«, sagte Steve. »Und als das Flugzeug ab-

129

stürzte, war Curzon zu langsam. Jemand anderes hat die Diamanten vor ihm gefunden.«

»Du schlussfolgerst richtig! In der Tat! Und ich glaube, dieser Jemand war Baxter. Er war ein relativ unbedeutendes Mitglied der Bande, aber sobald er die Diamanten in Besitz hatte, beschloss er, um höhere Einsätze zu spielen. Er hat das Paket versteckt und dann versucht, Curzon zu kontaktieren.«

»Warum sollte er das tun?«

»Ich nehme an, er wollte eine wichtigere Rolle, mehr Geld. Ich vermute, dass Baxter die Identität von Curzon nicht kannte. Er verhandelte über einen Mittelsmann mit ihm.«

Steve nickte. »Jetzt kann ich verstehen, warum er wollte, dass Tom Doyle auf die Jungen aufpasst. Er wusste, dass er ein sehr gefährliches Spiel trieb.«

»Genau.«

Sie überquerten die Hügelkuppe und fuhren die verlassene Straße entlang. Zu ihrer Rechten erstreckte sich der Wald der Forstverwaltung in sauberen Linien. In der Ferne war ein Auto zu sehen, das am Eingang zu einem von der Forstverwaltung genehmigten Wanderweg geparkt war. Ein Naturliebhaber wie er im Buche stand.

»Aber wer ist Curzon?«, fragte Steve.

»Nun«, sagte Paul nachdenklich, »es könnte Lord Westerby sein, oder Peter Malo, es könnte sogar Tom Doyle sein, oder Dr. Stuart …« Er fuhr an den Straßenrand und hielt neben dem geparkten Auto an. »Haben Sie Probleme, Doktor?«, rief er.

Es war der verbeulte Rover von Dr. Stuart. Die Motorhaube war geöffnet und Dr. Stuart starrte ratlos auf den Motor. Er hatte an den Teilen, die er kannte, herumgestochert und den Rädern einen wütenden Tritt verpasst, aber damit war er mit seinem Latein am Ende. »Irgendwas stimmt am Kühler nicht«, sagte er zu Paul. »Das Wasser kocht und der Motor zieht nicht.«

Paul spähte mit wissendem Blick unter die Motorhaube. »Ah ja, ich sehe schon, was los ist«, sagte er. »Da haben wir's! Ein loser Keilriemen.«

»Unglaublich«, sagte der Arzt. »Und was passiert jetzt?«

»Oh, wir schlagen einfach mit etwas Schwerem auf das Stück und ziehen dann eine Mutter fest.«

»Erstaunlich.«

Paul schlug mit einem Brecheisen auf die entsprechende Stelle ein und kroch dann mit einem verstellbaren Schraubenschlüssel unter das Auto. Der Arzt wandte sich an Steve. »Ich bewundere einen Mann, der weiß, wie man ein Auto repariert. Der Verbrennungsmotor ist für mich ein völliges Rätsel.«

»Paul kennt sich mit losen Keilriemen aus«, sagte Steve unfairerweise. »Wir hatten vor einem Monat einen und wir mussten drei Stunden auf einem Rastplatz außerhalb von Oxford auf einen Mann warten, der ihn reparierte.«

Wenige Augenblicke später tauchte Paul auf und sah schmutzig, aber zufrieden mit sich selbst aus. »So«, sagte er, »das sollte reichen.« Er beugte sich ins Auto vor und drückte auf den Anlasser. Der Motor heulte auf. »Jetzt sollte er ihnen keine Probleme mehr machen!«

»Außergewöhnlich. Ich bin Ihnen furchtbar dankbar, Temple. Ich hätte meine Sprechstunde verpasst, wenn ich von hier aus hätte laufen müssen.«

»Denken Sie sich nichts dabei, Doktor.« Paul wischte sich die Hände an einem Grasbüschel ab. »Übrigens, das mit Ihrem Freund tut mir leid. Ich fühle mich in gewisser Weise mitverantwortlich, weil er bei einem Einbruch in meine Wohnung gestorben ist.«

»Welcher Freund? Oh, Sie meinen den armen alten Walters.« Dr. Stuart schaltete die Zündung seines Wagens aus und setzte sich dann gesprächig auf das Trittbrett. »Ja, er hatte ein einnehmendes Wesen. Ein ziemlicher Schurke, würde ich sagen, aber ich mochte ihn sehr. Man trifft nicht viele Leute wie ihn in Dulworth.«

Paul stimmte zu. »Kannten Sie ihn schon lange?«

»Nein, eigentlich nicht. Ich habe ihn vor etwa sechs Monaten kennengelernt. Er kam am späten Vormittag mit einer üblen Wunde an der Hand in die Praxis. Ich tat, was ich konnte, und da es Mittagszeit war, hat er mich ins *The Feathers* eingeladen, um dort mit ihm etwas zu essen. Danach haben wir uns fast immer getroffen, wenn er hier oben war.«

»Warum ist er denn überhaupt hierhergekommen?«, fragte Paul.

»Aus geschäftlichen Gründen, nehme ich an, obwohl er nie mit mir darüber gesprochen hat. Anscheinend leitete er ein paar Clubs in London.« Dr. Stuart lächelte traurig. »Falls er dachte, er könnte hier in Yorkshire auch einen Spielclub eröffnen, wundert es mich nicht, dass er in Schwierigkeiten geriet.« Er schüttelte traurig den Kopf und kletterte zurück in sein Auto. »Wir sehen uns sicher wieder!«

»Ganz sicher«, sagte Paul. Bevor auch er losfuhr, fragte er noch nach, ob es Diana Maxwell besser ging.

»Ja, sie ist jetzt wieder zu Hause, obwohl ich ihr eine Woche Bettruhe verordnet habe.« Der Doktor winkte zum Abschied und fuhr mit einem Geräusch aus dem Auspuff auf die Straße und davon. Paul folgte ihm über das Moor bis zur Straße nach Whitby, dann trennten sich ihre Wege.

Es war acht Uhr, als sie das Hotel erreichten und erschöpft in ihre Suite torkelten. »Puh«, sagte Steve, »ich bin durchgeschwitzt und müde. Ich glaube, ich brauche eine Dusche.« Sie eilte ins Bad, während Paul die vielen Nachrichten durchsah, die auf ihn warteten. Sie schlüpfte aus dem orangefarbenen Baumwollkleid und stellte die Dusche an.

Das Wasser war kühl und erfrischend. Steve streckte ihre Arme unter dem Wasserstrahl aus und hörte geistesabwesend zu, wie Paul seine Telefonate führte. Sie hörte, wie er den Zimmerservice rief, um zwei eisgekühlte Drinks zu bestellen. Es war, so beschloss sie, ein herrlicher Abend. Eine verirrte Fliege surrte gegen das Fenster. Der Klang des Sommers. In der Ferne hörte sie Stimmen von Kindern, die am Strand spielten.

»Beeil dich, Steve! Lord Westerby erwartet uns um acht Uhr dreißig.«

Aber Paul war schon wieder am Telefon, als sie in ihrem Badetuch aus der Dusche kam. Steve wählte ihr Giselle-Kleid mit den gerüschten Schultern und dem Mieder und den langen

Ärmeln, die spitz zu Boden fielen.

»Ich spreche mit Inspektor Morgan«, flüsterte Paul und legte seine Hand auf den Hörer. »Er sagt, dass Tom Doyle wie ein Loch säuft und sich seltsam verhält.«

Steve schürzte in höflicher Überraschung die Lippen und hörte dem Telefongespräch halb zu, während sie an ihrem Drink nippte.

»Was meinen Sie, woher Tom das Geld für diesen Lebensstil nimmt?«, fragte Paul den Inspektor. »Das klingt teuer.«

Während Paul weiter über die Veränderung von Tom Doyle sprach, deutete Steve auf ihre Armbanduhr. »Halb neun«, murmelte sie, »Abendessen mit Lord Westerby« Sie leerte ihr Glas und stand in der Erwartung auf, dass sie nun gehen würden. Die Dusche hatte sie völlig erfrischt.

»Tut mir leid, Inspektor, ich muss los. Meine Frau wartet.«

Paul fuhr mit zu hohem Tempo durch die engen Straßen, die aus Whitby hinausführten, und drückte dann kräftig auf das Gaspedal, als sie die Straße durchs Moor erreichten. Steve schloss die Augen. Tom Doyle verhielt sich seltsam, das war ihr klar, aber das war kein Grund, den Rolls in einen Graben zu fahren.

»Ich würde gerne wissen, woher er das Geld hat«, sagte Paul schließlich. »Inspektor Morgan glaubt, dass jemand Tom Doyle Geld gibt, um ihn vom Reden abzuhalten, aber ich bin mir da nicht so sicher.«

»Lord Westerby?«, fragte Steve.

»Ich weiß es nicht.« Paul wich mit quietschenden Reifen einem plötzlich auftauchenden Kriegerdenkmal aus. »Warum taucht Lord Westerby so oft auf? Verdammt, wir müssen einen Weg finden, um Curzon zu überführen, das ist das einzige, was zählt. Wir brauchen Tom Doyle nicht, er macht die Dinge nur noch komplizierter.«

»Willst du damit etwa sagen«, fragte Steve misstrauisch, »dass du weißt, wer Curzon ist?«

»Natürlich weiß ich das, das ist das Einfachste in dieser Angelegenheit. Aber zu beweisen …« Er trat auf die Bremse, fluchte wütend und kam mit dem Auto am Straßenrand zum

Stehen. »Hast du das gesehen? Dieser verdammte Idiot ist mir direkt vor das Auto gelaufen!«

Steve grinste. »Darling, das ist ein Telegrafenmast, der hat sich nicht bewegt.«

»Der doch nicht. Der Betrunkene im Graben dort!«

Der Betrunkene entpuppte sich als Tom Doyle. Sofort schlug Pauls Stimmung um. Er nahm die Flut an Beschimpfungen hin und setzte eine ernsthafte, entschuldigende Miene dabei auf. »Es tut mir leid, Tom«, sagte er, »ich wusste nicht, dass Sie es sind. Lassen Sie mich Ihnen aufhelfen.« Er zog den Mann aus dem Graben und klopfte ihm den gröbsten Schmutz von seiner zerschlissenen Kleidung.

»Sie wussten nicht, dass ich es war?« Er schwankte gefährlich. »Sie meinen, Sie fahren vorsichtig, wenn es Ihre Freunde sind? Verrückt – das sind Sie! Ich dachte, Sie wären fort, zurück in London. In London sind alle verrückt.« Er holte einen Flachmann aus seiner Tasche und trank daraus. »Die Straßen sind heutzutage nicht mehr sicher. Man braucht einen Drink, um den Mut aufzubringen, nach Hause zu gehen.«

»Steigen Sie ein, Tom, ich fahre Sie nach Hause.«

Paul schob ihn von hinten hinein, während Steve sich vorbeugte und vom Wageninneren aus half. Schließlich legten sie Tom Doyle auf den Rücksitz, wo er vor sich hinmurmelte, dass die Autofahrer ihn zum Trinken trieben. »Kein Wunder, dass es so viele Tote auf den Straßen gibt«, sagte er bedeutungsvoll.

Steve kauerte sich an die Tür, während Paul die Fahrt fortsetzte. Es sollte ein schöner Abend werden. Sie wollte nicht, dass Pauls erbärmliche Freunde oder Mordverdächtige sie mit ihrem nach Bier stinkendem Atem anhauchten. Oder nach Whisky. Was auch immer in dem Fläschchen war. Sie beobachtete den Mond über Fylingdales.

»Was wollen Sie hier schon wieder?«, murmelte Doyle. »Verdammtes Loch. Ich würde selbst abhauen, wenn ich nicht so viel Geld verdienen würde. Verflixtes Kaff. In Dulworth Bay gibt es nichts außer leichtverdientem Geld. Viel leichtverdientes Geld, das ist alles.«

»Er ist betrunken«, sagte Steve geschmacklos.

»Offensichtlich«, sagte Paul. »Ich habe nicht bemerkt, dass man hier leicht sein Geld verdienen kann.«

»Wenn man die Ohren und Augen offenhält!«, sagte Tom Doyle. Er kauerte sich in die Ecke und schloss die Augen. »Man muss bei klarem Verstand sein und die Augen offen halten«, murmelte er. Er hob seine Füße auf den Sitz und schien einzuschlafen.

Paul hatte keine Ahnung, wo Tom Doyle wohnte. Deshalb musste er, als sie Dulworth Bay erreichten, den Mann wecken und fragen. Er brauchte einige Augenblicke und musste ihn kräftig schütteln, damit er zu sich kam.

»Wo bin ich?«, fragte er müde. »Was ist denn los?«

»Sie sind in Dulworth«, sagte Paul. »Ich weiß nicht, wo Sie …«

»Ich steige hier aus.« Sie befanden sich am oberen Ende der Hauptstraße, die zum Meer hinunterführte. Gegenüber befand sich ein Gasthaus mit abblätternden Wetterschutzplatten. Feierliche Klänge drangen hervor und hatten Doyles Interesse an sich gezogen. »Wie viel schulde ich Ihnen?«

»Das war nicht der Rede wert, Tom«, sagte er lachend.

»Kommt nicht in Frage! Ich habe das verdammte Geld und bezahle.« Er zog eine Handvoll Münzen aus seiner Tasche. »Ich weiß, wie teuer ein Taxi ist.« Er drückte Paul ein Fünfzig-Pence-Stück in die Hand. »Da! Behalten Sie den Rest.« Er torkelte in Richtung des Pubs und murmelte etwas von Ausbeutung und den hohen Kosten für Taxis.

Paul fuhr weiter. »Soll ich das Fenster öffnen, Darling?«, fragte er.

»Nein, danke.« Sie seufzte. »Irgendetwas muss den armen Tom Doyle beunruhigen.«

Lord Westerby war ein guter und großzügiger Gastgeber. Sie warteten darauf, dass Peter Malo von seinem Rundgang über das Anwesen zurückkehrte – was auch immer das bedeuten mochte –, bevor sie sich zum Abendessen setzten. Der Portwein seiner Lordschaft war der beste und er hatte Paul eine Havanna-Zigarre angeboten. Er hatte Steve ein Kompliment zu ihrem Kleid gemacht und taktlos hinzugefügt, dass er beim Namen Steve eigentlich mit einem Mann gerechnet hatte.

»Ich halte nichts von all diesen Frauen, die Bobbie und Billie und Arthur heißen«, bellte er Paul an. Das Mädchen, mit dem meine Nichte zusammenlebte, hieß Bobbie, und sehen Sie nur, was mit ihr passiert ist … Jemand hat sie erschossen!« Mit einer seltsamen Logik brachte Lord Westerby den Tod des Mädchens mit der Tatsache in Verbindung, dass junge Männer ihr Haar lang trugen. Dann ging er hinüber zur Flasche Portwein, um nachzuschenken.

»Ich habe gerade Ihre Rezension dieses Buches über Verbrechen gelesen«, rief er barsch. »Normalerweise lese ich diese intellektuellen Wochenzeitschriften nicht, die sind alle zu weit links, wenn Sie mich fragen. Aber Ihre Besprechung hat mir gefallen. Verdammt amüsant!« Er war leutselig und wirkte leicht einschüchternd.

»Danke«, sagte Paul.

»Ich bin mir nicht sicher, ob ich Ihnen zustimme, dass Kriminalität durch Armut verursacht wird. Verbrechen macht doch Spaß, oder? Wie haben wir uns denn früher in Eton aufgeführt? Und in der Offiziersmesse? Wir haben mit Leben und Eigentum gespielt, nur um uns zu vergnügen. Wir haben uns über die Gesellschaft lustig gemacht, was, Mrs. Temple?«

»Ja«, sagte sie, »Paul hat in vernünftigen Momenten dasselbe Argument vorgebracht. Er hat gesagt, dass es das Beste ist, sich einen Job zu suchen, wenn man auf Geld aus ist.«

»Verbrechen zahlt sich nicht aus, was?« Er blickte zu den Porträts an den Wänden von elf früheren Lord Westerbys auf. Sie teilten den plumpen Ausdruck des überraschten Schmerzes, der sich in den Augen des jetzigen Titelträgers abzeichnete. »Was ist also das Motiv für die verbrecherischen Aktivitäten hier in Dulworth? Geld oder Spaß?«

»Geld«, sagte Paul, »an erster Stelle. Obwohl die Angst die Aktivitäten unseres Mörders seit dem Mord an Bobbie Jameson beherrscht hat. Der Mörder hatte zum Beispiel

Angst, dass Miss Maxwell reden würde, und er hat viel unnötige Energie dafür verwendet, sie daran zu hindern.«

Die Tür zum Flur öffnete sich und Diana Maxwell kam herein. In ihrem langen Brokatmantel wirkte sie wie ein Gespenst. Sie war blass und bewegte sich langsam, aber sonst war sie so bemerkenswert hübsch wie immer. Lord Westerby eilte zu ihr, um sie am Arm zu nehmen und sie zum Sofa zu führen.

»Habe ich da meinen Namen gehört?«, fragte sie.

»Ich sagte gerade«, meinte Paul, »dass Curzon eine Menge Zeit darauf verwendet hat, Sie davon abzuhalten, mit mir zu sprechen. Aber es hat ihm nichts gebracht. Ich habe das Puzzle ohne Ihre Hilfe vervollständigt. Das letzte Teil hat sich heute Abend auf der Fahrt hierher eingefügt.«

Diana Maxwell sah ihren Onkel ängstlich an. »Wollen Sie damit etwa sagen, Mr. Temple, dass Sie wissen, wer Curzon ist?«

»Nicht nur das, Miss Maxwell, sondern morgen werde ich es auch beweisen.«

»Mein Gott.«

Steve lehnte sich in ihrem Stuhl nach vorne. »Was war denn heute Abend, als wir hierhergefahren sind, Darling?«

»Du hast etwas gesagt. Nur eine kleine, scheinbar unwichtige Sache. Erinnerst du dich, dass ich dich gefragt habe, ob ich das Fenster öffnen soll?«

»Natürlich erinnere ich mich. Was war daran so bedeutsam?«

»Du hast nein gesagt.«

Steve starrte ihn überrascht an. »Großer Gott. Ja. Ja, ich verstehe, was du meinst.« Sie wurde blass, als sie die Bedeutung von Pauls Aussage erkannte. »Aber das bedeutet doch nicht …«

Lord Westerby knallte sein Glas auf das Tablett. »Zum Teufel nochmal, ich kann nicht verstehen, wovon Sie beide da reden, Temple. Puzzles mochte ich noch nie. Wollen wir mit dem Essen starten?« Er nahm Diana Maxwells Arm. »Ich kann nicht den ganzen Abend auf meinen Sekretär warten. Er hätte schon vor Stunden zurück sein sollen.«

In diesem Moment erschien Peter Malo, zerkratzt und zerschrammt von einer Auseinandersetzung mit seinem Auto. »Es wollte einfach nicht anspringen!«, sagte er verbittert. »Ich musste es dreimal den Hügel hinaufschieben und es hat mich fast überrollt. Hallo, Temple, Mrs. Temple. Es tut mir leid, wenn Sie meinetwegen fast verhungert sind.«

Lord Westerby schenkte dem jungen Mann einen stärkenden Whisky ein und forderte ihn auf, sich vor dem Abendessen umzuziehen. »Peter ist hilflos im Umgang mit einem Auto«, sagte er, möglicherweise als Scherz. »Wenn es nicht sofort anspringt, sobald er den Anlasser betätigt, gerät er in absolute Panik.«

»Es sieht eher so aus, als wäre das Auto in Panik geraten«, sagte Steve. Diana Maxwell tupfte mitfühlend etwas Blut von Peter Malos Gesicht ab. »Du hast vorhin ein wunderbar rätselhaftes Gespräch verpasst, Peter. Mr. Temple hat uns erklärt, woher er die Identität von Curzon kennt. Er wird es morgen beweisen.«

»Ich glaube nicht, dass es diesen Curzon überhaupt gibt!«, sagte Peter Malo gereizt. »Das ist ein Haufen verdammter Blödsinn.«

»Das werden Sie ja morgen sehen.«

Sie gingen zum Abendessen über. Lord Westerby unterhielt sich über allgemeine Themen, wie die Jugend von heute und den britischen Arbeiter, zu denen er viel zu sagen hatte. Diana Maxwell schwieg während des gesamten Essens und Peter Malo bekräftigte alle Vorurteile seines Dienstgebers, nachdem er sich zu ihnen gesellt hatte. Steve hätte sich sehr gelangweilt, wenn das Essen nicht so köstlich gewesen wäre und der Diener nicht ständig ihr Weinglas aufgefüllt hätte.

In der Brandy- und Kaffee-Phase hatte sich ihre Laune so weit verbessert, dass sie mit Peter Malo über die zeitgenössische Kunstszene diskutieren konnte und ihn interessant fand. Sie machten abwertende Witze über die kleinen Meister, die der neunte Lord Westerby für die Mauern des Herrenhauses gesammelt hatte, und sie stellten fest, dass sie beide Giles

Branson von den *Branson Galleries* kannten. Aus dem Augenwinkel beobachtete sie jedoch, dass Paul sich mit Diana Maxwell unterhielt. Zehn Minuten später ging ihr Mann Arm in Arm mit dem schamlosen Flittchen auf die Terrasse.

»Jetzt bin ich Strohwitwe«, sagte Steve seufzend.

Peter Malo lachte. »Ich glaube heute Nacht ist Vollmond. Diana reagiert schrecklich auf den Einfluss des Mondes.« Er schenkte ihr Brandy nach und lenkte das Gespräch auf Picasso.

Lord Westerby blieb am Kopfende des Tisches sitzen und starrte schweigend in sein leeres Glas. Seine Überschwänglichkeit war verschwunden.

Paul und Diana Maxwell standen schweigend auf der Terrasse, nippten am Brandy und lauschten den Grillen, die irgendwo auf dem Rasen zirpten. Schließlich brach Paul das Schweigen. »Sie denken, das Lord Westerby Curzon ist, nicht wahr?«

Sie nickte kläglich.

»Am besten beginnen Sie am Anfang, Miss Maxwell. Erzählen Sie mir, warum Sie mich an jenem Abend anriefen und sich mit mir im *Three Boars* verabredeten.« Er setzte sich mit dem Rücken zum Rasen auf die Brüstung und lächelte sanft. »Sie haben mich doch angerufen, oder?«

»Ja, das habe ich«, sagte sie fast unhörbar.

»Und weiter?«

Sie seufzte. »Nun, vor etwa drei Monaten entdeckte ich, dass mein Onkel, Peter Malo und Mr. Baxter in eine Diamantenschmuggelorganisation verwickelt waren. Als ich das herausfand, ging ich natürlich zu meinem Onkel und sagte, das müsse aufhören. Ich habe sogar damit gedroht, die Polizei zu verständigen.« Sie lächelte verschmitzt. »Er wirkte verzweifelt und verängstigt. Er sagte, der Anführer der Organisation sei ein berüchtigter Krimineller namens Curzon, und dieser sei der Typ von Ganoven, der das Gesetz selbst in die Hand nimmt und jeden tötet, der ihm im Weg steht.«

Sie hielt inne und zündete sich eine Zigarette an. »Ich nehme an, dass er damit recht hatte. Dann, etwa sechs Wochen nach dem Gespräch mit meinem Onkel, stürzte in der Bucht von Dulworth ein Flugzeug ab, haben Sie davon gehört?«

Paul bejahte.

»An Bord befand sich ein Mann namens René Duprez, der Diamanten ins Land brachte. Er war verantwortlich für den Amsterdamer Teil der Operation. Nach dem Absturz versuchten sowohl mein Onkel als auch Peter, die Diamantensendung zu finden, aber offenbar war Mr. Baxter schneller gewesen. Er hatte die Diamanten versteckt, sich das Versteck notiert und dann meinen Onkel kontaktiert. Da gab es wirklich eine ziemliche Auseinandersetzung.«

Paul lachte. »Das glaube ich Ihnen!«

»Der Streit mit Baxter dauerte mehrere Tage an. Dann verschwanden die Baxter-Jungen zu meinem Entsetzen. Ich war überzeugt, dass mein Onkel dafür verantwortlich und dass er der berüchtigte Curzon war. Ich fuhr in meine Wohnung in London und kontaktierte Sie.«

»Warum sind Sie zu dem Treffen nicht erschienen?«

Sie zuckte mit den Schultern. »Weil ich mit Peter Malo zusammenstieß, als ich aus der Telefonzelle kam. Er war mir natürlich gefolgt. Ich nahm ihn mit in die Wohnung und wir unterhielten uns eine Weile. Es war eine ziemlich seltsame Unterhaltung und ziemlich überraschend.«

»Er überzeugte Sie davon, dass Westerby nichts mit den Baxter-Jungen zu tun hatte und dass er nicht für ihr Verschwinden verantwortlich war?«

»Ja«, sagte sie erstaunt. »Als ich bemerkte, dass er die Wahrheit sagte, ließ ich Bobbie an meiner Stelle hingehen, um Sie abzuwimmeln, und fuhr mit Peter zurück nach Dulworth Bay.«

Paul fragte, warum es notwendig gewesen sei, Bobbie Jameson als Ersatz zu schicken.

»Peter hatte Angst, dass Sie sich für den Fall Baxter interessieren und von Westerby und der Curzon-Organisation erfahren würden, wenn niemand im *Three Boars* auftauchte. Er sagte Bobbie, sie solle Sie mit falschen Informationen versorgen und Sie auf eine falsche Fährte locken.«

»Warum wurde sie dann ermordet?«

»Weil mein Onkel gehört hatte, dass ich mich mit Ihnen verabredet hatte. Er wollte sichergehen, dass ich kein Wort sagen konnte, falls ich Sie treffe. Leider wusste er nichts von Peters Vereinbarung mit Bobbie. Es war ein unnötiger Mord.«

»Und ich nehme an, er hat auch das Haus der Baxters angezündet?«, fragte Paul.

»Das nehme ich an, ja. Sie und Mrs. Temple waren im Cottage und haben sich um die Jungen gekümmert. Ich nehme an, mein Onkel dachte, Sie würden das Notizbuch finden, wenn Sie lange genug dort waren.«

»Ich wusste nicht einmal, dass es ein Notizbuch zu finden gab.«

Die Abendluft war kühl geworden und Paul bemerkte, dass das Mädchen zitterte. »Lassen Sie uns wieder reingehen«, sagte er. »Es geht Ihnen noch nicht wirklich besser, oder?« Er führte sie zurück ins Wohnzimmer. »Ich bin Ihnen dankbar«, murmelte er, »dass Sie mich in Ihr Vertrauen gezogen haben. Ich frage mich, ob Sie mir noch einen Gefallen tun können.«

»Ja?«, fragte sie.

»Ich frage mich, ob Sie mir morgen Ihre Jacht zur Verfügung stellen könnten? Ich möchte eine Cocktailparty geben, und ich dachte, dass Ihre Jacht der geeignete Ort dafür wäre.«

»Natürlich, Mr. Temple.«

Lord Westerby saß zusammengesunken in einem Sessel und hörte kaum das modische Geschwätz über Picassos erotische Zeichnungen. Diana Maxwell setzte sich auf die Armlehne des Sessels und fuhr ihm durchs Haar. »Du bist so ein Narr«, sagte sie zu ihm, »und du hast gar nicht das Zeug dazu, ein berüchtigter Verbrecher zu sein.«

Paul gab seiner Frau ein Zeichen. »Lass uns gehen, Liebling. Ich bin todmüde und ich habe Kopfschmerzen bekommen. Auf nach Hause.«

Kapitel zehn

Der Urlaub war fast zu Ende, und Steve freute sich darauf, nach Hause zu fahren und etwas Ruhe zu finden. Sie lehnte sich über die Reling der Jacht und beobachtete das Ruderboot, das langsam durch die Bucht näherkam. In der vergangenen Woche hatte sie für die nächsten zwanzig Jahre genug von den Orten ihrer Kindheit gesehen. Diese Cocktailparty war ihr privater Abschied von der Vergangenheit.

Es war ein anstrengender Tag gewesen. Sie hatten Inspektor Vosper vom Zug aus London abgeholt, ein Mittagessen auf dem Polizeirevier mit Inspektor Morgan eingenommen und hatten den Nachmittag mit einem Spaziergang an den Klippen verbracht. Paul schien es sehr gefallen zu haben und Vosper hatte ihnen müde hinterhergeschnauft, ohne sich zu beschweren. Steve bedauerte nur die Tatsache, dass das krönende Ereignis, die Party an Bord der *Windswept*, eine so nüchterne Angelegenheit werden würde. Lord Westerby, Peter Malo, Diana Maxwell, Dr. Stuart, Charlie Vosper – nicht gerade die amüsantesten Leute.

Sie konnte die Klänge von modernem Jazz aus dem Salon hören und ein lautes Lachen verriet, dass Lord Westerby in Feierlaune war. Das Klirren von Gläsern erklärte vielleicht den Grund dafür. Steve seufzte. Das Ruderboot war längsseits herangekommen. An Bord waren Tom Doyle an den Rudern und Dr. Stuart.

»Ahoi, Mrs. Temple!«, rief der Arzt fröhlich.

Steve winkte ab. »Wir hatten schon gar nicht mehr mit Ihnen gerechnet!«

»Ich musste zu einer Entbindung.« Sie waren jetzt an der Leiter und Dr. Stuart stand auf. »Das Baby hat es sich ständig anders überlegt.«

»Vorsichtig!«, schnauzte Tom Doyle, als sein Boot

schwankte. »Und Sie schulden mir noch fünfundzwanzig Pence, vergessen Sie das nicht.«

»Ah ja, natürlich.« Dr. Stuart suchte in seinen Taschen nach Kleingeld, während Tom Doyle sich an der Leiter festhielt. »Tut mir leid, Mrs. Temple, aber können Sie diesem Bürschchen fünfundzwanzig Pence geben? Ich scheine kein Kleingeld mehr zu haben.«

»Ich habe noch nie erlebt, dass sie welches hatten«, murmelte Doyle.

Steve kicherte, als der Arzt die Leiter hinaufkletterte. Sie half ihm an Bord und hielt ihn an Deck fest. »Kommen Sie besser auch hoch, Mr. Doyle!«, rief sie. »Ich werde Mr. Temple bitten, Sie zu bezahlen.«

Die Szene im Inneren der Jacht war weniger festlich, als sie es sich vielleicht vorgestellt hatte. Charlie Vosper saß in einer Ecke und trank ein Bier (»Keine Spirituosen, danke, Temple, ich trinke nie, wenn ich im Dienst bin.«) und Lord Westerby stand in der Mitte der Lounge und wollte wissen, was sie hier eigentlich sollten.

»Das frage ich mich immer«, sagte Diana Maxwell, »wenn ich auf einer Cocktailparty bin.«

Paul war damit beschäftigt, Getränke zu servieren, Charlie Vosper allen als den Star der Show vorzustellen und Westerby zu sagen, er solle sich auf seinem eigenen Boot doch etwas entspannen. »Ach, hallo, Tom. Ich hatte nicht erwartet, Sie hier zu sehen.«

»Mr. Doyle will fünfundzwanzig Pence«, sagte Steve. »Er hat den Doktor hierhergebracht.«

Paul nahm den Fischer an der Schulter und führte ihn zu der Gruppe. »Sie können auch etwas trinken, wenn Sie schon einmal hier sind. Nehmen Sie einen Cocktail oder trinken Sie lieber ein Bier mit Inspektor Vosper?«

Vosper hatte sich zur Tür hinübergebegeben. »Das Bier ist an einem warmen Abend zu kostbar, um es ungebetenen Gästen zu geben.« Er lachte heftig.

Peter Malo gähnte. »Wir sind seit genau einer Dreiviertelstunde auf dieser Jacht, Temple. Sie haben uns immer noch nicht gesagt, warum wir hier sind.«

Charlie Vosper hustete. »Ich fürchte, Mr. Temple hat eine Schwäche für Partys, besonders für diese Art von Party. Als er in den Fall Gregory[10] verwickelt war, hatte er die Frechheit, alle möglichen Verdächtigen in seine Wohnung einzuladen. Seitdem hat er drei Einschusslöcher in seinem Kaminsims …«

»Was soll das mit den Verdächtigen?«, schnauzte Westerby.

»Heute Abend«, fuhr Vosper fort, »hat er alle Verdächtigen im Fall Curzon eingeladen.« Er begrüßte jeden der Gäste der Reihe nach mit einem Lächeln.

»Meinen Sie damit, dass Curzon …?«, begann Peter Malo nervös.

»Ja, er ist hier, in diesem Raum.«

Tom Doyle sah sich bestürzt um. »He, Moment mal«, protestierte er, »rechnen Sie mich nicht dazu. Ich wurde nicht einmal eingeladen! Ich warte nur auf mein Geld …«

»Sie können gerne bleiben, Tom«, murmelte Paul.

»Auf den Spaß kann ich verzichten. Ich gehe jetzt!« Tom Doyle stellte sein Glas auf dem Tablett ab und ging schnell zur Tür. Aber sie war verschlossen. Er drehte sich wütend um. »Was soll das, Temple? Warum ist die Tür verschlossen?«

Paul lächelte. »Offensichtlich soll entweder verhindert werden, dass jemand reinkommt, oder dass jemand rauskommt.«

Zehn Sekunden lang sah Tom Doyle aus, als würde er in Panik geraten, doch dann nahm er wieder sein Bier und setzte sich auf den Boden, ohne zu sprechen.

»Na los, Temple, Herrgott nochmal«, sagte Dr. Stuart. Er fügte seinem Getränk eine stattliche Menge Whisky hinzu.

---

[10] *Paul Temple and the Gregory Affair* (1946) war die längste und international auch erfolgreichste Hörspielserie von Francis Durbridge: Sie hatte zehn Teile. Es gab davon eine niederländische, zwei deutsche, eine französische, eine norwegische, eine schwedische, eine dänische, eine italienische und eine hebräische Version sowie ein englisches Remake. Der Stoff ist als Buchform als Band 4 dieser Durbridge-Edition von Williams & Whiting unter dem Titel *Schöne Grüße von Mister Brix* erschienen.

»Diese Spannung bringt mich um. Bin ich Curzon oder bin ich raus?«

»Wahrscheinlich bin ich es«, sagte Lord Westerby, »also machen Sie sich nicht in die Hose. Meine treue Nichte hat es ihm gestern Abend erzählt, nicht wahr, mein Schatz?«

Paul hob die Hand zum Schweigen. »Miss Maxwell erzählte mir von dem Diamantenschmuggel und der Ladung, die Duprez bei sich hatte, als das Flugzeug abstürzte. Aber die Geschichte fing eigentlich erst richtig an, als Philip Baxter die Diamanten fand und Lord Westerby kontaktierte.«

»Und warum hat er mich kontaktiert?«, fragte Lord Westerby ironisch.

»Weil er dachte, Sie seien Curzon.«

»Da sehen Sie's. Keine Sorge, Dr. Stuart, Sie sind aus dem Schneider.« Lord Westerby schnaubte verärgert: »Er wird die Diamanten gleich wie ein verfluchter Zauberer hervorholen und behaupten, sie seien in meiner Tasche versteckt. Na los, Temple, zeigen Sie uns die Diamanten!«

Paul nahm einen Lederbeutel aus seiner Tasche und warf ihn Lord Westerby zu.

»Wo haben Sie sie gefunden?«, fragte Westerby bestürzt.

»In den Höhlen, in der Nähe der Stelle, wo das Flugzeug abgestürzt ist. Es war einfach, sie mit den Angaben im Notizbuch zu finden – für andere allerdings unmöglich, wie der arme John Draper feststellen musste.« Paul machte es sich in einem Sessel bequem und gab für den Moment jeden Anschein einer Cocktailparty auf. »John Draper war wahrscheinlich die klügste Person, die an diesem Fall beteiligt war, aber Kinder sind immer besser informiert als Erwachsene. Als ich ihn nach Curzon fragte, brachte der Junge das Verschwinden seiner Freunde sofort mit einer Schuljungenlegende über Schmuggler und den Flugzeugabsturz in Verbindung. Die Legende war größtenteils erfunden, aber wie der meiste lokale Klatsch und Tratsch beruhte sie auf einem Funken Wahrheit. Jedenfalls war John Draper um seine Freunde besorgt genug, um etwas zu unternehmen, aber er verirrte sich und wäre fast dabei verhungert.«

Lord Westerby grunzte. »Hm«, sagte er, »Sie haben ganz recht, Temple. Was Sie über den Diamantenschmuggel gesagt haben, ist wahr. Ich übernehme die volle Verantwortung für mich und meinen Sekretär. Baxter war auch darin verwickelt. Dieser Gauner ist mit diesen Diamanten abgehauen. Ich gebe zu, ich wollte sie unbedingt zurück. Aber ich bin nicht Curzon. Ich schwöre Ihnen, Temple, ich bin nicht Curzon!«

»Philip Baxter dachte, Sie wären es«, sagte Paul sanft. »Er war sich dessen so sicher, dass er in Angst vor Ihnen lebte. Er schickte sogar nach Tom Doyle und bat ihn, auf seine Jungs aufzupassen. Das war, als Tom Doyle zum Cottage ging und Sie dort mit Carl Walters sah.«

»Das ist eine Lüge!«, schnauzte Westerby.

Paul wandte sich fragend an Tom Doyle. »Ist es eine Lüge?«

»Natürlich nicht.«

Westerbys Augen leuchteten vor unterdrückter Wut. »Sie behaupten also, dass Sie mich sahen, wie ich mit Baxter beim Cottage sprach? Was?«

»Ja«, murmelte Doyle. »Nun, ich habe Sie gesehen, also warum sollte ich sagen, ich hätte es nicht getan?«

Inspektor Vosper nahm einige Papiere von dem Tisch an der Bar in die Hand. »Wenn ich Ihre Aussagen in diesen Protokollen chronologisch durchgehe, Doyle, dann haben Sie zuerst ausgesagt, dass Sie Lord Westerby und Carl Walters am Cottage gesehen haben. Später haben Sie diese Aussage aber wieder zurückgenommen. Als Mr. Temple Sie diesbezüglich befragte ...«

»... habe ich meine Meinung geändert.«

Vosper legte die Papiere zurück und starrte Doyle ungläubig an. »Und warum, bitte?«

»Weil Lord Westerby mich dafür bezahlt hat. Er gab mir hundert Pfund und sagte mir, dass er mir noch viel mehr zahlen würde, wenn ich meine Klappe halten würde.« Er wandte sich aggressiv an Paul Temple. »Nun, es war leicht verdientes Geld, nicht wahr? Ich erhielt hundert Pfund am Tag nach meiner Aussage und weitere hundert vor ein paar Tagen. Das war, als ich Sie auf der Straße sah, nicht wahr?«

Lord Westerby war entsetzt aufgestanden. »Das ist eine Lüge!«, sagte er wütend, »eine verdammte Lüge! Ich habe ihm keinen Penny gegeben – und ich habe ihn nie aufgefordert, seine Aussage zu widerrufen. Um Himmels willen, ich wusste nicht einmal, dass er eine gemacht hatte! Sie glauben dem kleinen Schwein doch nicht etwa?«

»Natürlich nicht«, sagte Paul ruhig.

Tom Doyle hatte es die Sprache verschlagen.

»Doyle, erinnern Sie sich an den Abend, an dem Baxter nach Ihnen schickte – an den Abend, an dem Sie zum Cottage gingen? Meiner Meinung nach haben Sie damals niemanden außer Philip Baxter gesehen. Philip Baxter sagte Ihnen, dass er vor jemandem Angst hatte und dass er wollte, dass Sie auf die Jungen aufpassen. Unterbrechen Sie mich nicht! Meiner Meinung nach wussten Sie, dass Baxter ein Mitglied der Curzon-Organisation war und Sie vermuteten, dass er den Eindruck hatte, Lord Westerby sei Curzon. Als Sie später bei der Polizei aussagten, unterstrichen Sie diesen Eindruck, um den Verdacht auf Westerby zu lenken. Dann hatten Sie eine noch bessere Idee: Sie gaben vor, Ihre Aussage zu widerrufen.«

Doyle zuckte mit den Schultern. »Warum sollte ich das Ihrer Meinung nach getan haben?«

»Weil Sie genau wussten, dass uns das noch misstrauischer gegenüber Westerby machen würde. Sie fingen an, mit Geld um sich zu werfen, den Betrunkenen zu spielen und ganz allgemein den Eindruck zu erwecken, dass Sie von Westerby bestochen worden waren.«

Lord Westerby stotterte erstaunt. »Sie wollen doch nicht etwa andeuten, dass Doyle in diese Sache verwickelt ist, Temple? Ich meine, verdammt noch mal ...«

»Ja, Sie müssen verrückt sein!«, sagte Doyle. »Glauben Sie, Baxter hätte mir seine Kinder anvertraut, wenn ich mit der Sache zu tun habe?«

»Nicht, wenn er es gewusst hätte«, sagte Paul. »Es ist Baxter nie in den Sinn gekommen, dass Sie in die Curzon-Organisation verwickelt sind. Er hat sicher in seinen kühnsten

Träumen nicht angenommen, dass er die Jungen vor Lord Westerby verstecken wollte und sie damit in Wirklichkeit Curzon übergab.«

Die Stille wurde durch das Plätschern eines Soda-Siphons unterbrochen, als Lord Westerby sein Glas auffüllte. »Meine Güte«, murmelte er vor sich hin. »Tom Doyle, was?« Er kippte seinen Drink in einem Zug hinunter und wandte sich dann enttäuscht an Paul. »Immerhin habe ich etwas gelernt, das ich noch nicht wusste, Temple: Verbrechen ist sehr demokratisch.«

Tom Doyle lachte plötzlich auf. »Sie dummer alter Spießer! Ich war klug, deshalb haben Sie für mich gearbeitet. Sie hatten nicht den Verstand, um dieses verdammte große Museum zu erhalten, in dem Sie leben, und Sie haben erwartet, dass ich meine Mütze ziehe, wenn wir uns auf der Straße begegnen! Sie bringen mich zum Lachen, Eure Lordschaft!« Tom Doyle hatte ein Messer aus seinem Gürtel gezogen und hielt es vor sich. Es war die Art von Messer, die am besten dazu geeignet war, Haie zu töten oder Rankenfüßer vom Boden eines Bootes abzuschneiden und Seegras aus Netzen zu entfernen. »Der Erste, der mir zu nahe kommt, bekommt das hier in den Bauch!«, sagte Doyle.

»Das wird Ihnen nicht helfen«, sagte Paul traurig. »Aber keine Sorge – niemand will Ihnen zu nahe kommen.«

Doyle richtete das Messer auf Inspektor Vosper. »Schließen Sie diese Tür auf«, befahl er. »Na los, schnell, schnell, schnell!«

Charlie Vosper reagierte auch in solchen Situationen behäbig, aber er schloss die Tür auf.

»So«, sagte er, »jetzt können Sie mit dem Ruderboot fliehen.« Er ging zurück und schenkte sich noch einen Krug Bier ein.

»Eigentlich«, sagte Doyle, »dachte ich daran, diesen alten Kahn hier zu nehmen. Ich habe bereits eine Probefahrt mit Mr. Temple gemacht. Aber dieses Mal denke ich, dass Peter Malo mein Steuermann sein wird.« Er gestikulierte zu Malo. »Na los, Kumpel, wir beide sind wieder die alte Truppe.«

Ein Lächeln flackerte über Peter Malos Gesicht und er folgte Doyle aus dem Salon. Einen Moment später wurde die Tür von außen verschlossen. Sie waren alle gefangen.

»Nun gut«, sagte Paul, »jetzt, wo wir den unangenehmen Teil des Abends hinter uns gebracht haben, können wir mit der Party fortfahren. Dr. Stuart, noch einen Schluck Whisky? Lord Westerby, bringen Sie Ihr Glas her.« Steve war verblüfft. »Aber, Darling, sollten wir nicht etwas tun? Ich meine, er flieht doch, oder nicht?«

Die Jacht zitterte, als die Motoren ansprangen, es gab ein rasselndes Geräusch, als der Anker gelichtet wurde, dann fuhren sie auf die Nordsee hinaus.

»Irgendwann müssen sie anlegen«, sagte Paul, »und dann werden sie verhaftet. Inspektor Vosper hat seine Leute an der Küste, und sie werden wissen, was zu tun ist. Die Funkwellen gehen wahrscheinlich schon nach ganz Europa. Also genieß doch die Kreuzfahrt. Das ist genau das, was Miss Maxwell braucht, um vollkommen zu genesen, nicht wahr, Dr. Stuart?«

»Ja«, sagte der Arzt, »und das geht alles auf Kosten der Krankenkasse.«

Er kicherte dümmlich über seinen Scherz, bis drei Hupen eines vorbeifahrenden Dampfers seine Aufmerksamkeit erregten. Die Passagiere winkten ihnen fröhlich zu und laute Popmusik verkündete ihre Freude.

Epilog

Die Bucht von Dulworth war nachts bei Ebbe ein friedlicher Ort. Das Meer plätscherte sanft an die Seiten der Jacht und der Vollmond schimmerte in den Wellen. Der ferne Leuchtturm war das einzige Lebenszeichen. Es war halb vier. Die Party war vorbei, aber niemand hatte Lust, nach Hause zu gehen.

Die *Windswept* war kurz nach ein Uhr von der Polizei geentert und Doyle nach einem kurzen, aber verzweifelten Kampf festgenommen worden. Peter Malo war widerstandslos festgenommen worden. Ein Angehöriger der Küstenwache war an Bord geblieben, um sie nach Dulworth zurückzubringen.

Es war wirklich keine tolle Party gewesen, beschloss Steve. Der Fall Curzon war das einzige wiederkehrende Gesprächsthema gewesen und es war zu oft aufgetaucht.

»Ich dachte, Sie würden beweisen, dass ich Curzon bin«, sagte Dr. Stuart. »Ich war ziemlich enttäuscht, als Sie sich den armen Tom Doyle ausgesucht haben.«

»Tut mir leid«, sagte Paul. »Aber nachdem wir Doyles Geschichte über die Jungs akzeptiert hatten, musste es reiner Zufall gewesen sein, dass Sie an jenem Nachmittag auf der Straße in der Nähe des Cottages waren.«

»Ja, eine ulkige Sache. – Aber als Doyle oder Curzon die Jungs hatte, warum hat er Baxter nicht einfach gedroht und die Diamanten verlangt?«

»Doyle wusste nicht, dass Baxter die Diamanten hatte. Als Baxter die Diamanten fand, kontaktierte er Lord Westerby. Das war der Zeitpunkt, an dem alles anfing. Doyle wusste sehr wenig darüber.«

»Wer hat Baxter ermordet?«

»Peter Malo. Das war etwas, das mich lange Zeit verwirrt

hat. Ich dachte, es musste Curzon sein, der sich austobte und Lou Kenzell anheuerte, um das Notizbuch zu holen. Aber in Wirklichkeit war es Peter Malo. Er ist ein skrupelloser junger Mann.«

Nach den Verhaftungen war die Unterhaltung verstummt. Paul und Steve waren auf das Deck gegangen, um die Sterne zu beobachten. Dr. Stuart war ziemlich betrunken und summte immer wieder *Loch Lomond*. Inspektor Vosper war mit dem Mann von der Küstenwache auf der Brücke. Er war immer noch im Dienst.

»Komm, wir setzen uns auf den Bug«, murmelte Steve.

Als die Jacht in den Hafen einlief, ging Charlie Vosper unter Deck, um Lord Westerby zu holen. Er hatte glasige Augen und war unsicher auf den Beinen, aber er bewahrte immer noch seine Contenance. »Hören Sie, Temple«, rief er. Er ließ Charlie Vosper auf dem Landungssteg warten. »Temple, ich habe mir schon den ganzen verfluchten Abend darüber Gedanken gemacht. Ich meine, verdammt, Sie haben allen von unserem Schmugglerring und dem ganzen Rest erzählt, aber das Einzige, was ich wissen will, haben Sie nicht gesagt.«

»Und das wäre?«, fragte Paul höflich.

»Verdammt nochmal, was sollte das mit dem Öffnen des Fensters?«

Paul lachte. »Ja, tut mir leid, das war ein bisschen kryptisch. Aber es war der entscheidende Punkt, an dem mir klar wurde, dass Doyle eindeutig der Hintermann war. Er hatte zu sehr geschauspielert.«

»Wir haben Doyle im Auto mitgenommen«, erklärte Steve. »Er spielte den Sturzbetrunkenen, nur um zu beweisen, dass er das Geld hat, das Sie ihm angeblich als Bestechungsgeld gaben. Aber er war überhaupt nicht betrunken. Der Mann roch überhaupt nicht nach Alkohol.«

»Meine Frau«, erklärte Paul, »mag den Geruch von Alkohol nicht so gerne. Aber als Doyle aus dem Auto stieg, brauchte sie das Fenster nicht zu öffnen. Das war alles. Ganz einfach, wirklich.«

»Du meine Güte.« Lord Westerby wandte sich verblüfft an Inspektor Vosper. »He, Sergeant! Wo sind Sie?« Er schlenderte zum Landungssteg. »In Ordnung, gehen Sie voran.«

Steve seufzte. »Nun«, sagte sie, »das hätten wir, wieder ein Verbrechen von Paul Temple gelöst. Das war's dann wohl auch mit unserem Urlaub?« Sie lehnte ihren Kopf an seine Schulter und starrte über die Bucht hinaus. »Ist es nicht eine wunderschöne Nacht? So ruhig und still, so warm.«

Paul legte seinen Arm um sie und schloss seine Augen.

»Wir sind jetzt allein«, sagte Steve. Nur Diana Maxwell liegt in ihrer Koje und schlummert und der alte Dr. Stuart schläft seinen Rausch aus. »Findest du das Meer nicht romantisch?«

»Nun, ja«, begann er.

»Lass uns noch einen Drink nehmen, um uns aufzuheitern. Und dann baden wir im Mondlicht. Weißt du, dass wir noch nie zusammen im Mondlicht gebadet haben?«

Paul gähnte. »Liebling, es ist fast vier Uhr. Ich bin müde. Du bist vorhin selbst eingenickt …«

»Jetzt hör mir mal zu, Paul Temple, du gehst freiwillig ins Wasser oder ich werfe dich über Bord! Du hast die Wahl!«

Sie hatte ziemlich laut gesprochen. Irgendwo jenseits des Hafens bellte ein Hund. Wenige Augenblicke später hörte man ein Platschen und jemand rief um Hilfe. Aber es war schon spät und niemand kam, um nachzusehen. Der Hund schien sich wieder schlafen gelegt zu haben.

ENDE

Im Vorfeld der Ausstrahlung der ersten Episode der Original-hörspielserie *Paul Temple and the Curzon Case* (1948) schrieb Francis Durbridge folgenden, wohl nicht ganz ernst-gemeinten Artikel, um seine neue Radioserie zu bewerben. Er enthält eine schöne Pointe, die auch für Durbridges zahlreiche Kurzhörspiele und Kurzgeschichten so typisch waren.

Der im Artikel vorkommende Dr. Belasco war der Name, den der Hintermann im achten Paul-Temple-Abenteuer *Paul Temple and Steve* als Pseudonym verwendete (deutsche Über-setzung des Originalmanuskripts erschienen als ⇨ Band 10, *Paul Temple und der Fall Dr. Belasco*). Auf dem erwähnten Light-Programm der BBC wurden die Temple-Abenteuer ausgestrahlt.

Der Superintendent überzeugte ihn
von Francis Durbridge

Ich habe einen Freund, der Buchbesprechungen, Essays, The-aterstücke – natürlich in Versen – und gelegentlich einen Ro-man schreibt. Er geht sehr selten ins Kino, weigert sich, etwas anderes als das dritte Radioprogramm zu hören und verab-scheut Krimis. Er mag Paul Temple nicht. Um es kurz zu machen: Der einzige Grund, warum ich mit ihm befreundet bin, ist, dass seine Frau die köstlichsten Omeletts macht, das Light-Programm hört, jeden Krimi liest, den sie in die Finger bekommt, und summa summarum eine Person mit tadellosem Geschmack und beträchtlichem Charme ist. Außerdem mag sie Paul Temple.

Nun, vor etwa sechs Monaten rief mich dieser Freund (den ich Elliot nennen werde, weil ich nach der Lektüre eines sei-ner Romane ziemlich sicher bin, dass er gerne Elliot genannt werden möchte) an und bat mich, ihn zu besuchen. Als ich

Elliot sah, wusste ich sofort, dass er wegen irgendetwas aufgeregt war. Er hatte einen zerknirschten Gesichtsausdruck und er spielte gerade mit einem Omelett.

Als ich Platz genommen hatte, sagte er: »Ich habe etwas Außergewöhnliches erlebt. Als Autor von Unterhaltungsliteratur denke ich, solltest du davon erfahren.« Die Art und Weise, wie er »Unterhaltung« sagte, gefiel mir nicht besonders, aber da ich ein liebenswürdiger Mensch bin, gab ich keinen Kommentar ab.

Er wandte sich zum Sessel um. »Weißt du, ich war schon immer ziemlich zynisch, was dein Zeug angeht«, sagte er. »Ich habe nie wirklich an den ganzen Unsinn geglaubt, den du schreibst, dass ein Superhirn der Kopf einer kriminellen Organisation ist. Aber jetzt habe ich, ehrlich gesagt, meine Meinung geändert.«

An der Art, wie er sprach, konnte ich erkennen, dass er sich nicht lustig über mich machte, also nickte ich einfach und bat ihn, mir seine Geschichte zu erzählen.

»Ich bin heute Morgen nach Marlow gefahren«, fuhr er fort, »und im Zug habe ich mich mit einem Bekannten von dir unterhalten – Superintendent Bailey von Scotland Yard. Sobald er hörte, dass ich ein Freund von dir bin, fing er an, über Paul Temple, Kriminalromane und all diesen Unsinn zu reden. Wie auch immer, um es kurz zu machen, ich habe dem Superintendent gesagt, dass meiner Meinung nach die Art von Figuren, die ihr Krimiautoren erschafft, einfach nicht existiert.«

Ich fragte Elliot, was der Superintendent geantwortet habe.

»Genau das ist der Punkt«, sagte Elliot. Ich konnte sehen, dass er sehr verwirrt war. »Der Superintendent war anderer Meinung als ich. Er erzählte mir von einem Hochstapler namens Waverley. Fünf Jahre lang, so der Superintendent, habe Scotland Yard nach Waverley gesucht. An einem Tag war er in Bradford und gab sich als Textilfabrikant aus, zwei oder drei Monate später war er ein erfolgreicher Theatermanager im Londoner West End, ein Jahr später war er ein pensionierter Oberst in Cheltenham.«

Ich nickte. »Ist das nicht genau die gleiche Art von Charakter wie Dr. Belasco?«, sagte ich. »Und als ich dir von Dr. Belasco erzählte, hast du mich einfach ausgelacht.«

»Ich weiß«, sagte Elliot, »aber ich kann es immer noch nicht glauben, es scheint einfach alles so unwahrscheinlich zu sein!«

Ich antwortete: »Das Problem mit dir, Elliot, ist, dass du keine Phantasie hast. Wenn ich von einem Meisterverbrecher spreche, dann meine ich nicht einen Mann mit sechs Stimmen und siebenundzwanzig Verkleidungen, sondern einen Mann, der seine wahre Identität hinter einer gewöhnlichen, alltäglichen Persönlichkeit verbergen kann. Nehmen wir zum Beispiel Curzon, die Hauptfigur in meiner neuen Paul-Temple-Serie. Niemand kennt die Identität von Curzon bis zur allerletzten Folge. Es könnte Lord Westerby sein, oder sein Sekretär Peter Malo, oder Tom Doyle, oder Dr. Stuart, oder vielleicht sogar …«

»Ja, aber genau das ist der Punkt!«, rief Elliot aus. »Ich glaube nicht, dass das möglich ist, zumindest habe ich es bis heute Vormittag nicht für möglich gehalten.«

Ich antwortete: »Nun, offensichtlich ist der Superintendent besser in solchen Sachen als ich. Ich habe in den letzten zehn Jahren versucht, dich davon zu überzeugen, dass es möglich ist.«

Elliot rief aus: »Ich glaube, du verstehst immer noch nicht! Ich glaube nicht, dass du begreifst, was passiert ist!«

»Natürlich ist mir klar, was passiert ist«, sagte ich. »Deine Eitelkeit ist verletzt worden. Du hast plötzlich gemerkt, dass hinter dieser Detektivarbeit mehr steckt, als du dachtest. Es ist nicht ganz so weit vom wirklichen Leben entfernt, wie du es dir vorgestellt hast!«

Elliot schüttelte den Kopf. Der arme Kerl schien wirklich verwirrt zu sein.

»Es geht nicht nur darum, was ich dachte oder was der Superintendent gesagt hat«, stieß er hervor. »Es geht darum, was passiert ist!«

»Was passiert ist?«, wiederholte ich. »Was ist denn passiert?«

Elliot antwortete: »Als wir nach Marlow kamen, haben sie den Superintendent verhaftet. Er war gar kein Superintendent. Sein Name war Waverley!«

Curzon international:
Das Originalhörspiel und seine ausländischen Adaptionen
von Dr. Georg Pagitz

Paul Temple and the Curzon Case war 1948/49 bereits das elfte Hörspielabenteuer mit dem beliebten Schriftsteller Paul Temple, der sich auch als Privatermittler betätigt.

Bekanntermaßen hatte Francis Durbridge den schreibenden Detektiv 1938 für die BBC erfunden und damit auch das Fundament für seine über fünfzig Jahre lange Karriere gelegt. Die Qualität seiner Werke sorgte dafür, dass sie bald auch in verschiedene Sprachen übersetzt wurden und Paul Temple weltweit in landeseigenen Produktionen ermittelte. Auf den folgenden Seiten wollen wir uns die verschiedenen Versionen des Falls Curzon ansehen. Zunächst jedoch eine Übersicht über die zweiundzwanzig Paul-Temple-Hörspielfälle (deutsche Produktionen, sofern sie existieren, sind in Klammer angegeben, alle weiteren ausländischen Versionen nicht):

1. *Send for Paul Temple* (acht Teile, 08.04.1938 – 27.05.1938)
   ⇨ Einstündige Version: *Send for Paul Temple* (13.10.1941)
   Der Kriminalschriftsteller Paul Temple wird zu Hilfe gerufen, als Scotland Yard im Fall des berüchtigten Diamantenfürsten, der auch vor Mord nicht zurückschreckt, nicht weiterkommt. Die Schwester eines Mordopfers, die Journalistin Steve Trent, bittet ihn, den Fall zu untersuchen.

2. *Paul Temple and the Front Page Men* (acht Teile, 02.11.1938 – 21.12.1938)
   Der Kriminalroman *Die Schlagzeilenmänner* einer unbekannten Autorin ist ein immenser Erfolg. Wenig später geschehen Verbrechen, die anscheinend von eben diesen Schlagzeilenmännern begangen wurden.

3. *News of Paul Temple* (sechs Teile, 13.11.1939 – 18.12.1939)
   ⇨ Einstündige Version: *News of Paul Temple* (05.07.1944)
   Paul Temple macht in Schottland Urlaub. Allerdings scheint dort auch
   eine geheimnisvolle Spionageorganisation tätig zu sein. Der große
   Hintermann agiert unter dem Kürzel »Z.4«.

4. *Paul Temple Intervenes* (acht Teile, 30.10.1942 – 18.12.1942)
   Der gefährliche »Marquis« hat schon drei Menschenleben auf seinem
   Gewissen. Niemand kennt ihn und Scotland Yard steht vor einem Rätsel. Das Innenministerium bittet Paul Temple, sich des Falls anzunehmen.

5. *Send for Paul Temple Again* (acht Teile, 13.09.1945 –
   01.11.1945)
   ⇨ Überarbeitete Version: *Paul Temple and the Alex Affair* (1968)
   Eine Schauspielerin wurde ermordet in einem Zug aufgefunden. Auf
   der Abteiltür stand der Name »Rex«. Wer ist der unbekannte Mörder,
   der nach einer Todesliste zu morden scheint? Ein Fall für Paul Temple.

6. *A Case for Paul Temple* (acht Teile, 07.02.1946 – 28.03.1946)
   {Deutsche Fassungen: *Ein Fall für Paul Temple* (1951), *Paul Temple
   und der Fall Valentine* (2021/22)}
   In London wird der Drogenhandel von einem mysteriösen Unbekannten namens »Valentine« organisiert. Wer ist der geheimnisvolle Hintermann? Scotland Yard bittet Paul Temple um Hilfe.

7. *Paul Temple and the Gregory Affair* (acht Teile, 17.10.1946 –
   19.12.1946)
   {Deutsche Fassungen: *Paul Temple und die Affaire Gregory*
   (1949/50), *Paul Temple und der Fall Gregory* (2014)}
   Ein Mädchen verschwindet spurlos und wird vier Wochen später tot
   aus der Themse gefischt. Sie wurde erwürgt. Bei ihr fand man die
   Nachricht »Mit den besten Empfehlungen, Mr. Gregory«. Wer ist dieser Unbekannte? Paul Temple ermittelt und bald geschehen weitere
   Morde.

8. *Paul Temple and Steve* (acht Teile, 30.03.1947 – 18.05.1947)
   Der gefährliche Dr. Belasco hat seine Aktivitäten vom Kontinent nach
   England verlegt. Der mysteriöse Unbekannte organisiert das Verbre-
   chen und dem Königreich droht eine Kriminalitätswelle ohne Ausmaß.
   Sir Graham von Scotland Yard bittet Paul Temple um Hilfe.

9. *Mr and Mrs Paul Temple* (21.11.1947)
{Deutsche Fassung: *Paul Temple und der Fall McRoy* (2021/22)}
Auf dem Bahnhof in Mailand treffen die Temples den ehemaligen
FBI-Mann McRoy. Dieser hat einen geheimnisvollen Koffer bei sich,
den er in die Schweiz bringen soll. Die gemeinsame Zugfahrt endet in
einer Katastrophe.

10. *Paul Temple and the Sullivan Mystery* (acht Teile, 01.12.1947
– 19.01.1948)
Die Temples wollen gerade zu einer Reise nach Kairo aufbrechen, als
eine junge Frau bei ihnen auftaucht, und sie bittet, eine Brille – die ein
gewisser Mr. Sullivan vergessen hat – mit in die ägyptische Hauptstadt
zu nehmen. Von da an sind alle dahinter her und es gibt Tote.

11. *Paul Temple and the Curzon Case* (acht Teile, 07.12.1948 –
25.01.1949)
{Deutsche Fassung: *Paul Temple und der Fall Curzon* (1951/52)}
Zwei Schüler verschwinden auf dem Heimweg. Auch von einem ihrer
Freunde fehlt jede Spur. Einziger Anhaltspunkt ist ein Cricketschläger,
auf dem der Name »Curzon« steht. Sir Graham Forbes von Scotland
Yard bittet Temple um Mithilfe.

12. *Paul Temple and the Madison Mystery* (acht Teile,
12.10.1949 – 30.11.1949)
{Deutsche Fassung: *Paul Temple und der Fall Madison* (1956)}
Auf dem Ozeandampfer aus New York lernen die Temples Sam Portland kennen. Dieser ist auf dem Weg nach Europa, um mehr über seine
Herkunft herauszufinden. In London soll ihm ein Privatdetektiv namens Madison helfen. Doch Portland erreicht die Hauptstadt nicht und
den Detektiv scheint es nicht zu geben.

13. *Paul Temple and the Vandyke Affair* (acht Teile, 30.10.1950 –
18.12.1950)
{Deutsche Fassung: *Paul Temple und der Fall Vandyke* (1953)}
Mary Desmond wendet sich verzweifelt an Temple: Als sie eines
Abends nach Hause kam, waren sowohl ihr Baby als auch die Babysit-
terin spurlos verschwunden. Alles deutet auf einen mysteriösen Hintermann namens Vandyke hin. Bald gibt es eine Leiche.

14. *Paul Temple and the Jonathan Mystery* (acht Teile,
10.05.1951 – 28.06.1951)

{Deutsche Fassung: *Paul Temple und der Fall Jonathan* (1954)}
Auf dem Rückflug aus den USA lernt Temple die Fergusons kennen, die ihren Sohn in England besuchen wollen. Doch dieser wird in seinem Studentenzimmer brutal ermordet und bis zur Unkenntlichkeit entstellt. Wichtige Spuren sind eine Ansichtskarte und ein Siegelring.

15. *Paul Temple and Steve Again* (08.04.1953)
{Deutsche Fassung: *Paul Temple und der Fall Westfield* (2021/22)}
Paul Temple ermittelt in einem unaufgeklärten Verbrechen. Zunächst stirbt ein Hehler in einem Londoner Hotel, dann führt die Spur nach Cornwall, wo ein Lokalpolitiker von einer Klippe stürzt.

16. *Paul Temple and the Gilbert Case* (acht Teile, 29.03.1954 – 17.05.1954)
{Deutsche Fassung: *Paul Temple und der Fall Gilbert* (1957)}
Brenda Sterling wurde ermordet. Diesmal steht anscheinend auch schon der Täter fest: ihr Freund Howard Gilbert. Dieser wurde bereits verurteilt und soll hingerichtet werden. Doch der Vater der Ermordeten hält ihn für unschuldig und bittet Temple, den Fall nochmals zu untersuchen.

17. *Paul Temple and the Lawrence Affair* (acht Teile, 11.04.1956 – 30.05.1956)
{Deutsche Fassung: *Paul Temple und der Fall Lawrence* (1958)}
Paul und Steve machen Urlaub an der Ostküste. Bei einer Bootsausfahrt wird von einer Klippe auf die beiden geschossen. Zwar kommen die Temples mit dem Schrecken davon, der Bootsführer hat allerdings weniger Glück und wird angeschossen. Als es ihm wieder besser geht, kommt er jedoch ums Leben. Der Tote hinterlässt Temple einen Brief mit einer Adresse: Clive Lawrence, Zermatt. Wer ist dieser Mann?

18. *Paul Temple and the Spencer Affair* (acht Teile, 13.11.1957 – 01.01.1958)
{Deutsche Fassung: *Paul Temple und der Fall Spencer* (1959)}
Wer ist Mr. Spencer? Sein Name fand sich auf einer Karte, die einer Schallplatte beigelegt war und die sich neben einer Leiche fand. Wer hat die Tochter eines Impresarios ermordet? Temple ermittelt.

19. *Paul Temple and the Conrad Case* (acht Teile, 02.03.1959 – 20.04.1959)
{Deutsche Fassungen: *Paul Temple und der Fall Conrad* (1959/60),

Paul Temple und der Fall Conrad (1961)}
Die Tochter eines prominenten Londoner Psychiaters verschwindet spurlos aus einem Eliteinternat in Bayern. Verschiedene mysteriöse Vorfälle bringen Paul Temple dazu, sich des Falls anzunehmen. Was hat es mit ein paar geheimnisvollen Cocktailstäbchen auf sich?

20. *Paul Temple and the Margo Mystery* (acht Teile, 01.01.1961 – 16.02.1961)
{Deutsche Fassung: *Paul Temple und der Fall Margo* (1962)}
Die Bekanntschaft eines Amerikaners, die Temple auf der Heimreise aus den USA macht, steht am Beginn einer Verkettung geheimnisvoller Umstände, die mit Entführung und Mord enden.

21. *Paul Temple and the Geneva Mystery* (sechs Teile, 11.04.1964 – 16.05.1965)
{Deutsche Fassungen: *Paul Temple und der Fall Genf* (1966), *Paul Temple und der Fall in Genf* (1966, nur vier Teile)}
Ein reicher Londoner Verleger soll bei einem Autounfall in der Schweiz ums Leben gekommen sein. Mehrere Umstände deuten jedoch darauf hin, dass der Mann noch lebt. Die Temples, die ohnehin Urlaub in Genf machen wollten, nehmen sich des Falls an.

22. *Paul Temple and the Alex Affair* (acht Teile, 26.02.1968 – 21.03.1968)
Überarbeitete Fassung von *Send for Paul Temple Again* (1945)
{Deutsche Fassung: *Paul Temple und der Fall Alex* (1968)}
Eine Leiche in einem Zug, der an ein Abteilfenster gekritzelte Name »Alex« und eine Karte mit dem Namen »Mrs. Trevelyan« werden mit weiteren Morden und denselben Namen in Verbindung gebracht. Der Fall führt Paul Temple in das Sprechzimmer eines Psychiaters, in ein Hafenviertel und in ein Hotel in Canterbury.

Von *Paul Temple and the Curzon Case* (1948/49) gab es eine holländische Version namens *Paul Vlaanderen en het Curzon-mysterie* (1950) und eine deutsche Variante, die *Paul Temple und der Fall Curzon* hieß (1951/52). Damit ist es einer jener Fälle, die nur wenige ausländische Fassungen erhielten. Im Vergleich dazu gab es vom Fall Gregory (1946) zwei englische, eine holländische, eine französische, zwei deutsche, eine schwedische, eine norwegische, eine dänische, eine italienische und eine hebräische Fassung.

Bevor wir uns die drei Curzon-Produktionen betrachten, wollen wir uns ansehen, um was es in den einzelnen Episoden ging. Einzelne kleine Änderungen in der deutschen und holländischen Version werden darin nicht berücksichtigt. Die Zusammenfassungen zeigen allerdings auch, wie stark der Roman an manchen Stellen vom Hörspiel abweicht.

PAUL TEMPLE AND THE CURZON CASE
PAUL VLAANDEREN EN HET CURZON-MYSTERIE
PAUL TEMPLE UND DER FALL CURZON

EPISODE 1: THE BAXTER BROTHERS
DE GEBROEDERS BAXTER / DIE BRÜDER BAXTER

Paul Temple und seine Frau Steve kehren gut gelaunt von einer Musical-Show nach Hause zurück. Dort überraschten sie Sir Graham Forbes und Inspektor Morgan, die von einer mysteriösen Vermisstenmeldung berichten: Die Brüder Michael und Roger Baxter aus dem Dorf Dulworth Bay sind spurlos verschwunden. Zuletzt wurden sie nach der Schule auf dem Weg zu ihrem Haus gesehen. Michael kehrte jedoch nicht zurück und Roger verschwand ebenfalls, als er ihn suchte. Die Jungen lebten mit ihrem Vater Philip Baxter auf dem Anwesen von Lord Westerby. Eine ungewöhnliche Entdeckung ist ein Cricketschläger, auf dem Michael den Namen »Curzon« schrieb. Diese Person ist niemandem bekannt. Forbes bittet Temple, in Dulworth Bay nachzuforschen. Während Temple und Steve dies diskutieren, meldet sich Diana Maxwell, eine Bekannte der Familie Baxter und Nichte von Lord Westerby, telefonisch. Sie will Temple treffen, um wichtige Informationen über die Brüder und »Curzon« mit ihm zu teilen, die Sir Graham nicht kennt. Temple stimmt dem Treffen in einem Restaurant zu, wobei die genaue Verbindung von Diana Maxwell und den Vermissten unklar bleibt. Paul und Steve treffen die Anruferin. Sie wirkt nervös und erzählt, dass ihr Leben in Gefahr sei. Sie erwähnt den Namen »Curzon« und will mehr erzählen, doch gerade in diesem Moment kommt es zu einem schrecklichen Attentat. Ein Auto hält vor dem Fenster, Schüsse fallen, und die Anruferin wird getötet. Temple bemerkt, dass die Ermordete nicht die echte Diana Maxwell ist. In Scotland Yard lernt Temple John Draper kennen, den Jungen, der zuletzt die Baxter-Jungen gesehen hat. Durch geschickte Befragung erfährt Temple, dass Draper jemanden die Melodie »Loch Lomond« pfeifen hörte, möglicherweise eine wichtige Spur. Temple und Steve beschließen, nach Dulworth Bay zu reisen, um der Sache nachzugehen. Kurz vor der Abreise werden sie von Inspektor Morgan aufgesucht, der sagt, dass er mit Draper zurückfahren wollte. In einem Tunnel sei der Junge allerdings plötzlich verschwunden. Die Temples nehmen selbst den Zug. Als er in einen Tunnel fährt und es dunkel ist, erschrickt Steve. Es ist noch jemand im Abteil ...

Cliffhanger: Jemand pfeift die Melodie *Loch Lomond* in Temples Abteil und Steve sagt: »Da ist noch jemand im Abteil!«

EPISODE 2: WELCOME TO DULWORTH BAY
EEN ONGASTVRIJ ONTVANGST / WILLKOMMEN IN DULWORTH BAY

Im Zug nach Dulworth Bay wird Steves Koffer durchsucht und im Dunkel des Tunnels hören Paul und seine Frau ein unheimliches Pfeifen der Melodie »Loch Lomond«. Ein Mitreisender, Dr. Stuart, gibt sich zu erkennen. Stuart, ein exzentrischer Arzt aus Dulworth Bay, kennt den Fall der Baxter-Jungen und vermutet, dass sie entführt wurden, bleibt jedoch vage bei der Frage nach dem Motiv. Nach ihrer Ankunft in Dulworth Bay treffen Temple und Steve auf Inspector Morgan, der von der Anspannung wegen des Verschwindens des Jungen John Draper gezeichnet ist. Dr. Stuart wird als früherer angesehener Harley-Street-Arzt beschrieben, dessen Ruf nach einem Vorfall in seiner Vergangenheit gelitten hat. Kurz darauf kommt es zu einem beinahe tödlichen Unfall, als Diana Maxwell, die Nichte Lord Westerbys, mit ihrem Wagen von der Straße abkommt. Diana wirkt nervös und behauptet, Paul Temple an jenem Abend nicht angerufen zu haben, obwohl

163

ihre Stimme Paul bekannt vorkommt. Sie dementiert, dass sie ihm Informationen über die Baxter-Jungen oder den mysteriösen »Curzon« geben wollte. Später erhalten die Temples eine Einladung von Lord Westerby über dessen Sekretär Peter Malo, der auch Besorgnis über die aktuelle Kriminalität im Dorf äußert. Temple und Steve nutzen die Gelegenheit, um Spuren an einer örtlichen Schule zu verfolgen, doch der Schulleiter ist abwesend. Stattdessen treffen sie Dr. Stuart, der über seine frühere Verbindung zu den Baxter-Jungen und seine Abneigung gegen den Schulleiter spricht. Paul und Steve setzen ihre Erkundung fort. In einem Laden entdecken sie ein Schild, auf dem nach einem entflogenen Papagei gesucht wird. Später erreichen sie das Cottage der Baxters, dessen Tür offensteht. Nachdem niemand antwortet, betreten sie vorsichtig das Haus und entdecken einen aufgeregten Papagei, dessen Verhalten und Geräusche Aufmerksamkeit erregen. Steve versucht, das Tier zu beruhigen. Plötzlich hören beide Geräusche aus dem ersten Stock. Als sie in den Flur kommen, entdecken sie einen schwerverletzten Mann am Ende der Treppe. Er stürzt herunter und ist tot. Es handelt sich dabei um Philip Baxter. Wenige Augenblicke später klingelt das Telefon. Paul nimmt ab, am Telefon meldet sich ein Junge. Es ist Michael Baxter.

Cliffhanger: Michael Baxter glaubt, mit seinem Vater zu telefonieren und sagt, dass Tom Doyle die Anzeige über den entflogenen Papagei im Laden entdeckt hat.

Episode 3: Tom Doyle

Temple telefoniert mit Michael Baxter, der ihn zunächst für seinen Vater hält. Er erwähnt eine Karte bezüglich des entflogenen Papageis, den Tom im Laden gesehen hat. Temple verlangt Doyle und klärt ihn schließlich über Baxters Tod auf. Er kann ihn und den Jungen überzeugen, zur Polizei zu gehen und ihre Geschichte zu erzählen. Bei der Polizei stellt sich heraus, dass die beiden Baxter-Jungen in Sicherheit sind. Inspector Morgan versucht, die komplexen Zusammenhänge des Falls zu entwirren. Er befragt Doyle, der zugibt, die Jun-

gen versteckt zu haben, jedoch auf Baxters Bitte hin. Der Vater der Jungen bat den Fischer, seine Kinder zu verstecken, um sie vor einer unbekannten Gefahr zu schützen. Baxter selbst plante, den Eindruck zu erwecken, die Jungen seien verschwunden, um sie zu schützen. Doyle war zunächst skeptisch, stimmte aber schließlich zu, die Kinder in seine Obhut zu nehmen. Parallel dazu gibt es durch eine Aussage Doyles weitere Hinweise auf dunkle Machenschaften, bei denen Baxter, Lord Westerby und ein Mann mit amerikanischem Akzent eine Rolle spielen. Es wird angedeutet, dass Baxter in einen ernsten Konflikt verwickelt war, der möglicherweise mit seinem Tod zusammenhängt. Doyle kann viel erzählen, aber nichts zur Identität von Curzon sagen. Ein wichtiger Punkt ist jedoch, dass Michael Baxter den Namen Curzon auf seinem Cricket-Schläger notiert hatte, nachdem er Streitgespräche zwischen seinem Vater und einem unbekannten Mann belauscht hatte, in denen Curzon mehrfach erwähnt wurde. Michael erinnert sich, dass sein Vater diesen Curzon als einen alten Freund bezeichnete. Im weiteren Verlauf erfahren Temple und Inspektor Morgan von einer Verbindung zwischen der Frau, die anstelle von Diana Maxwell in einem Restaurant erschossen wurde, und einem Mann namens Carl Walters, der mit dem Fall offensichtlich in Verbindung steht. Die Frau wurde aus der Themse gefischt, ihr Freund Carl Walters betreibt einige Vergnügungsläden in London. Temple wird auch über neue Informationen bezüglich Lord Westerby und seiner Verbindung zu Walters nachdenklich. Als die Temples zu Baxters Cottage fahren, finden Sie ein gespanntes Seil über die Fahrbahn, das offensichtlich absichtlich aufgestellt wurde, um einen ankommenden Wagen in den Straßenrand zu verfrachten. Auf dem Weg treffen sie auf Miss Maxwell und Peter Malo, die eine merkwürdige Entschuldigung für das Seil anbieten, das sie angeblich nicht bemerkt haben. Dies weckt noch mehr Misstrauen bezüglich der Beteiligung von Lord Westerby an den Ereignissen rund um den Mord. Temple und Steve sehen sich das Cottage nochmals an, als sie jemanden kommen hören.

<u>Cliffhanger</u>: Temple schaltet seine Taschenlampe ein und leuchtet auf den Ankömmling im Cottage. Es handelt sich dabei um den verschwundenen John Draper.

EPISODE 4: MISS MAXWELL KEEPS AN APPOINTMENT
DIANA MAXWELL MAAKT EEN AFSPRAAK / DIE VERABREDUNG MIT MISS MAXWELL

John Draper leidet an Amnesie und kann sich an nichts erinnern, nicht einmal, dass er am Vortag schon einmal mit Paul Temple gesprochen hatte. Die Temples bringen den Jungen zu Dr. Stuart. Dieser stellt die Diagnose, dass sich John nie wieder an Einzelheiten erinnern wird und dass er unter Drogeneinfluss stand. Temple sieht dies anders und bringt John nach Hause. Im Haus der Baxters entdeckt Temple einen Tresor und versucht ihn zu öffnen. Doch Steve bemerkt plötzlich einen seltsamen Geruch: Es brennt! Im letzten Augenblick können sich die Temples retten. Vor dem Cottage treffen sie auf Diana Maxwell und Westerbys Sekretär Peter Malo, die die Feuerwehr verständigt haben. Bei dieser Gelegenheit verabredet sich Temple mit Diana für den nächsten Tag zu einem Treffen auf ihrer Jacht in der Bucht von Dulworth Bay. Temple lässt sich von Tom Doyle dorthin rudern. An Bord kommt es zu einem Schussattentat auf Diana Maxwell, die nur durch Glück überlebt. Der Schütze konnte jedoch früh genug abdrücken, um zu verhindern, dass die Frau dem Schriftsteller etwas erzählen kann. Diana wird in das Herrenhaus von Lord Westerby gebracht.
<u>Cliffhanger</u>: Dr. Stuart kommt aus dem Krankenzimmer von Diana Maxwell und teilt mit, dass die Frau nach Paul Temple verlangt.

EPISODE 5: PRESENTING CARL WALTERS
CARL WALTERS / SIE LERNEN CARL WALTERS KENNEN

Die ziemlich verängstigte Miss Maxwell macht Paul Temple gegenüber keinerlei Aussage. Sie sagt nur, dass sie es sich anders überlegt habe und Temple doch nichts sagen wollte. Ihr war es lediglich ein Anliegen, sich bei ihm für die Lebensrettung zu bedanken. Lord Westerby gibt Temple gegenüber an, noch nie von einem Mann namens Curzon gehört zu haben. Vor einer Fahrt nach London sucht Temple Tom Doyle im Hafen nochmals auf, um sich dessen Aussage vom Vortag bestätigen zu lassen. Doyle sagt nun, dass er sich nicht mehr so sicher sei, dass es Westerby war, der sich mit Baxter stritt. Auf dem Bahnhof übergibt Inspektor Morgan Temple ein Paket, in dem sich ein Notizbuch befindet. Dieses lag im verbrannten Tresor von Mr. Baxter. Morgan bittet Temple, das Buch Sir Graham in London zu übergeben. Dort angekommen, ist es schwierig, ein Taxi zu finden. Deshalb nehmen die Temples die U-Bahn. Im allgemeinen Gedränge kann Paul im Zug ein Deutscher namens Lou Kenzell Baxters Notizbuch stehlen. Erst auf dem Bahnsteig bemerkt Temple, dass es fort ist. Er springt in den schon anfahrenden Zug und kann Kenzell an der nächsten Station stellen. Temple nimmt ihn sich zur Brust. Kenzell gesteht, dass ein Freund von ihm das Notizbuch mit all seinen seltsamen Zahlenkombinationen haben wollte. Der Auftraggeber heißt Carl Walters, ein deutschsprechender Mann aus Deutschland oder Österreich, wie Sir Graham später erklärt. Dieser Carl Walters war der Freund von Lita Ronson, jener Frau, die irrtümlich statt Diana Maxwell in dem Londoner Restaurant erschossen wurde. Ohne Temples Wissen begibt sich Steve auf eine von Walters betriebene Rollerskatebahn, um undercover ein wenig zu ermitteln. Sie freundet sich mit ihm an. Carl Walters erzählt, dass Diana Maxwell Lord Westerbys Geliebte sei. Er sagt auch, dass er Steve, die sich sehr für Radierungen interessiert, ein paar Bilder bei sich zu Hause zeigen kann. Steve verständigt Temple telefonisch von dem Gespräch und steigt dann in Walters' Auto, um mit ihm in seine Wohnung zu fahren.

Cliffhanger: Steve bemerkt viel zu spät, dass der Wagen nicht in Richtung Baker Street unterwegs ist, sondern in die falsche Richtung fährt und dass Walters ihr eine Falle gestellt hat.

EPISODE 6: A MESSAGE FOR CHARLIE
CHARLIE ONTVANGT EEN BOODSCHAP / EINE NACHRICHT FÜR CHARLIE

Walters erzählt, dass er Steves Telefongespräch mit Paul

belauscht hat. Nach einer atemberaubenden, nervenzerrenden Fahrt bringt Walters Steve überraschenderweise nach Hause in die Half Moon Street. Temple hat wenig Verständnis für den Alleingang seiner Frau. Bei einem Gespräch mit Sir Graham erfährt er, dass Westerby mit Peter Malo in London weilt. Mr. Browning von der Dechiffrierabteilung teilt Temple und Forbes mit, dass die Zahlen in Baxters Notizbuch Maßangaben sind. Außerdem berichtet Sir Graham, dass der Dieb Kenzell ein berüchtigter Falschspieler ist. Bei einem Verhör mit Kenzell gibt dieser zu, dass Carl Walters 200 Pfund für das Notizbuch zahlte, aber nicht verriet, wozu er es brauchte. Forbes lässt einen Haftbefehl für Walters ausstellen. Temple bittet Sir Graham um den Bericht über einen Flugzeugabsturz in Dulworth Bay zwei Wochen zuvor. Paul und Steve essen in einem französischen Restaurant zu Abend und treffen dabei zufällig Westerby und Peter Malo. Westerby berichtet, dass er in London das Gefühl habe, verfolgt zu werden. Offensichtlich handelte es sich dabei jedoch um einen Polizisten. Plötzlich taucht Diener Charlie auf und sagt, er sei so schnell wie möglich gekommen. Die Temples sind verwirrt. Charlie hat anscheinend einen fingierten Anruf erhalten, in dem er gebeten wurde, sofort zu den Temples in das Restaurant zu kommen. Als die Temples zurück in ihre Wohnung in der Half Moon Street kommen, finden sie alles verwüstet vor. Offensichtlich hat jemand nach dem Notizbuch gesucht, das sich jedoch in Scotland Yard befindet. Im Badezimmer finden sie den schwerverletzten Carl Walters, der im Sterben Temple anfleht, dass Curzon niemals die Diamanten erhalten dürfe. Temple stellt einen Zusammenhang zu dem Flugzeugabsturz in Dulworth Bay her. Dabei war auch ein Mann namens René Duprez an Bord, den jedoch niemand kennt. In Anwesenheit von Inspektor Vosper klingelt in Temples Wohnung das Telefon (Temple meldet sich mit der Nummer »Circle 1789«). Tom Doyle meldet sich. Er möchte Temple dringend treffen. Er ist in London und möchte ihm etwas über Curzon sagen. Auf der Fahrt zum Treffpunkt mit Doyle erklärt Temple, dass er der Meinung sei, dass Kenzell nicht im Auftrage von Walters, sondern von Curzon arbeitete und dass er auch in dessen Auftrag Walters ermordet habe. Da bemerkt der Fahrer des Polizeiautos, ein gewisser Dawson, dass ihnen ein Motorrad folgt. Mit einem gezielten Schuss wird der Fahrer getötet und der Wagen kracht in ein Schaufenster.

Cliffhanger: Ein Mann eilt zur Unfallstelle und fragt, ob jemand verletzt sei und ob er helfen könne. Dann erkennt er Paul Temple. Und Paul Temple erkennt ihn: Es handelt sich um Lord Westerby.

EPISODE 7: THE DECIDING FACTOR
DE BESLISSENDE FACTOR / DER ENTSCHEIDENDE FAKTOR

Während Temple und Sir Graham versuchen, Dawsons Leiche aus dem Auto zu entfernen, treffen Lord Westerby und Malo ein, die von der Situation überrascht sind. Ihnen wird mitgeteilt, dass das Auto nicht nur von der Straße abkam, sondern dass darauf geschossen wurde. Beide behaupten, nichts von dem Schuss mitbekommen zu haben. Es stellt sich später heraus, dass der Anruf von Tom Doyle fingiert war. Er hat das beste Alibi, da er zur entscheidenden Zeit mit Inspektor Morgan im Gasthaus »The Feathers« einen Drink einnahm. Temple bekräftigt seinen Verdacht, dass Lou Kenzell den Mord an Walters begangen hat. Ein Indiz ist der Geruch nach Frisiercreme, den Temple sowohl bei Kenzell, als auch in seinem Badezimmer wahrgenommen hat. Forbes ordnet eine Hausdurchsuchung und eine Festnahme Kenzells an. Gemeinsam mit Temple sucht er spät in der Nacht die Wohnung von Kenzell auf. Nachdem sie geklopft haben, öffnet er sichtlich überrascht und lässt sie herein. Sie sprechen mit ihm über den Diebstahl des Notizbuchs, das angeblich von Carl Walters gestohlen wurde. Temple bezweifelt jedoch Kenzells Version und vermutet, dass er auf Anweisung von Curzon gehandelt hat. Kenzell bestreitet dies vehement, doch Temple bleibt überzeugt, dass Kenzell Walters ermordet hat, um das Buch zu stehlen. Als Kenzell behauptet, er habe ein Alibi – er gibt diesbezüglich einen Kinobesuch an –, konfrontiert Temple ihn weiter mit seiner Schuld am Mord. In der hitzigen Auseinan-

169

dersetzung zückt Kenzell plötzlich eine Waffe, doch Temple schlägt ihm die Pistole aus der Hand. Als Kenzell zu fliehen versucht, stürzt er aus dem Fenster und schreit hysterisch, als er fällt. Später, in einem Zug nach Dulworth Bay, sprechen Temple und Steve über den Fall. Temple erklärt, dass der Mord an Walters mit einem Diamanten-Schmuggelnetzwerk zusammenhängt, in das auch Kenzell, Baxter und andere involviert sind. Der Verdacht fällt auf verschiedene Personen, darunter Lord Westerby und Dr. Stuart. Stuart, der ebenfalls im Zug reist, gibt zu, dass er Walters kannte, und erzählt von dessen Freundschaft zu Lord Westerby und seiner guten Beziehung zu seiner Familie. In Dulworth Bay sind die Temples gemeinsam mit Inspektor Morgan bei Lord Westerby zum Abendessen eingeladen. Morgan erwähnt, dass sich Tom Doyle seit einiger Zeit verändert habe und sehr viel trinke. Vor dem Abendessen mit dem Lord besucht Steve Diana Maxwell. Steve gegenüber gesteht die junge Frau, dass sie Angst vor Mr. Malo habe und erklärt, dass sie Temple nichts erzählt habe, weil sie sich unsicher fühlte. Auf der Fahrt zu Lord Westerby treffen Temple und Steve den stark betrunkenen Tom Doyle und bieten ihm eine Mitfahrgelegenheit an. Doyle benimmt sich merkwürdig und betont, dass er viel Geld hat. Er bezahlt sie für die Fahrt und steigt aus. Beim Abendessen mit Lord Westerby gibt es zunächst viel allgemeines Gerede. Westerby erwähnt dann, dass sich Dianas Zustand verbessert habe. Außerdem entschuldigt er seinen Sekretär Peter Malo, der ein großartiger Stimmenimitator sei und Diana immer zum Lachen bringe. Dann kommt das Gespräch auf ein Buch über Kriminalpsychologie eines gewissen Mr. Stern, der darin über den so genannten entscheidenden Faktor in einer Ermittlung spricht. Westerby hat das Buch gelesen und fragt Temple, ob es in seinen Fällen jemals ein kleines, unbedeutendes Detail gegeben habe, das sich als entscheidender Beweis herausstellt. Temple bejaht und sagt, dass es im Fall Curzon an jenem Abend so ein entscheidendes Detail gab.

Cliffhanger: Westerby ist sehr interessiert zu erfahren, welches Detail im Fall Curzon der entscheidende Faktor sei.

Temple antwortet, dass Steve auf der Fahrt zum Lord auf die Frage, ob er das Fenster im Auto öffnen solle, nein gesagt habe.

Temple und Steve befinden sich bei Lord Westerby zum Abendessen. Der Sekretär Peter Malo trifft ein und berichtet von Problemen mit seinem Auto. In der darauffolgenden Unterhaltung gibt Temple bekannt, dass er weiß, wer Curzon ist, was zu einer überraschenden Reaktion bei den anderen führt. Temple kündigt an, eine Cocktailparty zu veranstalten, um mehr herauszufinden. Später erfahren Temple und Steve, dass Inspektor Morgan nach einem Angriff schwer verletzt wurde. Temple vermutet, dass Curzon dahintersteckt. Der schwerverletzte Morgan kann ihnen das bestätigen und sagt Temple, dass dieser in Bezug auf die Identität von Curzon recht hatte. Am nächsten Morgen, während des Frühstücks, reflektieren Temple und Steve über die Ereignisse der vorangegangenen Nacht. Morgan erlag seinen Verletzungen. Temple wünscht sich, dass er seinen Rat befolgt hätte. Steve erhält einen Anruf aus dem Krankenhaus von Diana Maxwell, die besorgt über den Mord an Inspektor Morgan ist. Sie fragt, ob es wahr sei, dass er von Curzon ermordet wurde. Diana erklärt, dass sie mehr über den Fall erzählen möchte, und bittet, sich mit ihr zu treffen. Steve stimmt zu und trifft Diana im Krankenhaus, wo Diana gesteht, dass ihr Onkel, Lord Westerby, der berüchtigte Curzon ist. Sie erklärt, dass sie herausgefunden hat, dass ihr Onkel und andere in ein Diamantenschmuggelnetzwerk verwickelt sind (unter anderem der tote René Duprez, der als Bote von Frankreich aus die Diamanten nach England schmuggelte) und dass sie ursprünglich plante, die Polizei zu informieren. Doch als sie versuchte, sich mit Temple zu treffen, wurde sie von Peter Malo verfolgt, der sie davon abbrachte. Diana berichtet von weiteren Ereignissen, darunter von der Ermordung der Schauspielerin Doris White (so lautete der richtige Name von Lita Ronson, der Frau, die an ihrer

171

Stelle ermordet wurde), und erklärt, dass dieser Mord geschah, weil ihr Onkel sie daran hindern wollte, die Wahrheit herauszufinden. Als Westerby erfuhr, dass Temple nach Dulworth Bay zu Ermittlungen kommen würde, entschloss er, dass es das Beste sei, dass sich der Schriftsteller auf die verschwundenen Jungen konzentrieren sollte. Damit wollte er von den Diamanten ablenken. Um die Sache noch undurchsichtiger zu machen, beauftragte er Peter Malo, John Draper zu entführen. Temple bittet Diana, ihm die Jacht für eine Cocktailparty zu borgen. Diana soll jedoch daran nicht teilnehmen. Der Einladung zur Party folgen Lord Westerby und Peter Malo. Auch Dr. Stuart kommt, der sich von Tom Doyle heranrudern lässt. Auch Doyle kommt an Bord, weil Stuart ihn nicht für die Dienste bezahlen kann und Steve vorschlägt, dass Temple das Geld auslegt. Im Innenraum der Jacht verkündet Temple, dass er alle Verdächtigen im Fall Curzon eingeladen habe und einen von ihnen als Täter entlarven wolle. Bei Temples Ausführung wird zunehmend klar, dass Doyle in die Sache verwickelt ist. Er hatte versucht, mit einer falschen Aussage den Verdacht auf Westerby zu lenken. Letztendlich wird durch eine Reihe von Enthüllungen deutlich, dass Doyle tatsächlich hinter den Machenschaften steckt und Curzon ist. Als die Situation eskaliert, holt Doyle eine Bombe hervor und droht, sie zu zünden. Er flieht jedoch, wird verletzt und die Bombe explodiert. Die Yacht kippt und sinkt. Am Ende schwimmen Temple und Steve zu einem Rettungsboot, wo Forbes wartet. Während sie sich erholen, erklärt Temple, dass Doyle alias Curzon die Diamanten stehlen wollte, aber stattdessen durch Malo getäuscht wurde. Temple hatte Doyle von Anfang an verdächtigt, besonders als er seine Aussage widerrief und versuchte, den Eindruck zu erwecken, Bestechungsgeld erhalten zu haben. Tatsächlich gab er auch nur vor, stark betrunken zu sein, um den Verdacht auf Lord Westerby zu lenken. Philip Baxter, auch ein Mitglied der Bande, glaubte stets, Westerby sei der Hintermann, weshalb er seine Jungen in Sicherheit brachte. Peter Malo hingegen steckte mit Doyle unter einer Decke und ermordete Philip Baxter.

172

Paul Temple and the Curzon Case

Sender: BBC Light Programme
Ausstrahlung:
dienstags um 21.30 Uhr, Wiederholung donnerstags um 17.45 Uhr

Paul Temple . . . . KIM PEACOCK
Steve . . . . MARJORIE WESTBURY
Charlie . . . . .BILLY THATCHER
Sir Graham Forbes . . . . . . LESTER MUDDITT
Inspector Morgan . . . . PHILIP CUNNINGHAM
Diana Maxwell . . . . GRIZELDA HERVEY
Master John Draper . . . . PETER MULLINS
Dr Stuart . . . . DUNCAN MCINTYRE
Peter Malo . . . . KENNETH MORGAN
Philip Baxter . . . . CYRIL GARDINER
Master Michael Baxter . . . . . KEITH LLOYD
Ein Kellner . . . . ALAN REID
Tom Doyle . . . . HUGH MANNING
Carl Walters . . . . TOMMY DUGGAN
Lord Westerby . . . . LESLIE PERRINS
Sergeant / Kellner . . . . ALAN REID
Porter . . . . RONALD SIDNEY
Mrs Duncan . . . . ELLA MILNE
1. Feuerwehrmann . . . . . . FRANK ATKINSON
2. Feuerwehrmann . . . . . . DAVID KOSSOFF
Lou Kenzel . . . . OLAF OLSEN
Inspector Vosper . . . . ARTHUR RIDLEY
Major Browning . . . . TOM FLEMING
Pierre / Sergeant Dawson . . . GEORGE OWEN
Telefonistin . . . . DENISE BRYER
Ein Mädchen . . . . DIANA KING
Kofferträger Bahnhof . CHARLES MAUNSELL
. . . . ALASTAIR DUNCAN

Buch . . . . FRANCIS DURBRIDGE
Produktion / Regie . . . MARTYN C. WEBSTER
Eine Produktion der . . . . BBC

Auf dem Originalmanuskript von Francis Durbridge trägt die letzte Folge den Titel *Curzon*, allerdings wurde dieser später bei der Ausstrahlung in *Conclusion* umbenannt. In der holländischen und deutschen Version blieb der Originaltitel erhalten.

Bei der BBC war es damals so üblich, dass der Regisseur auch gleichzeitig der Produzent war, in diesem Fall – wie bei allen anderen Abenteuern von Paul Temple – Durbridges Entdecker Martyn C. Webster (1902–1983). Die markante Titelmusik war seit 1947 *Coronation Scot* von Vivan Ellis.

Derartige Produktionen wurden in jenen Jahren live produziert, was bedeutete, dass die Sprecherinnen und Sprecher immer nur das Manuskript für die jeweilige Folge in die Hand bekamen und erst bei der letzten Episode wussten, wie es ausging und wer der Täter war. Manche Darsteller, die nur kleine Rollen hatten, sprachen mehrere Figuren.

Die Proben fanden zweimal die Woche statt, am Tag der Ausstrahlung gab es auch eine Generalprobe. Dies ist deutlich aus den auf den folgenden Seiten abgedruckten Ausschnitten aus Durbridges Originalmanuskript erkennbar.

Francis Durbridge selbst nahm an den Proben häufig teil und feilte oft noch an dem einen oder anderen Dialog.

Der britische Schauspieler Kim Peacock (1901–1966) sprach Paul Temple zwischen 1946 und 1953 in insgesamt neun Abenteuern: *Paul Temple and the Gregory Affair* (1946), *Paul Temple and Steve* (1947), *Mr and Mrs Paul Temple* (1947), *Paul Temple and the Sullivan Mystery* (1947/48), *Paul Temple and the Curzon Case* (1948/49), *Paul Temple and the Madison Mystery* (1949), *Paul Temple and the Vandyke Affair* (1950), *Paul Temple and the Jonathan Mystery* (1951), *Paul Temple and Steve Again* (1953).

Marjory Westbury (1905–1989) spielte Steve Temple ab dem fünften Abenteuer *Send for Paul Temple Again* (1945) und übernahm diesen Part in allen weiteren Produktionen bis zum letzten Abenteuer im Jahr 1968, als sie schon 63 (!) Jahre alt war.

Paul Vlaanderen en het Curzon-mysterie
Sender: AVRO
Ausstrahlung: sonntags (außer Folge 5 an einem Samstag)

Folge 1:	*De gebroeders Baxter*	01.10.1950
Folge 2:	*Een ongastvrij ontvangst*	08.10.1950
Folge 3:	*Tom Doyle*	15.10.1950
Folge 4:	*Diana Maxwell maakt een afspraak*	22.10.1950
Folge 5:	*Carl Walters*	28.10.1950
Folge 6:	*Charlie ontvangt een boodschap*	05.11.1950
Folge 7:	*De beslissende factor*	12.11.1950
Folge 8:	*Curzon*	19.11.1950

Paul Vlaanderen . . . . JAN VAN EES
Ina Vlaanderen . . . . EVA JANSSEN
Sir Graham Forbes . . . . NICO DE JONG
Charlie . . . . SACCO VAN DER MADE
Vosper . . . . JOOP DODERER
Morgan . . . . HUIB ORIZAND
Diana Maxwell . . . . ANNY SCHUITEMA
Dr. Stuart . . . . LOUIS DE BREE
Lord Westerby . . . . RIEN VAN NOPPEN
Peter Malo . . . . BERT DIJKSTRA
Tom Doyle . . . . ROB GERAERDS
Carl Walters . CONSTANT VAN KERCKHOVEN
John Draper . . . . HAN SURINK
Philip Baxter . . . . FRITS BOUWMEESTER
Michael Baxter . . . . JOHAN WOLDER
Lou Kenzell . . . . WILLEM DE VRIES
Brown . . . . PIET TE NUYL SR.
Mrs. Duncan . . . . . . MIEP VAN DEN BERG
Feuerwehrmann . . . . . HERMAN VAN EELEN
Dawson . . . . FLIP VAN DE SCHALIE
Brook . . . . DICK VAN PUTTEN
Hotelportier . . . . SACCO VAN DER MADE
Junge Frau . . . . MIEP VAN DEN BERG
Major Browning . . . . JACQUES SNOEK
Alter Mann . . . . JO VISCHER
Kellner Pierre . . . . JOHAN WOLDER
Portier . . . . JAN BORKUS
Angestellter Bahnhof . . . . JOHN DE FREESE

Buch . . . . FRANCIS DURBRIDGE
Übersetzung . . . . J. C. VAN DER HORST
Regie . . . . KOMMER KLEIJN
Eine Produktion der . . . . AVRO

175

In den Niederlanden war Durbridges Amateurdetektiv seit Februar 1939 bekannt. Damals wurde das erste Hörspielabenteuer Temples *Send for Paul Temple* aus dem Jahr 1938 unter dem Titel *Spreek met Vlaanderen, en het komt in orde* produziert. Der damalige Radiodirektor Willem Vogt benannte die Titelfiguren von Paul und Steve Temple in Paul und Ina Vlaanderen um. Angeblich sei dies der Nachname von Vogts Gärtner und auch jene des jüngsten AVRO-Mitarbeiters gewesen. Aus diesem Grunde heißt Temple in allen holländischen Abenteuern Vlaanderen.

Doch egal, ob Temple oder Vlaanderen, der schreibende Ermittler war in den Niederlanden ein riesiger Erfolg, was nicht zuletzt damit zu tun hatte, dass Francis Durbridge einen sehr umtriebigen Agenten vor Ort hatte, Albert Milhado (1910–2001), der ihn sehr gut vertrat.

Jan van Ees (1896–1966) sprach den niederländischen Temple alias Vlaanderen in insgesamt 20 Produktionen, einen Großteil übersetzte er auch selbst unter dem Pseudonym Johan Bennik. Eva Janssen (1911–1996) gab an seiner Seite stets die Frau des Ermittlers.

Zu geflügelten Worten wurden Ina Vlaanderens Ausruf »Oh, Paul ...!« und Pauls »Ina, kindje« (»Ina, Kindchen«).

Der 1950 produzierte Fall Curzon hält sich sehr detailgetreu an die britische Vorlage.

Paul Temple und der Fall Curzon

Sender: NWDR Köln

Ausstrahlung: mittwochs

Teil 1: *Die Brüder Baxter*	14.11.1951
Teil 2: *Willkommen in Dulworth Bay*	28.11.1951
Teil 3: *Tom Doyle*	12.12.1951
Teil 4: *Die Verabredung mit Miss Maxwell*	02.01.1952
Teil 5: *Sie lernen Carl Walters kennen*	16.01.1952
Teil 6: *Eine Nachricht für Charlie*	30.01.1952
Teil 7: *Der entscheidende Faktor*	13.02.1952
Teil 8: *Curzon*	27.02.1952

Paul Temple . . . . RENÉ DELTGEN
Steve, seine Frau . . . . . ELISABETH SCHERER
Sir Graham Forbes . . . . KURT LIECK
Charlie, Diener . . . . HERBERT HENNIES
Inspektor Morgan . . . . KURT FABER
Tom Doyle . . . . KASPAR BRÜNINGHAUS
Lord Westerby . . . . HEINZ VON CLEVE
Diana Maxwell . . . . SIGRUN HÖHLER
Peter Malo . . . . PETER RENÉ KÖRNER
Dr. Lawrence Stuart . . . HERMANN PFEIFFER
Carl Walters . . . . RUDOLF THERKATZ
Inspektor Vosper . . . . . . BERND M. BAUSCH
Lou Kenzell . . . . FRANK BARUFSKI
Philip Baxter . . . . KARL BRÜCKEL
Michael Baxter . . . . LUDWIG THIESEN
John Draper . . . . PETER MATHIAS
Major Browning . . . . ALF MARHOLM
Doris White . . . . MAJA SCHOLZ
Sergeant Dawson . . ALWIN JOACHIM MEYER
Sergeant Brook . . . . HANS FUCHS
Pierre . . . . HARRY GRÜNEKE
Telefonbeamter . . . . . . LEOPOLD REINECKE
Feuerwehrmann . . . . FRANZ SCHNEIDER

Buch . . . . FRANCIS DURBRIDGE
Übersetzung . . . . HILDEGARD SEMMELROTH
Musik . . . . HANS JÖNSSON
Produktion . . . . . . WILHELM SEMMELROTH
Regie . . . . EDUARD HERMANN
Eine Produktion des . . . . . . NWDR KÖLN

Wie Paul Temple nach Deutschland kam, erklärte der damalige Hörspielchef des Nordwestdeutschen Rundfunks, Wilhelm Semmelroth (1914–1992), in einem Radiointerview so: »Durbridge kam zu mir in Form seines Agenten, eines Mr. Lynx – Lynx ist ja der Luchs – und so war dieser Mann auch, ich dachte zuerst, er wollte mir ein Auto verkaufen. Er kam aber und zeigte mir das erste Manuskript von Paul Temple. Ich las eines und es war sehr gut und dann haben wir es mit [René] Deltgen als Paul Temple gemacht und es war wunderbar.«

René Deltgen (1909–1979) sprach Paul Temple in insgesamt zwölf deutschen Produktionen, von der ersten *Paul Temple und die Affaire Gregory* (1949/50) bis zu *Paul Temple und der Fall Genf* (1966). Nur in drei Produktionen jener Jahre wurde er von einem anderen Darsteller (darunter Karl John und Paul Klinger) gesprochen.

Steve wurde von verschiedenen Darstellerinnen gesprochen, anfänglich von Anna Maria Ohst, später von Elisabeth Scherer, Annemarie Cordes, Ursula Langrock, Ingrid Först und Margot Leonard.

Paul Temple und der Fall Curzon war nach der Affäre Gregory und *Ein Fall für Paul Temple* das dritte deutsche Temple-Hörspiel und ist (stand Dezember 2024) bis heute das früheste Werk, das überlebt. In dieser Produktion sprach Elisabeth Scherer (1914–2013) die Steve. Über all die Jahre blieben viele Sprecher den Abenteuern erhalten, etwa Kurt Lieck und Herbert Hennies in ihren Rollen als Sir Graham und Charlie, sowie viele andere wiederkehrende Schauspieler wie Peter-René Körner, Bernd M. Bausch, Frank Barufski oder P. Walter Jacob in wechselnden Parts.

Die deutsche Produktion hält sich stark an das Originalmanuskript. Aus der Melodie *Loch Lomond,* die Dr. Stuart pfeift, wurde jedoch *Mein Herz ist im Hochland* bzw. *Lang, lang ist's her.* Die Figur Peter Malo wird in den meisten Internetquellen fälschlicherweise als Peter Marlow wiedergegeben.

Auffallend ist, dass die einzelnen Folgen des Falls Curzon im zwei- bzw. einmal sogar in dreiwöchigem Abstand ausgestrahlt wurden, was beim damaligen Publikum sicherlich dazu beigetragen haben dürfte, dass man sich nicht mehr so gut mit der Handlung auskannte.

Sehen wir uns auf den folgenden Seiten noch einige Ausschnitte aus dem englischen Originalmanuskript an. Daraus gehen auf der ersten Seite stets die Besetzung sowie die Termine für die Proben zur Livesendung hervor. Zu sehen ist, dass etwa für die erste Folge *The Baxter Brothers* am Montag und Dienstag geprobt wurde.

"PAUL TEMPLE AND THE CURZON CASE"

A serial in eight episodes by Francis Durbridge

Production by Martyn C. Webster

Episode 1. The Baxter Brothers

REHEARSALS: Monday, 6th December 1948   2.30 - 5.30 p.m.   Piccadilly 2
               Tuesday, 7th December 1948 10.30 p.m. onwards   Piccadilly 2

TRANSMISSION: Light Programme   Tuesday, 7th December 1948   9.30-10.00 p.m.

RECORDED
REPEAT: Light Programme   Thursday, 9th December 1948   5.45-6.15 p.m.

CAST

Paul Temple......................Kim Peacock
Steve............................Marjorie Westbury
Charlie..........................Billy Thatcher
Sir Graham Forbes................Lester Mudditt
Inspector Morgan.................Philip Cunningham
Diana Maxwell....................Grizelda Hervey
A Waiter.........................David Kossoff
A Girl...........................Diana King
Master John Draper...............Peter Mullins
Railway Porter...................Charles Maunsell

PAUL TEMPLE AND THE CURZON CASE

Episode 1

(Opening Music.
Fade down of Music)

1. ANNOUNCER: This is the BBC Light Programme ....

(Fade up of Music.
Fade Music)

2. Tonight we present Kim Peacock and Marjorie Westbury
in the new Francis Durbridge serial Paul Temple and
the Curzon Case.

(Slight fade up of Music.
Fade down)

3. Episode One. "The Baxter Brothers."

(Fade Music completely.
Fade up of Paul Temple and
Steve strolling along the corridor
to the door of their flat:
they have just seen a Musical
Show and are in pretty high
spirits. Temple is attempting,
somewhat unsuccessfully, to sing
one of the numbers from the show)

4. TEMPLE: (pleased with himself) I think I should have done
pretty well in musical comedy, Steve.

5. STEVE: What as?

6. TEMPLE: (taken aback) What do you mean - what as?

7. STEVE: (laughing) Have you got your key, darling?

8. TEMPLE: (surprised) Isn't Charlie in?

9. STEVE: No, it's his night out. He's gone to the Palais.

10. TEMPLE: Oh.

11. STEVE: Have you got your key?

12. TEMPLE: (searching in his pockets) Yes. (suddenly, with
enthusiasm) I say, that was a pretty marvellous
show, wasn't it? I adored that number .....
(starts to sing)

13. STEVE: Which number?

14. TEMPLE: (surprised) Why this one! (half sings: half hums)

15. STEVE: (laughing) I suppose you mean ... (she sings the
ditty in tune)

16. TEMPLE: That's right. (sings out of tune)

17. STEVE: (laughing at him) Open the door, darling!

(The door opens)

18. (surprised) Oh!

180

1. MORGAN: Good evening, Mrs. Temple.

2. TEMPLE: (shaking hands) Glad to meet you, Inspector.

3. FORBES: (pleasantly) Well, you two look to me as if you've been celebrating?

4. TEMPLE: We have. It's exactly ten years to-day since Steve came down to Bramley Lodge.

5. FORBES: Ten .... (staggered) I don't believe it! I just don't believe it.

6. STEVE: (laughing) It's true!

7. FORBES: You mean it's ten years since The Knave and The Front Page Men?

8. TEMPLE: Exactly. Almost to the day.

9. FORBES: Well, I'll .... (still amazed) By Golly, ten years! No wonder I'm going a bit thin on top!

10. TEMPLE: 1940 ... 24 .... Remember, Sir Graham?

11. FORBES: (thoughtfully) '42 ... The Marquis ....

12. TEMPLE: '45 ... The Rex Affair ...

13. FORBES: (still thoughtfully) '46 ... The Valentine Case ....

14. STEVE: ... and The Gregory Affair ....

15. TEMPLE: That was quite a year!

16. FORBES: '47 ... Dr. Belasco ...

17. STEVE: '48 ... The Sullivan Mystery ...

18. MORGAN: (slowly) .... and now The Curzon Case.

19. TEMPLE: (looking up) The Curzon Case? (suddenly) What do you mean? What's on your mind, Sir Graham?

20. (A pause)

20. FORBES: (seriously) Temple, we've got a case on our hands at the moment - rather a strange sort of case.

21. TEMPLE: Go on ....

(A moment)

22. FORBES: Do you know Dulworth Bay?

23. TEMPLE: You mean the fishing village about two miles from Harwich?

24. FORBES: Yes.

25. TEMPLE: Of course I know it!

26. STEVE: As a matter of fact we know it quite well.

27. TEMPLE: Go on.....

28. FORBES: There's a school at Dulworth Bay called St. Gilberts. They have about a hundred boarders and fifty day boys. It's quite a good school and the headmaster - The Rev. Dudley Clarke - seems a very decent sort of fellow.

1.	MORGAN:	He's certainly been extremely helpful.
2.	TEMPLE:	What's happened at St. Gilberts?
3.	STEVE:	Don't tell me Young Woodley's run away with the housemaster's wife.
4.	FORBES:	(laughing) No, nothing like that.
5.	STEVE:	Well, what has happened?

(A moment)

6.	FORBES:	Two of the day boys - two brothers - a Michael and Roger Baxter have disappeared.
7.	TEMPLE:	Disappeared? (faintly amused) You mean they've run away?
8.	FORBES:	Whether they've run away or not we don't know. All we know is that they've disappeared: Suddenly - mysteriously - disappeared.
9.	TEMPLE:	How old are these boys?
10.	MORGAN:	Michael's the eldest, he's nearly seventeen. Roger's fourteen and a half.
11.	TEMPLE:	What sort of boys are they?
12.	MORGAN:	Michael's pretty clever. Roger's the sporty type: a useful little rugger player and a first class bat.
13.	TEMPLE:	Do they live in Dulworth Bay?
14.	FORBES:	Yes, they live with their father in a cottage on the Westerby estate. Mrs. Baxter died about two years ago
15.	STEVE:	The Westerby estate?
16.	FORBES:	It's about a hundred acres of park land: belongs to Lord Westerby.
17.	STEVE:	You mean Westerby Hall?
18.	FORBES:	That's right.
19.	TEMPLE:	Well, go on - what happened to the Baxter brothers?
20.	FORBES:	About three weeks ago - on the afternoon of September 29th to be precise - Michael and Roger Baxter and another day boy called John Draper, left St. Gilberts and strolled down the lane as far as the cottage. It's about three quarters of a mile. When they reached the cottage Michael suddenly remembered that he'd left a book at the school - a book he particularly wanted - and he told his brother and the other boy - John Draper - that he intended to return for it. He left Roger and John sitting on a fence in front of the cottage. Well, to cut a long story short, they waited for Michael for nearly and hour and then Roger decided to go back to the school and look for his brother. John went into the cottage, explained to Mr. Baxter what had happened, then made his way home. Mr. Baxter waited until nearly seven o'clock, then, since neither Michael nor Roger put in an appearance, he went down to the school and saw the headmaster. (a shrug) The rest you can guess. The Rev. Dudley Clarke hadn't seen the boys; he hadn't seen either of them.

Ende von Episode 1:

1. STEVE: What?

2. TEMPLE: I said mind my arm, Steve - you bumped against it.

3. STEVE: (a moment, then astonished)   Bumped against it!

4. TEMPLE: Yes.

5. STEVE: Don't be silly, darling!

6. TEMPLE: What do you mean?

7. STEVE: I'm over here, Paul! On the opposite side - on the other seat, darling!

8. TEMPLE: (very softly: astonished)   What!

                 (A tense pause:
                 Suddenly the third, and
                 unknown, occupant of the
                 carriage commences to
                 whistle: he whistles
                 softly, as if to himself.
                 The tune is 'Loch Lomond'.
                 He finishes whistling the
                 tune)

9. STEVE: (tensely) Paul, there's someone else in the carriage!

                 (Fade up of Music:
                 Fade Music:)

0. ANNOUNCER: You have been listening to the first episode of the new Francis Durbridge serial Paul Temple and the Curzon Case.
                 With Kim Peacock as Paul Temple
                      Marjorie Westbury as Steve
                      Billie Thatcher as Charlie
                      Lester Mudditt as Sir Graham Forbes
                      Grizelda Hervey as Diana Maxwell
                      Philip Cunningham as Inspector Morgan
                 and Peter Mullins as Master John Draper
                 Other parts include Diana King, Charles Maunsell and David Kossoff.
                 Produced by Martyn C. Webster.

183

Beginn von Episode 2:

"PAUL TEMPLE AND THE CURZON CASE"

Episode 2.   "Welcome to Dulworth Bay"

(Opening Music.
Fade down of Music)

1. ANNOUNCER: This is the BBC Light Programme ....

(Fade up of Music.
Fade Music)

2.   Tonight we present Kim Peacock and Marjorie Westbury
                 in the second episode of the new Francis Durbridge
                 serial "Paul Temple and the Curzon Case".

(Slight fade up of Music.
Fade down)

3.   Episode Two.   "Welcome to Dulworth Bay".

(Fade Music completely)

4.   Paul Temple is visited by Sir Graham Forbes of
                 Scotland Yard and by Chief-Inspector Morgan who wish
                 to consult Temple about an affair known as the Curzon
                 Case.   Two schoolboys - Roger and Michael Baxter -
                 have mysteriously disappeared.   The name Curzon was
                 found scribbled on a cricket bat belonging to Michael
                 Baxter, but Curzon is a name quite unknown to the
                 inhabitants of Dulworth Bay where the Baxter boys live.
                 Later Temple interviews a friend of the Baxter's -
                 a schoolboy called John Draper.
                 Draper tells Temple that shortly after Roger and
                 Michael disappeared he heard someone whistling the
                 tune 'Loch Lomond'.   That night the Inspector informs
                 Temple that John Draper has also disappeared.
                 The following morning Temple and Steve take the train
                 for Dulworth Bay.   On returning to their carriage
                 from the dining car Steve discovers that her suitcase
                 has been taken down from the rack and searched.

(Fade Announcer and fade up
the sound of the train)

(Train continues for a
moment before Steve speaks)

184

1.	STEVE:	(_slowly_) Do you think that this has got anything to do with our visit to Dulworth Bay?
2.	TEMPLE:	Well, it's rather a strange coincidence, isn't it? But if it has got anything to do with it then what the devil were they looking for?

> (The train suddenly gives a warning shriek and, with the impression of gathering speed, enters the tunnel)

3.	STEVE:	We're in the tunnel!
4.	TEMPLE:	Yes.
5.	STEVE:	Isn't there a light?
6.	TEMPLE:	I expect it'll come on in a moment.

> (Pause)

7.	STEVE:	I suppose this is the tunnel the Inspector meant. The tunnel where young Draper disappeared.
8.	TEMPLE:	Yes.
9.	STEVE:	(_softly_) I wonder what really happened to him, Paul?
10.	TEMPLE:	Well, if it comes to that what really happened to the Baxter ... (_suddenly: wincing slightly_) Mind my arm, darling.
11.	STEVE:	What?
12.	TEMPLE:	I said mind my arm, Steve - you bumped against it.
13.	STEVE:	Don't be silly. I'm over here. On the opposite seat, darling.
14.	TEMPLE:	(_very softly: astonished_) What!

> (A tense pause. Suddenly the third, and unknown occupant of the carriage commences to whistle: he whistles softly, as if to himself. The tune is 'Loch Lomond'. He finished whistling the tune)

15.	STEVE:	(_tensely_) Paul, there's someone else in the carriage!

> (The noise of the train suddenly fades down as it emerges from the tunnel. Immediately the train comes out of the tunnel Dr. Stuart speaks. The doctor is a rather eccentric Scotsman of about sixty)

16.	STUART:	That's better! Now why didn't they put the lights on instead of leaving us in the dark? (_suddenly_) I'm sorry, Lassie! Did I frighten you barging into the carriage like that?

185

Ende von Episode 2:

1. TEMPLE: I think so. I noticed a photograph of him with the
              two boys. We'd better ....

                         (The telephone interrupts him.
                         Pause. The telephone
                         continues. It rings for
                         some considerable time)

2. STEVE: What are you going to do?

3. TEMPLE: I'm going to answer it. Now keep quiet! (he picks
              up the receiver. A pause) Hello?

                         (Sound of coins dropping:
                         pressing of button 'A')

4. MICHAEL: Hello - is that Dulworth 9862?

5. TEMPLE: Er - yes. Who is that?

6. MICHAEL: (quickly) Is that you, Father?

7. TEMPLE: (quickly; tensely) Who is that? Who is that
              speaking?

8. MICHAEL: (rather surprised) This is Michael ...

9. TEMPLE: (softly; staggered) Michael!

10. MICHAEL: Yes ... (a note of excitement in his voice) Tom's
              seen the card about 'Cheeta', Father. The card
              you put in the window ....

                         (Fade up of Music:
                         Fade down of Music:)

11. ANNOUNCER: You have been listening to Kim Peacock as Paul Temple

              and Marjorie Westbury as Steve in the second episode

              of the new Francis Durbridge serial "Paul Temple and

              the Curzon Case".

              with Duncan McIntyre as Dr. Stuart

                   Grizelda Hervey as Diana Maxwell

                   Philip Cunningham as Inspector Morgan

                   Kenneth Morgan as Peter Malo

                   Cyril Gardiner as Philip Baxter

                   Keith Lloyd as Master Michael Baxter

              and   Alan Reid as a waiter.

              Production was by Martyn C. Webster.

186

Der Paul-Temple-Cocktail:
30 Zutaten für einen Kultkrimi
von Dr. Georg Pagitz

Paul Temple schreibt gerade an einem neuen Roman, als Diener Charlie den Besuch von Sir Graham Forbes ankündigt. Steve ist beunruhigt, freut sie sich doch auf den geplanten Urlaub. Ihre Vorahnung war richtig: Scotland Yard in Form von Sir Graham und eines ihn begleitenden Inspektors braucht unbedingt Paul Temples Hilfe. Es ist ein äußerst verzwickter Fall, in dem man nicht weiterkommt. Ein junges Mädchen verschwand und wurde später tot aufgefunden. Keine Spur führt zum Täter, man weiß nur, dass er sich hinter einem Decknamen verbirgt. In Wirklichkeit steckt der Chef einer großen Verbrecherorganisation dahinter, der jeden aus dem Weg räumen lässt, der ihm in die Quere kommt oder sein wahres Gesicht kennt. Gegen den Willen von Steve übernimmt Temple den Fall und gerät bei seinen Ermittlungen alsbald in Lebensgefahr: Es wird ein Anschlag auf ihn verübt, zudem verschwindet Steve und taucht dann wieder auf. Temple will seine Frau in Sicherheit wissen und vereinbart fortan einen Code mit ihr, der ihr bei einem Telefonanruf verrät, ob er am Apparat ist oder jemand, der seine Stimme imitiert. Zudem tauchen in dem Fall immer wieder die gleichen zwei oder drei Personen auf, eine darunter ist Temple-Fan und an der Aufklärung des Falls selbst interessiert. Einer der Verdächtigen spricht mit Akzent. Natürlich gibt es auch Mitwisser des großen Unbekannten, die reden wollen, aber gerade in dem Moment, als sie verraten wollen, wer der Mörder ist, stirbt der- oder diejenige. Temple wird per Telefon in ein einsames Haus bestellt, was sich jedoch als Falle herausstellt. Eine weitere

Spur führt in einen obskuren Nachtclub und Steves Eingebungen erweisen sich meist als richtig. Am Ende der Ermittlungen bestellt Temple alle in den Fall verwickelten Personen zu einer Cocktailparty zu sich nach Hause und entlarvt einen von ihnen als Täter. Der Betreffende zückt eine Waffe, versucht zu fliehen und stirbt dabei. Schließlich muss Paul seiner Steve und Sir Graham, denen er beiden stets bis zum Schluss verschweigt, wer der Täter ist, jede Menge Fragen beantworten.

Wenn Ihnen nicht einfällt, welches Paul-Temple-Hörspiel hier gemeint ist, dann seien Sie beruhigt: Es könnte fast jedes sein! – Denn viel mehr als andere Kriminalautoren baute Francis Durbridge seine Geschichten nach einem bestimmten Strickmuster auf und hatte eine bestimmte Grundmenge von Zutaten, die in jedem Abenteuer vorkamen und die für jeden neuen Fall frisch zusammengemixt wurden. Kritiker beurteilten dies einst als wenig innovativ, aber Durbridge wollte nicht die wenigen Personen unterhalten, die sich über seine Geschichten negativ äußerten, sondern die Millionen an begeisterten Zuhörerinnen und Zuhörern, die Woche für Woche die neueste Episode verfolgten und genau das bekamen, was sie wollten (Beim Schreiben dachte Durbridge jedoch nie an seine Fans, so sagte er einmal: »Ich denke nie ans Publikum, wenn ich schreibe. Ich habe nur eine Regel: für mich selbst zu schreiben«). Wer wartete schließlich nicht auf den mysteriösen Gegenstand, auf Steves Eingebungen, die Nachtbar, das einsame Haus und die obligatorische Cocktailparty? Trotz alledem gelang es Durbridge aber stets, zu den bekannten Zutaten immer wieder neue Elemente hinzuzufügen, so dass man ihm nicht mangelnde Innovativität vorwerfen kann.

Vor allem in den frühen Abenteuern (und ganz besonders im ersten Paul-Temple-Fall *Send for Paul Temple*) orientiert sich Francis Durbridge an seinem großen Vorbild Edgar Wallace: Die Verbrecherorganisation samt unbekanntem Hintermann, die unterirdischen Gänge, die Häuser miteinander verbinden, das alte Wirtshaus, in dem sich die Gangster treffen oder die Kommunikation mit Brieftauben erinnern doch stark an den Schöpfer des Hexers und des Zinkers.

Natürlich erarbeitet sich Durbridge im Lauf der Zeit seinen ganz eigenen und typischen Stil.

Im Folgenden wird aufgelistet, auf welche Grundbausteine Francis Durbridge in seinen Paul-Temple-Hörspielen immer wieder zurückgriff.

1. Sir Grahams Besuch

Nicht jeder, aber fast jeder Fall Paul Temples beginnt damit, dass der hohe Scotland-Yard-Beamte Sir Graham Forbes in Temples Appartement in den Eastwood Mansions 49 erscheint (später in der Half Moon Street; oft in Begleitung eines Inspektors) und ihn eindringlich darum bittet, in einem schwierigen Kriminalfall Ermittlungen anzustellen. Steve ist meist nicht darüber erfreut, zumal Temple gerade an einem neuen Roman schreibt oder das Ehepaar auf dem Weg in den Urlaub ist. Nur in Fall 1 *Send for Paul Temple* ist Sir Graham nicht besonders von Paul Tempels Mitwirken angetan und hält ihn für einen karrierelüsternen jungen Mann.

2. Das Mordopfer: ein junges Mädchen

Eine junge Frau verschwindet oder wird aus dem Fluss gezogen, manchmal wurde das Opfer vorher auch entführt. Tote Mädchen oder tote junge Frauen (auch wenn sie nicht aus dem Fluss gezogen werden) gibt es in den Fällen *Paul Temple and the Front Page Men*, *Paul Temple Intervenes*, *Send for Paul Temple Again!* (= *Paul Temple and the Alex Affair*, dt. *Paul Temple und der Fall Alex*), *A Case for Paul Temple* (dt. *Ein Fall für Paul Temple* bzw. *Paul Temple und der Fall Valentine*), *Paul Temple and the Gregory Affair* (dt. *Paul Temple und die Affäre / der Fall Gregory*), *Paul Temple and the Sullivan Mystery*, *Paul Temple and the Vandyke Affair* (dt. *Paul*

Temple und der Fall Vandyke), *Paul Temple and the Gilbert Case* (dt. *Paul Temple und der Fall Gilbert*), *Paul Temple and the Lawrence Affair* (dt. *Paul Temple und der Fall Lawrence*), *Paul Temple and the Spencer Affair* (dt. *Paul Temple und der Fall Spencer*), *Paul Temple and the Conrad Affair* (dt. *Paul Temple und der Fall Conrad*), außerdem im Roman *The Tyler Mystery* (dt. *Vier mussten sterben*).

3. »Wo fischt Tommy?« oder Der fingierte Anruf

Paul ist stets darum bemüht, seine Frau nicht in den Fall mithineinzuziehen. Besondere Angst hat er davor, dass jemand anrufen könnte, der seine Stimme imitiert, und seine geliebte Gattin damit aus der Wohnung in eine Falle lockt. Die Vereinbarung lautet daher: Wenn Paul Steve anruft und sie irgendwohin bittet, dann muss sie die Frage »Wo fischt Tommy?« stellen. Antwortet Paul darauf nicht mit »In der Themse«, dann ist der Anruf fingiert. Dieses wiederkehrende Element wird erstmals in *Paul Temple and the Gilbert Case* (dt. *Paul Temple und der Fall Gilbert*) verwendet.

4. Ein Mordanschlag auf die Temples: »Achtung, da kommt eine Brücke!«

Ein Anschlag auf das Leben der Temples ist in jedem Fall obligatorisch, sei es als Warnung, sei es als Methode, die beiden tatsächlich aus dem Weg zu schaffen. Sobald Paul seinen Wagen besteigt, wird er von einem mysteriösen Fahrzeug verfolgt. Entweder folgt der Versuch, die Temples über eine Brücke abzudrängen (»Da kommt eine Brücke!«) oder es fallen Schüsse. Auch Autobomben, etwa in Taxis, gehören zu den bevorzugten Mitteln, sich der Temples zu entledigen. Natürlich gehen alle Attentatsversuche schief, wobei andere Beteiligte dabei schon mal mit dem Leben bezahlen können.

5. Steve wird entführt

Obwohl Temple stets versucht, seine Frau der Gefahr fernzuhalten, wird die gute Steve regelmäßig entführt. Meist dient dies als Warnung für Paul, dem damit nahegelegt wird, die Ermittlungen einzustellen. Beispiele dafür sind etwa *Paul Temple and the Margo Mystery* (dt. *Paul Temple und der Fall Margo*) oder *Paul Temple Intervenes* (nicht vertont, als Roman: *Paul Temple und die Marquis-Morde* (⇨ Band 11)).

6. Die üblichen Cliffhanger
Francis Durbridge ist bekannt für seine originellen Cliffhanger. Allerdings gab es auch welche, die immer wiederkehrten. Beispielsweise stellt sich am Ende einer Episode heraus, dass eine Person diejenige ist, von der schon öfter die Rede war und die bisher noch nicht auftauchte. Weitere typische Cliffhänger wären das Auffinden einer Leiche oder die kryptischen Worte eines Sterbenden. Auch das Entdecken einer Bombe diente öfter als Episodenende.

7. Steve im Modesalon
In einigen Fällen führen die Spuren in Modesalons. Paul schickt Steve dabei »undercover« in solche Läden, um ganz nebenbei einige Informationen einholen (so z. B. in *Paul Temple and the Conrad Case* (dt. *Paul Temple und der Fall Conrad*) oder *A Case for Paul Temple* (dt. *Ein Fall für Paul Temple / Paul Temple und der Fall Valentine*)). Dies ist oft ein teures Unterfangen, denn Steve kauft dabei meist ein neues, sündteures Kleid.

8. Die mysteriöse Person
In den ersten Hörspielen gab es stets einen Charakter, der immer wieder an neuralgischen Handlungspunkten auftauchte und dessen Erscheinen und Funktion bei den Zuhörern wie auch bei Paul Temple für viele Fragen sorgte. In *Send for Paul Temple* war es beispielsweise Miss Marchment, in *Paul Temple and the Front Page Men* der Klavierstimmer J. P. Goldie oder Reverend Charles Hargreaves. Später sprach die

mysteriöse Person oft auch mit ausländischem Akzent, was damals ausreichte, um jemanden verdächtig zu machen. Beispiele hierfür sind die Figuren Philip Kaufman in *Paul Temple and Steve* (nicht vertont, Text erschienen als *Paul Temple und der Fall Dr. Belasco* (⇨ Band 10)), Charles Kelvin in *A Case for Paul Temple* (dt. *Ein Fall für Paul Temple / Paul Temple und der Fall Valentine*), Dr. Steiner in *News of Paul Temple* (nicht vertont, Text erschienen als *Paul Temple und der Fall Z.4* (⇨ Band 19) oder Mr. Dreisler in *Paul Temple and the Spencer Affair* (dt. *Paul Temple und der Fall Spencer*). Häufig sind solche Charaktere Deutsche oder Österreicher (z. B. die erwähnten Dr. Steiner und Charles Kelvin; im Originalhörspiel zum Fall Curzon, *Paul Temple and the Curzon Case*, ist Carl Walters Deutscher und Lou Kenzell Österreicher).

9. Der mysteriöse Gegenstand

Erst mit der Zeit kristallisierte sich ein weiteres typisches Durbridge-Merkmal heraus: Der mysteriöse Gegenstand, der immer wieder auftauchte und der scheinbar harmlos, für die Handlung jedoch entscheidend war. Alle, einschließlich Paul Temple, rätselten um die Bedeutung dieses Objekts. Konkret waren es folgende Gegenstände, die Temple in den Hörspielen zu schaffen machten: ein Brief (*News of Paul Temple*), ein Feuerzeug (*Paul Temple and Steve*), ein Cocktailstäbchen (*Paul Temple and the Conrad Case*, dt. *Paul Temple und der Fall Conrad*), ein Cricketschläger (*Paul Temple and the Curzon Case*, dt. *Paul Temple und der Fall Curzon*), ein Roman (*Paul Temple and the Geneva Mystery*, dt. *Paul Temple und der Fall (in) Genf*), Frauenschuhe (*Paul Temple and the Gilbert Case*, dt. *Paul Temple und der Fall Gilbert*), ein Siegelring und eine Ansichtskarte (*Paul Temple and the Jonathan Mystery*, dt. *Paul Temple und der Fall Jonathan*), ein Mantel (*Paul Temple and the Margo Mystery*, dt. *Paul Temple und der Fall Margo*), eine Schallplatte (*Paul Temple and the*

Spencer Affair, dt. *Paul Temple und der Fall Spencer*), eine Brille (*Paul Temple and the Sullivan Mystery*, als Text: *Paul Temple und der Fall Sullivan* (⇨ Band 20)), eine Diamantenbrosche und ein Foto (*Mr. and Mrs. Paul Temple,* dt. *Paul Temple und der Fall McRoy*), ein Halstuch und eine Zigarrenschachtel (*The Tyler Mystery* (Roman), dt. *Vier mussten sterben*).

10. Die falsche Person

Es kam vor, dass sich bei Paul Temple jemand vorstellte, der gar nicht derjenige war, der er zu sein vorgab. Der Kriminalschriftsteller enttarnte die falsche Identität allerdings recht rasch, indem er Fragen stellte, auf die die echte Person dieses Namens eigentlich eine korrekte Antwort wissen musste. Selbstverständlich tappten alle »falschen Personen« auch in die Falle.

11. Die Botschaft eines Sterbenden

Ein Mitwisser liegt im Sterben. Temple kann ihm noch rechtzeitig ein paar Worte entlocken. Diese sorgen jedoch meist für noch mehr Verwirrung. Manchmal stirbt der Betreffende auch ausgerechnet in dem Moment, in dem er verraten will, wer der große Unbekannte ist.

12. Die kriminelle Organisation

Was wäre eine Paul-Temple-Geschichte ohne die große kriminelle Organisation, die ganz Europa in Atem hält und nun nicht nur auf dem Kontinent, sondern auch in England Fuß gefasst hat? Die Organisation beschäftigt sich je nach Fall mit Spionage, Schmuggel, Hehlerei oder auch Erpressung.

13. Der geheimnisvolle Hintermann

Er wird auch »der große Unbekannte« oder »Verdächtiger Nummer 1« genannt: der Mann, der hinter allem steckt und der die gesamte kriminelle Organisation leitet. Meist arbeitet er unter einem Pseudonym, das aus einem männlichen Vornamen wie Lawrence, Spencer oder Alex besteht.

14. Das einsame Haus

Vor allem in den frühen Paul-Temple-Hörspielen spielt häufig ein einsames, verlassenes Haus eine entscheidende Rolle (*A Case for Paul Temple*, dt. *Ein Fall für Paul Temple / Paul Temple und der Fall Valentine*). Hierhin wird der Kriminalschriftsteller bestellt, meistens nachts und auch noch allein. Dieser Ort erweist sich üblicherweise als Falle: entweder entdeckt Paul eine Leiche, oder es wird ein Anschlag auf ihn verübt.

15. Der obskure Nachtclub

In den meisten Fällen führt die Spur in einen Londoner Nachtclub, dessen Betreiber auch zu einem der Verdächtigen zählt oder offensichtlich in den Fall verwickelt ist.

16. Ein Tipp aus der Unterwelt

Paul Temple hat durch seine langjährige Erfahrung zahlreiche Bekannte in der Unterwelt, die ihm als Informanten dienen. Dabei handelt es sich um liebenswerte Kleinkriminelle, für die Temple meist Sympathie empfindet. Ein Beispiel wäre Spider Williams (in der dt. Fassung: Spinner Williams) in *Paul Temple and the Alex Affair* (dt. *Paul Temple und der Fall Alex*). Nicht selten müssen Temples Informanten allerdings ins Gras beißen.

17. Der Inspektor wird verdächtig gemacht

Bei Durbridge sind alle verdächtig. Vor allem im ersten Fall *Send for Paul Temple* sind die drei Hauptverdächtigen Kriminalbeamte. Aber auch später gehören Inspektoren, mit denen Temple erstmals zusammenarbeitet, zu den suspekten Personen. Vor allem Steve misstraut den Scotland-Yard-Beamten (beispielsweise in *Send for Paul Temple Again!* (keine dt.

194

Vertonung, aber Neufassung: *Paul Temple und der Fall Alex*)

18. »Bei Timothy!«, »Bei Morpheus!« und »Oh, Paul!«

Temples Ausruf »Bei Timothy!« (in den alten deutschen Hörspielen wurde daraus »Bei Morpheus!«, nicht so in den drei von Pidax/HNYWOOD 2021/22 neu produzierten Abenteuern) entstand aus der Verlegenheit, dass zur Entstehungszeit der Hörspiele Schimpfwörter oder Kraftausdrücke absolut verpönt und unmöglich gewesen wären. Paul verwendet sein »Bei Timothy!« jedoch nicht als Fluch, sondern eher im Sinne des Ausdrucks »Heureka!«, wenn er wieder mal eine neue Idee hat oder ihm Zusammenhänge klar werden. Das manchmal etwas naiv und vorwurfsvoll klingende »Oh, Paul!« wird von Steve meist als Ausdruck der Überraschung verwendet.

19. »Okay, Sir!«

Die Temples versuchen ihrem Diener Charlie, der im Original mit Cockney-Akzent spricht, dessen manchmal etwas flapsigen Formulierungen vergeblich abzugewöhnen. Wenn Paul Charlie um etwas bittet, antwortet dieser eifrig mit »Okay, Sir!« (später wird dies im Original oft zu einem »okedoke«), worauf er sich jedes Mal eine Rüge einhandelt und meist auf »In Ordnung, Mister Temple« korrigiert. Im englischen Original nennt Charlie seine Herrschaften meist nur »Mister T« und »Misses T«.

20. Steves Eingebungen

Manchmal hat Pauls Ehefrau Steve besondere »Eingebungen« den aktuellen Fall betreffend. Häufig bewahren diese die Temples vor einer drohenden Gefahr oder erweisen sich als Vermutungen, die sich wenig später als richtig herausstellen. Es gibt fast keinen Temple-Fall, in dem nicht eine von Steves berühmten Eingebungen eine Rolle gespielt hätte, in *Paul Temple and the Gregory Affair* (dt. *Paul Temple und die Affäre Gregory*) ging dies sogar soweit, dass die siebte Episode den Titel *A Woman's Intuition* (dt. *Eine Frau hat eine Ahnung*) trug.

21. Die persönliche Frage
Bei seinen Gesprächen mit Verdächtigen stellt Temple manchmal folgende Frage: »Darf ich Sie etwas Persönliches fragen?« oder »Darf ich Ihnen eine persönliche Frage stellen?«. Diese besteht dann eher aus einer Nebensächlichkeit wie »Tragen Sie eigentlich eine Brille?«. Am Ende stellt sich dies jedoch als wichtiges Puzzleteil in der Auflösung heraus.

22. Der Paul-Temple-Fan
Unter den Verdächtigen ist meist eine Person, die sich als ausgesprochener Krimifan erweist und sämtliche Werke Temples gelesen hat. In *Send for Paul Temple Again!* bzw. dem überarbeiteten Remake *Paul Temple and the Alex Affair* (dt. *Paul Temple und der Fall Alex*) ist dies beispielsweise Mr. Davis.

23. Jeder kennt Paul Temple
Egal wo sich Paul Temple auch vorstellt, jeder kennt ihn und er wird auch überall erkannt. Selbst die Personen, denen sein Gesicht unbekannt ist, wissen, wen sie vor sich haben, wenn er sich als Temple vorstellt. Die Frage »Doch nicht *der* Paul Temple?« lässt dann nie auf sich warten.

24. Eine Reise
Die Ermittlungen führen Paul und Steve häufig ins Londoner Umland (wo sie in Bramley Lodge ein Landhaus besitzen, das sie beispielsweise in *Send for Paul Temple* und in *Paul Temple and the Front Page Men* aufsuchen), an die Küste in Yorkshire (z. B. nach Dulworth Bay in *Paul Temple and the Curzon Case / Paul Temple und der Fall Curzon*), manchmal aber auch weiter weg, wie im Fall *News of Paul Temple* nach Schottland, im *Fall Vandyke* nach Paris, im *Fall Genf* in die

Schweiz, im *Fall Conrad* nach Bayern und Tirol oder in *Paul Temple and the Sullivan Mystery* gar nach Italien oder Ägypten.

25. Der detektivische Verdächtige

Einer der Verdächtigen betätigt sich häufig als Detektiv in dem betreffenden Kriminalfall, weil die Polizei darin nicht weiterkommt. Die Eigenheit dieser Figur ist es dann meist, Temple mit den selbst herausgefundenen Ermittlungsergebnissen zu behelligen oder auch andere Personen damit zu belasten. Ein Beispiel dafür wäre Roger Storey in *Paul Temple Intervenes*. Temple selbst kommt aber auch manchmal auf die Idee, einen der Verdächtigen darum zu bitten, detektivisch tätig zu werden und bei einer anderen suspekten Person Nachforschungen anzustellen.

26. Paul ist allen voraus

Während Sir Graham, der ermittelnde Inspektor (und eigentlich ganz Scotland Yard) noch im Dunkeln tappen, ist Paul allen einen Schritt voraus und weiß meist schon recht früh, wer der große Unbekannte ist. Dennoch verrät er niemandem seinen Verdacht, auch nicht seiner neugierigen Frau Steve. Stattdessen versteht er es perfekt, mysteriöse Andeutungen zu machen, die nicht nur die Spannung bei den Zuhörern erhöhen, sondern auch Steve manchmal zur Verzweiflung bringen.

27. Die finale Cocktailparty

Während Paul in den frühen Stücken die Verdächtigen der Reihe nach bei sich »antanzen« ließ, ist eines der Merkmale der späteren Hörspiele, dass der Kriminalschriftsteller alle Personen, die ihm aktuellen Fall verdächtig sind (inklusive des Inspektors), zu einer Cocktailparty einlädt. Meist erklärt er zuerst, dass unter den Gästen der mysteriöse Mister X ist, was bei den Eingeladenen oft für Verblüffung und auch Angst sorgt. Anschließend erklärt er nochmals die gesamten

Tatabläufe, beleuchtet die Zusammenhänge und kommt auch auf die Rolle jedes einzelnen Verdächtigen zu sprechen. Paul entlastet häufig einen nach dem anderen, ehe er den Mörder, der als einziger übrigbleibt, entlarvt.

28. Der Haupttäter überlebt nicht
Ist der Haupttäter einmal enttarnt, so zückt er meist eine Waffe (und nimmt manchmal eine Geisel). Er versucht zu flüchten. Bei dem Versuch, der Gerechtigkeit zu entgehen, kommt er jedoch in den meisten Hörspielen ums Leben: Er stürzt aus dem Fenster oder wird erschossen. Nur in ganz wenigen Fällen darf der Bösewicht den Fall überleben.

29. Wer, wann, was, warum?
Obwohl Kritiker meist die Unlogik in Durbridges Werken kritisierten, war es doch ein ganz besonderes Markenzeichen des perfektionistischen Autors, am Ende alles – aber auch wirklich alles – ganz genau zu erklären. Die detaillierte Erläuterung wer was wann warum getan hat, ist oft so detailliert, dass es für das Publikum schwierig wird, den Ausführungen zu folgen. In den Temple-Hörspielen sind es meist Steve und Sir Graham, die nach der Aufklärung jede Menge Fragen an Paul haben, die dieser bereitwillig ausführlich beantwortet. Man möchte schließlich wissen, was es – überspitzt formuliert – mit den Schuhen, der Brille oder der Schallplatte auf sich hatte, warum sich Mister A nach X begab, Mister B den Regenschirm mitnahm oder Mister C nicht mit dem Zug fuhr.

30. Paul löst nie wieder einen Fall
Häufig ist es so, dass sich Paul am Ende eines Falles endlich wieder seinem neuesten Roman widmen will und sich – wie er es in den frühen englischen Hörspielen formuliert – für nichts mehr interessieren möchte als für die Temperatur des Bieres. Er schwört Steve, nie wieder einen Fall zu lösen, doch im nächsten Augenblick kann es schon sein, dass er etwa in

einer Zeitungsnotiz über einen mysteriösen Mord liest und sich zum Leidwesen seiner Frau dafür zu interessieren beginnt.

Die Durbridge-Edition
– Williams & Whiting –

Bei Williams & Whiting sind bisher sechsunddreißig Bände von Francis Durbridge erschienen. Sämtliche Bücher enthalten eine umfassende Einleitung und ein Nachwort mit vielen Hintergrundinformationen zu Francis Durbridge, den jeweiligen Geschichten und den Produktionsumständen der Verfilmungen bzw. Vertonungen.

Band 1   FRANCIS DURBRIDGE

Stichtag für Harry
Paul Temple und der vorausgesagte Mord

Vorwort, Nachwort und Übersetzung: Dr. Georg Pagitz

Ein junger Mann namens Peter Gibson sucht Superintendent Max Christian in Scotland Yard auf. Er berichtet, dass er in einem Café in Hampstead arbeitet und ungewollt bei der Arbeit zwei Frauen belauscht hat. Diese sagten, dass ein gewisser Harry Sherwood den Sechzehnten des kommenden Monats nicht überleben würde. Christian geht der Sache nach, muss aber feststellen, dass nichts von dem, was Gibson erzählt hatte, stimmt. Es gibt weder das Café noch einen Mann dieses Namens. Am Sechzehnten des darauffolgenden Monats wird jedoch in einem Wohnwagen eine Leiche gefunden. Der Täter hat sein Opfer erstochen. Als Superintendent Christian den Toten sieht, glaubt er seinen Augen nicht: Es handelt sich dabei um den angeblichen Peter Gibson, der in Wirklichkeit Harry Sherwood hieß ...

Durbridge schrieb diese Geschichte als Fortsetzungsroman im Jahr 1960. Sie blieb jedoch unveröffentlicht und erscheint nun erstmals posthum.

Der Autor versuchte die Story auch als Filmtreatment deutschen Produzenten anzubieten und schrieb sie später zur Episode für eine *Paul-Temple*-TV-Folge um. Dieses Szenarium ist in dem Buch als *Paul Temple und der vorausgesagte Mord* enthalten, den Abschluss bildet eine Abhandlung über Durbridge und die Temple-TV-Serie.

Band 2   FRANCIS DURBRIDGE

Schritt ins Dunkel
Drehbuch für einen deutschen Spielfilm

Vorwort, Nachwort und Übersetzung: Dr. Georg Pagitz

In Soho geht ein gefährlicher Mörder um, der Barmädchen mit einem Messer tötet. Scotland Yard steht vor einem Rätsel. Zur gleichen Zeit befindet sich der wohlhabende Immobilienmakler Mike Hilton in einer existentiellen Krise: Nach dem Tod seiner Tochter und schwierigen Phasen in seiner Ehe verlässt ihn seine Ehefrau Ruth. Nach einer Reifenpanne nahe einem berüchtigten Pub in Soho lernt er die attraktive Selby Brooks kennen und verliebt sich in sie. Als er die junge Dame wenig später auf einem Hausboot besuchen will, findet er ihre Leiche. Mike Hilton gerät unter Mordverdacht. Zur Tatzeit half er einem kleinen Jungen dabei, dessen Papierdrachen aus einem Baum zu befreien. Doch dieses Alibi ist nichts wert, denn der Junge scheint spurlos verschwunden zu sein und gar nicht zu existieren. Gleichzeitig erfährt Mike von Scotland Yard, dass nichts von dem, was Selby ihm erzählt hatte, stimmte. Kann er sich aus dem Teufelskreis, in dem er sich befindet, befreien und den wahren Täter finden?

Die Hintergrundgeschichte zu diesem verschollenen Drehbuch ist ebenso spannend wie die Kriminalgeschichte selbst. Francis Durbridge verfasste das Skript 1961 und verkaufte es 1962 an einen deutschen Filmproduzenten. Letztlich wurde daraus der Spielfilm *Piccadilly null Uhr zwölf*, der bis auf vier Namen nichts mehr mit der Originalstory zu tun hatte. Im Vor- und Nachwort werden die Hintergründe analysiert und dank erst kürzlich aufgefundener Originalkorrespondenz von Francis Durbridge auch die Umstände und Gründe der Änderungen rekonstruiert.

Band 3   FRANCIS DURBRIDGE

Paul Temple muss her!
Ein Kriminalstück
Vorwort, Nachwort und Übersetzung: Dr. Georg Pagitz

Scotland Yard steht vor einem Rätsel. Eine gefährliche Verbrecherbande verunsichert London durch Kindesentführungen, Lösegelderpressungen und andererseits durch spektakuläre Juwelenraube. Die Ganoven operieren unter dem Namen »Die Schlagzeilenmänner«. Dies ist gleichzeitig der Titel des Romans einer unbekannten Autorin, deren Identität niemand kennt. Nachdem Sir Graham und seine Ermittler nicht weiterkommen, fordern die Zeitungen nach Unterstützung und titeln: »Paul Temple muss her!« Der erfolgreiche Kriminalschriftsteller und Privatermittler schaltet sich daraufhin ein und weiß bald, dass der große Hintermann ein Superverbrecher namens Max Lorraine ist. Aber wer der Verdächtigen versteckt sich hinter diesem Namen? Wer ist der gefährliche Schlagzeilenmann Nummer 1?

Dieses im Jahr 1943 in Birmingham uraufgeführte Theaterstück wurde seither nie mehr gespielt. Der Autor zeigt darin sein ganzes Können und liefert Drehungen, Wendungen und atemberaubende Cliffhanger im Minutentakt. Vier Personen sterben auf der Bühne, ebenso viele Leichen gibt es aus Erzählungen. Die *Birmingham Post* schrieb damals zur Uraufführung: »Leichen fallen aus Aufzügen, Schreie hallen durch die Nacht, aus einem unverdächtig aussehenden Grammophon kommen Schüsse und Blausäure findet ihren Weg in harmlose Whiskyfläschchen. Eigentlich haben wir A oder B als Täter verdächtigt, aber dann war es plötzlich X.« Bei dem Stück handelt es sich um eine geschickte Mischung aus Paul Temples ersten beiden Hörspielabenteuern.

Band 4   FRANCIS DURBRIDGE

Schöne Grüße von Mister Brix
Kriminalroman
Vorwort und Nachwort: Dr. Georg Pagitz

Geheimnisvolle und höchst mysteriöse Umstände haben den Ex-Inspektor Richard Grant und seine Frau Margret dazu veranlasst, vorübergehend wieder in den Dienst von Scotland Yard zu treten. In einem Fischerdorf namens Shorecombe war zuvor die Leiche einer gewissen Barbara Willis, Tochter eines feinen Londoner Hauses, aus dem Meer gezogen worden. Kurz darauf bekam ihr Verlobter Robert Brown eine Dia-mantenbrosche zugeschickt. Darauf stand: »Schöne Grüße von Mister Brix«.

201

Wenig später finden die Grants in ihrer Garage eine weitere Leiche. Peggy Gillow, die in dem Fall undercover ermittelte, wurde erdrosselt. Auch ihr Vater bekam eine mysteriöse Karte von Mister Brix mit der gleichen sarkastischen Botschaft. Steckt hinter diesem Pseudonym jener gefährliche Ariman, dessen Fall Grant einst bearbeitete? Und wenn ja, wer von den zahllosen Verdäc-htigen ist dieser unheimliche Verbrecher?

Durbridge schrieb diesen Kriminalroman 1962 für den deutschen Markt. Er basiert auf dem legendären Hörspiel *Paul Temple und die Affäre Gregory* und erzählt dieses sehr werkgetreu nach, allerdings wurden die Charaktere umbenannt. Wer schon immer wissen wollte, worum es in diesem Fall geht und ihn in voller Länge erleben wollte, kann dies nun endlich tun.

Band 5   FRANCIS DURBRIDGE
Die gelbe Windmühle
Kriminalroman
Vorwort und Nachwort: Dr. Georg Pagitz

Susan Kelford, die vierjährige Tochter des reichen Sir Cedric Kelford, dem Präsidenten der Londoner Central Bank, wird entführt. Das Mädchen war gerade in einem Londoner Park, als eine kleine gelbe Spielzeugwindmühle ihre Aufmerksamkeit erregte und sie in die Hand ihres Entführers lockte. Dieser zerrte das Kind in seinen Wagen und suchte daraufhin rasch mit seinem Komplizen das Weite. Man fordert 10.000 Pfund Lösegeld von dem Multimillionär Kelford. Inspektor Houston von Scotland Yard macht drei Tage später eine grausige Entdeckung: Sein Sohn Dennis, der in Sir Cedrics Bank arbeitet, sitzt erschossen vor dem Fernsehgerät. In den Bildschirm ist eine gelbe Windmühle eingeritzt ...

Die gelbe Windmühle erschien 1954 als Fortsetzungsroman in England. Im Jahr 1965 verfasste Francis Durbridge eine eigene Fassung für den deutschen Markt, die hier erstmals als Buch vorliegt.

Band 6   FRANCIS DURBRIDGE
Mitten ins Herz
Der Mann, der das Quiz gewann
Paul Temple und die flüchtige Miss Helvin
Vorwort und Nachwort: Dr. Georg Pagitz

Gary Mason, der berühmteste und beliebteste Schauspieler Englands, wird auf dem Gelände eines Londoner Filmstudios erschossen. Wer ist der Täter? Und hatte er tatsächlich Mason als Ziel auserkoren oder war dieser Mord ein Versehen und er galt eigentlich der überaus attraktiven schwedischen Nachwuchsschauspielerin Karin Lund? Diese legt ein seltsames Verhalten an den Tag, vor allem als sie zwei Tage später dem Journalisten Michael Collins begegnet, der Augenzeuge der Tat wurde und sich danach um die junge Frau gekümmert hatte. Diesmal ignoriert Karin den Reporter und ist in Begleitung eines mysteriösen Fremden. Als Journalist Collins in der darauffolgenden Nacht von einem weiteren Mord berichten soll, ist er schockiert, als er in der Leiche Karin Lund wieder erkennt. Sie wurde erstochen ...

Mitten ins Herz wurde 1955 als *The Man Who Beat the Panel* in Großbritannien als Fortsetzungsroman veröffentlicht. Durbridge überarbeitete diese Fassung für den deutschen Markt im Jahr 1962, erweiterte und verbesserte sie um viele Handlungsstränge und machte aus einem Nicht-whodunit einen Whodunit. Später entwickelte er daraus auch ein Skript für die *Paul-Temple*-Fernsehserie namens *The Elusive Miss Helvin*, das aber nie Verwendung fand. In dieser Ausgabe sind neben der deutschen Romanfassung auch erstmals die Übersetzungen der britischen Fortsetzungsgeschichte und des Szenariums enthalten. Titel: *Der Mann, der das Quiz gewann* und *Paul Temple und die vorsichtige Miss Helvin*, beide übersetzt von Dr. Georg Pagitz.

Band 7   FRANCIS DURBRIDGE

Sie wussten zu viel
Das Gesicht der Carol West
Vorwort und Nachwort: Dr. Georg Pagitz

Victor Merton, der Geschäftsführer der Absteige *High Dive* in Belhampton, zieht beim morgendlichen Schwimmsport die Leiche eines jungen Mädchens aus dem Hotelpool. Julia Nagy, eine aus Ungarn stammende Angestellte und Mister Cooper, ein Privatgelehrter, werden Augenzeugen des Vorgangs. Ein Notizbuch der Toten führt zu einer gewissen Carol West. Außerdem findet sich darin die Telefonnummer von Scotland-Yard-Superintendent Christian Stiller, der die Tote allerdings nicht kannte. Stiller übernimmt die Ermittlungen. Immer wieder wird er in deren Verlauf von einem Anrufer mit sanfter Stimme gewarnt. Wenig später wird auf den Superintendent ein Überfall verübt, kurz darauf ein Anschlag in Scotland Yard. Alle Spuren führen erneut in die zwielichtige Absteige *High Dive* ...

Francis Durbridge hatte diesen Roman 1959 als Fortsetzungsroman für die Zeitschrift *News of the World* geschrieben. 1963 überarbeitete er diesen für den deutschen Markt unter dem Titel *Sie wussten zu viel*, führte viele neue Handlungsstränge und Figuren ein und baute die Geschichte erheblich aus. Diese Ausgabe enthält erstmals beide Fassungen, die deutsche erweiterte Version und die davon erheblich abweichende Originalfassung, die von Dr. Georg Pagitz erstmals unter dem Titel *Das Gesicht der Carol West* ins Deutsche übertragen wurde. In einem Vor- und Nachwort des Übersetzers wird auf die Hintergründe eingegangen sowie auf Durbridges meisterliche Fähigkeiten, alte Stoffe wiederzuverwerten.

Band 8   FRANCIS DURBRIDGE

Paul Temple und der Fall Valentine
Skript für ein achtteiliges Hörspiel
Vorwort, Nachwort, Übersetzung: Dr. Georg Pagitz

London, 1946: Seit einigen Wochen wird das Westend von einer geheimnisvollen Selbstmordserie junger Frauen erschüttert. Scotland Yard ist ratlos und kann nur herausfinden, dass es wohl um Drogen und einen geheimnisvollen Hintermann namens »Valentine« geht. Für Sir Graham Forbes ist eines klar: Das ist ein Fall für Paul Temple! Der bekannte Detektiv und Schriftsteller ist zunächst jedoch gar nicht daran interessiert. Erst als eine junge Frau spurlos aus seinem Wagen verschwindet, lässt er sich doch überreden. Dann geht alles blitzschnell: Auf die Temples wird im eigenen Schlafzimmer ein Mordanschlag verübt, eine geheimnisvolle Botschaft führt Paul und Steve zu einem mysteriösen Kapitän in eine Kneipe am Fluss und schließlich findet sich eine deutliche Warnung von Valentine bei einer Leiche in einer Zahnarztpraxis. Es gibt zahllose Verdächtige und undurchsichtige Gestalten und der gefährliche Unbekannte schlägt immer wieder zu.

Dieses Buch beinhaltet das vom englischen Originalmanuskript übersetzte Temple-Abenteuer, das 2021/22 Grundlage für die neue Pidax-Hörspielproduktion Paul Temple und der Fall Valentine war. In einem Vor- und Nachwort des Übersetzers werden interessante Hintergrundinfos geliefert. Außerdem wird auf die unterschiedlichen Versionen, die im Laufe der Jahre von diesem Stoff entstanden sind, eingegangen.

Band 9   FRANCIS DURBRIDGE
Zwei Fälle für Paul Temple: McRoy/Westfield
Zwei einteilige Hörspiele
Vorwort, Nachwort, Übersetzung: Dr. Georg Pagitz

Der Fall McRoy: Paul Temple und Steve sind in Italien und befinden sich gerade auf der Weiterreise in die Schweiz, als sie auf dem Mailänder Bahnhof zufällig den Ex-Ermittler Harry McRoy treffen. Gemeinsam tritt man die Weiterfahrt an. Im Zug erzählt Harry von einem rätselhaften Auftrag und bittet Paul, einen Koffer mit geheimnisvollem Inhalt an Sir Graham Forbes zu überbringen, wenn ihm etwas zustoßen sollte. Ehe man Basel erreicht, überschlagen sich die Ereignisse und es gibt Tote …

Der Fall Westfield: Vor Jahren wurde aus dem Hause des Herzogs von Westfield Schmuck im Wert einer Dreiviertelmillion Pfund gestohlen. Es gab keine Spuren und Scotland Yard legte den Fall damals auf Eis. Paul Temple interessiert sich für die Sache, zumal es bald auch eine neue Spur zu geben scheint, als man in einem Londoner Hotel eine Leiche findet. Bei den Sachen des Toten werden ein Fahrschein für eine Fähre und ein Rezept eines gewissen Dr. Schumann gefunden. Temple geht der Sache nach …

Dieses Buch enthält die beiden Originalmanuskripte zu den 2021/22 neu produzierten Temple-Hörspielen von Pidax und HNYWOOD. In einem umfangreichen Vorwort werden die Hintergründe beleuchtet, zudem enthält dieser Band vollständige Stab- und Besetzungslisten sämtlicher Adaptionen und einige exemplarische Beispiele, wie im Fall McRoy dramaturgische Anpassungen vorgenommen wurden.

Band 10   FRANCIS DURBRIDGE
Paul Temple und der Fall Dr. Belasco
Skript für ein achtteiliges Hörspiel
Vorwort, Nachwort, Übersetzung: Dr. Georg Pagitz

Als Paul und Steve nach einem Tanzabend anlässlich Steves Geburtstag nach Hause kommen, werden sie schon von Sir Graham erwartet. Dieser hat Philip Kaufman von der Kopenhagener Polizei mitgebracht. Sie erklären, dass der berüchtigte Dr. Belasco seine Aktivitäten vom Kontinent nach England verlegt hat. Niemand kennt das Gesicht dieses gefährlichen Mannes, der das Verbrechen organisiert und für Schutzgelderpressungen aber auch Mord verantwortlich ist. Sir Graham und Kaufman bitten

Temple um Hilfe. Bald schon soll der Kanadier Ross Morgan in England ankommen. Er ist ein Handlanger Dr. Belascos. Temple soll ihn im Auge behalten, doch dann gibt es einen unerwarteten Zwischenfall: Bei der Zugfahrt nach London kommt es zu einem Unfall und Morgan stirbt. Der Kanadier kann Temple jedoch noch einen wichtigen Hinweis geben. Bei seinen Sachen findet Temple ein Feuerzeug. Dieses ähnelt jenem, das Steve an ihrem Geburtstag irrtümlich von einem Mr. Nelson eingesteckt hat ...

Francis Durbridge verfasste *Paul Temple and Steve*, so der Originaltitel dieses in der Chronologie gesehenen achten Falls, im Jahr 1947. Dieser band enthält ein informatives Vorwort, einen Artikel über die Paul-Temple-Comic-Serie und Francis Durbridges für die Radio Times geschriebene Einleitung zu dem Fall.

Band 11   FRANCIS DURBRIDGE
Paul Temple und die Marquis-Morde
Kriminalroman
Vorwort, Nachwort, Übersetzung: Dr. Georg Pagitz

In London sorgt ein skrupelloser Mörder, der sich »Der Marquis« nennt, für Angst und Schrecken. Ein halbes Dutzend Personen – lauter renommierte Damen und Herren – musste schon ins Gras beißen und kein Ende ist in Sicht. Scotland Yard in Form von Sir Graham Forbes ist ratlos. Doch diesmal ist es nicht der Chefkommissar, der Paul Temple um Hilfe bittet, sondern das Innenministerium. Ein anonymer Brief des Marquis an Temple sorgt schließlich dafür, dass sich der schreibende Detektiv in die Ermittlungen einschaltet. Er trifft eine Privatdetektivin, die dem großen Unbekannten auf der Spur ist. Doch auch sie wird wenig später tot aus der Themse gezogen. Alle Spuren führen zu einem Ägyptologen namens Sir Felix Reybourn. Ist er der Marquis? Und wenn nicht, wer von den zahlreichen Verdächtigen ist es dann? Temple und seine Frau Steve setzen sich zahllosen Gefahren aus, ehe Paul den gefährlichen Mörder endlich überführen kann ...

Dieser Krimi ist der letzte nicht übersetzte Paul-Temple-Roman und erscheint nun erstmals in deutscher Sprache – fast 80 Jahre nach seinem Entstehen! Ein packender, typischer Temple voller Cliffhanger, Drehungen und Wendungen, verdächtiger Figuren und natürlich mit der obligatorischen Cocktailparty. Das Buch enthält eine informative Einleitung und ein umfassendes Nachwort, in dem die multimediale Auswertung des Stoffs, der auf einem Durbridge-Hörspiel von 1942 beruht, beleuchtet wird. 1952 entstand auch eine Verfilmung mit John Bentley und Christopher Lee.

Band 12   FRANCIS DURBRIDGE
Die Anhalterin
Kriminalroman
Vorwort, Nachwort, Übersetzung: Dr. Georg Pagitz

Der Spielwarenfabrikant David Walker nimmt in seinem eleganten Wagen eine hübsche junge Anhalterin namens Judy Clayton mit. Als das Benzin ausgeht, macht sich Walker zu Fuss auf den Weg zu einer Tankstelle. Als er zurückkommt, ist die junge Frau spurlos verschwunden. Einige Tage später taucht Kriminalinspektor

Denson bei Walker auf und teilt ihm mit, dass Judy nur wenige Meter von der Stelle, an der David die Panne hatte, ermordet aufgefunden wurde. Zahlreiche Indizien deuten darauf hin, dass Walker die Frau schon länger kannte, obwohl dieser das bestreitet. Im Laufe der Ermittlungen gibt es weitere Tote und neben einem Lippenstift spielen auch ein Schlüsselbund und eine Sofortbildkamera eine wichtige Rolle ...

Dieser Kriminalroman aus dem Jahr 1977 liegt erstmals in einer deutschen Übersetzung vor. Er basiert auf Francis Durbridges Originaldrehbuch zu dem 1971 gedrehten BBC-Dreiteiler *The Passenger*, der synchronisiert unter dem Titel *Die Spur mit dem Lippenstift* ausgestrahlt wurde. Im ausführlichen Vor- und Nachwort des Übersetzers wird auf die Entstehungsgeschichte eingegangen und auch erklärt, wieso 1971 in der BRD keine deutsche Verfilmung dieses Stoffs entstand. Auszüge aus Durbridge-Interviews, Hintergründe über die Miniserie und deren französische Adaption sowie ein 2015 geführtes, exklusives Interview mit dem Regisseur Michael Ferguson, der *The Passenger* inszenierte, runden diesen Band ab.

Band 13   FRANCIS DURBRIDGE
Die Frau im Hintergrund
Kriminalroman
Vorwort, Nachwort, Übersetzung: Dr. Georg Pagitz

Torcombe, an der Küste von Cornwall. Der ehemals als Kriminalreporter in der Fleetstreet tätige Roy Burton hat sich hierher zurückgezogen, um an einem Buch zu arbeiten. Gemeinsam mit Hund Angus lebt er in einer einfachen Hütte an der Küste. Eines Tages nähert er sich bei einem Spaziergang einer verlassenen Zinnmine und wird niedergeschlagen. Als er wenig später erwacht, erzählt ihm eine gewisse Karen Silvers, dass er sich in der Mine befinde. Sie leitet dort ein geheimes wissenschaftliches Projekt der Regierung. Es geht um den Bau einer Atomrakete, die so stark ist, dass sie ganz London oder New York zerstören könnte. Die Wissenschaftlerin erklärt, dass die Arbeiter in der Mine allerdings nichts davon wissen oder nur so viel als nötig. In der Umgebung scheint sich der gefährliche Kriminelle Fabian Delouris zu befinden, der schon einen Mitarbeiter entführt hat. Gemeinsam mit gefährlichen deutschen Ex-Nazis will er die Rakete stehlen und damit die Weltherrschaft erlangen. Karen und ihr Vorgesetzter, Chefinspektor Leyland, bitten Roy daraufhin um seine Mithilfe bei der Bekämpfung der Organisation. Bald darauf werden auf Roy mehrere Mordversuche verübt und die Ehefrau und Tochter eines Pubbesitzers verschwinden spurlos. Alles deutet daraufhin, dass die kriminelle Organisation ihr Hauptquartier in einer verlassenen Abtei aufgebaut hat, zu der mehrere unterirdische Tunnel führen ...

Die Frau im Hintergrund stellt unter mehreren Gesichtspunkten eine Besonderheit dar und liegt erstmals in deutscher Übersetzung vor. So ist es der einzige Kriminalroman von Francis Durbridge, der nicht nach dem Whodunit-Muster gestrickt und in dem der Täter von Anfang an bekannt ist. Eine spannende Abenteuergeschichte, in der die beiden Protagonisten gegen eine gefährliche, aus brutalen Nazis bestehende Organisation kämpfen, die die Weltherrschaft mit einer Atomrakete erzwingen will. Weltherrschaftsphantasien bewegten damals die Welt. Eine für den Autor untypische, aber spannende Geschichte mit interessanten und überraschenden Wendungen. Das Buch enthält ein interessantes Vorwort mit Hintergrundinformationen. Im Anhang

206

werden sämtliche Bücher und Kurzgeschichten von Francis Durbridge aufgelistet und dessen Wirken als Romanautor beleuchtet. Inhaltsangaben und weitere Infos zu allen Romanen und Kurzgeschichten runden diese Ausgabe ab.

Band 14   FRANCIS DURBRIDGE
Vorsicht vor Johnny Washington!
Kriminalroman
Vorwort, Nachwort, Übersetzung: Dr. Georg Pagitz

Johnny Washington ist ein junger amerikanischer Gentleman, der nach Kent gezogen ist, um das Leben zu genießen. Eigentlich will er nur dem süßen Nichtstun nachgehen und seine Zeit mit Fischen verbringen, doch eine Serie von Verbrechen ruft ihn auf den Plan. Eine Bande Krimineller verübt diese nämlich unter seinem Namen und lässt am Tatort Visitenkarten mit dem Aufdruck »Mit besten Grüßen von Johnny Washington« zurück. Das kann der Amerikaner nicht auf sich sitzen lassen. Die Zeitungsreporterin Verity Glyn ermutigt Johnny dazu, sich auf den Fall zu stürzen. Gemeinsam mit dem geheimnisvollen Horatio Quince, einem pensionierten Lehrer, jagt er den mysteriösen Hintermann, der die Morde und Verbrechen organisiert und der sich hinter dem Decknamen »Grauer Elch« versteckt.

Dies ist der letzte nicht auf Deutsch übersetzte Roman von Francis Durbridge. Die Geschichte hat der Autor von seinem ersten Temple-Abenteuer entlehnt und sie überarbeitet. Neuer Protagonist ist Johnny Washington, der Held einer seiner Radioserien.

Band 15   FRANCIS DURBRIDGE
Zwanzig Minuten von Rom
Drehbuch für einen Fernsehkriminalfilm
Vorwort, Nachwort, Übersetzung: Dr. Georg Pagitz

Zwanzig Minuten von Rom entfernt liegt der Ort Tolero. Welche Rolle spielt er in einem mysteriösen Fall, in den der Wissenschaftler Geoffrey Ryder verwickelt ist? Der Mann steht unter Mordverdacht und besteht darauf, Alan Quinton vom MI5 zu sprechen. Nur ihm will er seine ganze Geschichte erzählen. Den Mann, den er ermordet haben soll, Walter Smedley, lernte er in einem teuren Pariser Nachtclub kennen. Er half ihm dort aus der Bredouille, woraufhin Smedley ihm anbot, während seiner eigenen Abwesenheit in seiner Londoner Wohnung unterzukommen. Ryder nimmt dankend an. Das ist der Beginn einiger mysteriöser Ereignisse. Welche Rolle spielt das goldene Zigarettenetui, das Smedley unbedingt wiederhaben will? Und warum befanden sich auf einem Mikrofilm Fotos von einer Fahrkarte für den Schlafwagen nach Rom und eine Aufnahme einer Landkarte, auf der der Ort Tolero eingezeichnet ist und auf der oberhalb handschriftlich die Notiz »Zwanzig Minuten von Rom« gemacht wurde?

Dieses unverfilmte Drehbuch stammt aus dem Jahr 1954. Es handelt sich dabei um eine ganz typische Francis-Durbridge-Geschichte mit jeder Menge Verwirrungen. Der Autor beweist hier, dass er nicht nur serielles Erzählen beherrscht, sondern auch innerhalb eines 90-Minuten-Films sein Publikum ganz schön raffiniert verwirren kann. Als übliche Zutaten gibt es einige überraschende Wendungen und die üblichen mysteriösen Gegenstände, wie ein goldenes Zigarettenetui und einen Mikrofilm, auf dem sich unerklärliche Fotografien befinden.

Band 16   FRANCIS DURBRIDGE
Das zerbrochene Hufeisen
Drehbuch für einen sechsteiligen Kriminalfilm
Vorwort, Nachwort, Übersetzung: Dr. Georg Pagitz

Dr. Mark Fenton behandelt im Londoner St. Matthews' Krankenhaus einen Mann namens Charles Constance. Er wurde bei einem Autounfall schwer verletzt, der Lenker beging Fahrerflucht. Constance liegt noch im Koma, als plötzlich eine gewisse Miss Freeman bei Fenton auftaucht, die sich für den Gesundheitszustand des Opfers interessiert. Als Constance erwacht, behauptet er, diese Frau nicht zu kennen. Noch erstaunter ist er über das zerbrochene Hufeisen, das sich auf einem Blumengesteck befindet, das sie ihm mitgebracht hat. Als der Mann wenig später entlassen wird und nicht zur Kontrolluntersuchung erscheint, stellt Fenton einen Brief zu, den Constance bei ihm hinterlassen hat. Dabei entdeckt er in einem Appartement die Leiche von Mr. Constance. Auf dem Spiegel befindet sich ein gemaltes zerbrochenes Hufeisen.

Mit dem Drehbuch zu diesem Sechsteiler legte Francis Durbridge 1952 den Grundstein als erfolgreicher Fernsehkrimiautor. Es war die erste von insgesamt zwanzig mehrteiligen Serien für die BBC, elf davon wurden auch in Deutschland verfilmt. *Das zerbrochene Hufeisen* war nicht darunter und erlebt somit seine deutschsprachige Premiere.

Band 17   FRANCIS DURBRIDGE
Operation Diplomat
Drehbuch für einen sechsteiligen Kriminalfilm
Vorwort, Nachwort, Übersetzung: Dr. Georg Pagitz

Der renommierte Arzt Dr. Mark Fenton wird von einer Unbekannten gebeten, einen Patienten zu behandeln. Fenton steigt in einen Krankenwagen ein und stellt fest, dass der Wagen leer ist. Ein weiterer Mann mit Pistole sitzt darin und erklärt, es handle sich um eine wichtige Operation. Die Reise, die Fenton in dem verdunkelten Wagen absolviert, dauert mehrere Stunden. Er wird in eine mysteriöse Villa gebracht wird. Dort ist in einem Raum ein Operationssaal aufgebaut worden und ein Deutscher namens Schröder erklärt, dass ein kranker Mann dringend operiert werden müsse. Es handelt sich dabei um den bekannten Diplomaten Sir Oliver Peters, der seit einiger Zeit spurlos verschwunden ist. Der Patient spricht im Fieber von einem »Goldenen Tal«. Assistiert wird Fenton von einer bildhübschen Krankenschwester. Nach der erfolgreichen Operation verliert er das Bewusstsein.

Operation Diplomat hat Durbridges ersten TV-Serienhelden zum Protagonisten, den Mediziner Dr. Mark Fenton, der bereits in *Das zerbrochene Hufeisen* ermittelte. Das Drehbuch entstand 1952 für einen Sechsteiler der BBC, der wie alle anderen Krimis von Francis Durbridge zum Straßenfeger avancierte.

Band 18   FRANCIS DURBRIDGE
Die Teckman-Biographie
Drehbuch für einen sechsteiligen Kriminalfilm
Vorwort, Nachwort, Übersetzung: Dr. Georg Pagitz

Philip Chance, ein junger Schriftsteller erhält einen interessanten Auftrag: Er soll eine Story über Martin Teckman schreiben. Dieser junge Testpilot ist angeblich bei der Erprobung eines neuen Flugzeugmodells verunglückt. Bei seinen Nachforschungen lernt Philip die Schwester Teckmans kennen, die junge und besonders attraktive Helen. Von da an ereignen sich seltsame Dinge, die darauf schließen lassen, dass sich irgendjemand von Teckmans Nachforschungen enorm gestört fühlt. Nicht nur, dass Gangster in seine Wohnung einbrechen, wenig später wird dort auch ein Mann ermordet aufgefunden. Es handelt sich dabei um den Konstrukteur des Versuchsflugzeugs, Mr. Garvin. Wenig später kommt es zu einem weiteren Mord: Ein Informant, der wichtige Informationen beschaffen wollte, wird ebenso von dem großen Unbekannten beseitigt ...

Die Teckman-Biographie erscheint erstmals auf Deutsch und ist die Übersetzung des gleichnamigen Drehbuchs von Francis Durbridge zu dessen dritten Fernsehmehrteiler. Neben einem interessanten Vor- und Nachwort, in dem auch auf den Kinofilm eingegangen wird, enthält das Buch außerdem ein exklusives Interview mit Alvin Rakoff, der den Mehrteiler 1953/54 im Alter von nur 26 Jahren inszenierte.

Band 19   FRANCIS DURBRIDGE
Paul Temple und der Fall Z.4
Skript für ein sechsteiliges Hörspiel
Vorwort, Nachwort, Übersetzung: Dr. Georg Pagitz

Paul Temple schreibt für die bekannte Schriftstellerin Iris Archer ein Theaterstück. Wenige Tage vor der Aufführung des Stücks tritt Iris von der Rolle zurück. Als sich Paul und Steve nach Schottland begeben, um dort Urlaub zu machen, sind beide überrascht, dort auch Iris anzutreffen. Hat ihr plötzliches Auftauchen etwas mit dem geheimnisvollen Brief zu tun, den ein aufgeregter junger Mann Paul Temple übergeben hat, mit der ausdrücklichen Anweisung, ihn John Richmond zu übergeben? Was hat der rätselhafte Dr. Steiner mit den Ereignissen zu tun? Und wer verbirgt sich hinter dem Codenamen Z.4? Auch im Urlaub ist Temple auf der Spur einer geheimnisvollen Spionageorganisation, die vor Mord nicht zurückschreckt.

News of Paul Temple, so der Originaltitel dieses Hörspiels, wurde 1939 ausgestrahlt. Das Manuskript dazu galt lange als verschollen, kann nun jedoch erstmals mit vielen Hintergrundinformationen auf Deutsch veröffentlicht werden.

Band 20   FRANCIS DURBRIDGE
Paul Temple und der Fall Sullivan
Skript für ein achtteiliges Hörspiel
Vorwort, Nachwort, Übersetzung: Dr. Georg Pagitz

Joyce Raymond wendet sich mit einer Bitte an Paul Temple, der gerade nach Kairo reisen will. Er möchte doch einem Mann namens Richard Sullivan, der dort bei einer Ölgesellschaft arbeitet, seine Brille mitzunehmen, die er bei ihr vergessen hat. Temple will der jungen hübschen Dame diesen Gefallen gerne tun und akzeptiert. In Plymouth, wo die Temples am nächsten Tag übernachten, erfährt der Kriminalschriftsteller schließlich, dass Miss Raymond ermordet wurde. Nicht genug damit, auch im Nebenzimmer der Temples findet sich eine Leiche. Von da an bemühen sich alle Personen, die den Temples auf der Reise nach Kairo über Süditalien begegnen um die mysteriöse Brille, an der allerdings von der Polizei nichts Seltsames festgestellt werden kann ...

Dieses spannende Originalmanuskript erscheint erstmals auf Deutsch und stammt aus dem Jahr 1947. Die BBC-Aufnahmen aus den Jahren 1947/48 existieren nicht mehr, weshalb der britische Sender 2006 ein Remake produzierte. *Paul Temple und der Fall Sullivan* führt die Temple-Fangemeinde weit weg von der Themse: Durbridge beweist, dass seine Storys auch in Süditalien und Ägypten bestens funktionieren.

Band 21   FRANCIS DURBRIDGE

Das Messer
Drehbuch für einen dreiteiligen Kriminalfilm
Vorwort und Nachwort: Dr. Georg Pagitz

Spezialagent Jim Ellis soll den Mord an einer Mitarbeiterin des Secret Service aus Hongkong klären, deren Leiche in einem walisischen Ort aufgefunden wurde. Alle Spuren führen in das Hotel Ivanhoe, das einer gewissen Mrs. Corby gehört. Dort hat die Ermordete zuletzt gelebt. Ellis bekommt es mit einer Vielzahl von Verdächtigen und einem Mörder zu tun, der für seine Taten einen chinesischen Dolch verwendet...

Diese Ausgabe gibt das Originaldrehbuch zu dem legendären deutschen Krimimehrteiler *Das Messer* von 1971 wieder, den Rolf von Sydow mit Hardy Krüger in der Titelrolle inszenierte. Die Edition enthält außerdem ein umfangreiches Vor- und Nachwort, in dem erstmals die Produktionsgeschichte dieses Straßenfegers erzählt wird.

Band 22   FRANCIS DURBRIDGE

Tim Frazer und das Rätsel von Melynfforest
Drehbuch für einen sechsteiligen Kriminalfilm
Vorwort, Nachwort, Übersetzung: Dr. Georg Pagitz

Tim Frazer erhält einen neuen Auftrag. Dieser führt ihn in das beschauliche Melynfforest in Wales, wo die Polizei den Mord an Elaine Bradford untersucht. Charles Ross informiert seinen Mitarbeiter zunächst darüber, dass die Ermordete eigentlich Thackeray hieß und für seine Auslandsabteilung in Hongkong arbeitete. Aber was tat sie in Wales und warum wurde sie ermordet? Die Spuren führen in ein Hotel namens St. Bride. Elaine Bradford (oder besser gesagt: Miss Thackery) verbrachte dort die letzten Tage ihres Urlaubs. Im Verlauf der Ermittlungen spielen ein Brieföffner, ein walisisches Volkslied und ein verschwundener deutscher Wissenschafter namens Kurt Lander eine wesentliche Rolle. Die meisten Verdächtigen sind außerdem im

Umkreis von Mrs. Chrichtons Hotel zu finden.

Dieses Buch enthält erstmals in deutscher Übersetzung das Drehbuch zum dritten Tim-Frazer-Abenteuer, das zwar in England, aber nicht in der BRD produziert wurde. Francis Durbridge überarbeitete den Stoff erheblich, änderte Figuren und Ende und machte daraus den 1971 gedrehten Krimiklassiker *Das Messer.* Dank der vorliegenden Ausgabe können Fans erstmals die Urfassung mit der deutschen Variante vergleichen. Das Buch enthält ein informatives Vor- und Nachwort sowie als Bonus das von Durbridge für das Kino geschriebene, unverfilmte Treatment *Tim Frazer und die Melvin-Affäre.*

Band 23   FRANCIS DURBRIDGE
Porträt von Alison
Kriminalroman
Vorwort, Nachwort, Übersetzung: Dr. Georg Pagitz

Der Bruder des renommierten Kunstmalers Greg Forrester verunglückt bei einem Autounfall in Italien tödlich. Auch seine Beifahrerin, die bildhübsche Schauspielerin Alison Ford überlebt das Unglück nicht. Wenig später erscheint ihr Vater in Gregs Atelier und bittet den Maler, ein Gemälde von Alison anzufertigen. Von da an überschlagen sich die Ereignisse: Das Modell Jill Stewart wird erwürgt im Kleid der verunglückten Alison in Gregs Wohnung aufgefunden. Der Maler gilt daraufhin als Hauptverdächtiger und befindet sich in einem Teufelskreis. Im Laufe des Falls spielen eine mysteriöse Postkarte, eine Weinflasche und ein Name eine wesentliche Rolle.

Dieser Kriminalroman aus dem Jahr 1962 basiert auf einem sechsteiligen Fernsehkrimi von Francis Durbridge aus dem Jahr 1955, der auch für das Kino verfilmt wurde. Erstmals erscheint das Buch, das zuletzt 1967 auf Deutsch aufgelegt wurde, in einer ungekürzten Neuübersetzung mit zahlreichen Hintergrundinformationen und einem Vergleich mit Fernsehspiel und Kinofilm.

Band 24   FRANCIS DURBRIDGE
Mein Freund Charles
Kriminalroman
Vorwort, Nachwort, Übersetzung: Dr. Georg Pagitz

Der renommierte Arzt Dr. Howard Latimer erhält einen Anruf von seinem Freund Charles Kaufmann. Der Filmproduzent bittet den Mediziner, eine deutsche Schauspielerin namens Frieda Veldon vom Flughafen abzuholen. Das ist der Beginn eines Teufelskreises, in den sich Latimer immer tiefer verstrickt. Wenig später wird die Darstellerin ermordet in seiner Wohnung aufgefunden. Erschlagen wurde sie mit einem bronzenen Kerzenhalter, der sich ausgerechnet in Latimers Wagen findet. Dann stellt sich heraus: Charles Kaufmann hat nie angerufen und der einzige Zeuge, der Latimer entlasten könnte, scheint nicht zu existieren …

Dieser Kriminalroman aus dem Jahr 1963 basiert auf einem sechsteiligen Fernsehkrimi von Francis Durbridge aus dem Jahr 1956, der 1957 auch für das Kino unter dem Titel *Interpol ruft Berlin* verfilmt wurde. Erstmals erscheint das Buch, das zuletzt 1967 auf Deutsch aufgelegt wurde in einer ungekürzten Neuübersetzung mit zahlreichen Hintergrundinformationen. Wer die Kunstfertigkeit von Francis Durbridge kennenlernen oder verstehen will, dem sei die Lektüre dieses Krimis ans Herz gelegt. *Mein Freund Charles* ist der Inbegriff dessen, was den britischen Autor ausmacht: Überraschungen im Minutentakt, ständige Drehungen und Wendungen und ein Protagonist in einem Teufelskreis. Wahrscheinlich Durbridges bester Roman!

Band 25   FRANCIS DURBRIDGE
Dreimal Tod im Radio:
Mord in der Botschaft –
Mr. Lucas – Die Caspary-Affäre
Originalhörspielmanuskripte
Vorwort, Nachwort, Übersetzung: Dr. Georg Pagitz

Mord in der Botschaft: In der Botschaft von Westovia geschieht in der Bibliothek während eines Balls ein Mord. Opfer ist General Rostard, der Premierminister und Dikator des mit Falkenstein verfeindeten Landes. Einige der Ballgäste hätten einen guten Grund gehabt, den Mann zu töten. Ein Mitarbeiter des Außenministeriums glaubt die Wahrheit zu kennen …

Mr. Lucas: In England treibt ein berüchtigter Hehler sein Unwesen, dessen Gesicht niemand kennt. Scotland Yard hat herausgefunden, dass ein Mittelsmann namens Sterne ihm eine wertvolle Kette überbringen sollte. Der Ganove wird geschnappt und Inspektor Crawley übernimmt dessen Part. Er weiß nur, dass er sich unter der Identität eines Mr. Lucas in einen Zug setzen und darauf warten soll, dass man ihn kontaktiert.

Die Caspary-Affäre: In einem Sanatorium in der Schweiz erzählt der Schauspieler Samuel Brent seinem Arzt die Geschichte von einer tödlichen Affäre. Darin involviert sind sein Freund Sir Edward, eine Schauspielerin und ein Pianist. Wer von den zahlreichen auftretenden Personen wird wen am Ende töten? Und warum?

Dieser 25. Band der Durbridge-Edition von Williams & Whiting enthält die Hörspielmanuskripte zu drei spannenden Whodunits aus den Jahren 1937, 1945 und 1946 erstmals in deutscher Übersetzung. *Mord in der Botschaft* ist der älteste erhaltene Durbridge-Krimi überhaupt, der Autor war beim Abfassen erst 24 Jahre alt.

Das Buch enthält neben einem ausführlichen Vorwort auch eine umfangreiche Übersicht über sämtliche Hörspielkrimis von Francis Durbridge.

Band 26   FRANCIS DURBRIDGE
Ein Fall für Sexton Blake
Skript für ein sechsteiliges Hörspiel
Vorwort, Nachwort, Übersetzung: Dr. Georg Pagitz

Im abgelegenen Schloss Saint Marguerite auf einer einsamen Insel im See geht der Schrecken um: Der Mann mit der eisernen Maske, das Familiengespenst der Familie Marthioly, scheint wieder auferstanden zu sein. Ein Mitglied der Marthiolys wurde bereits getötet. Meisterdetektiv Sexton Blake wird vom Neffen des Ermordeten um Hilfe begeben. Blake und sein Assistent Tinker machen interessante Entdeckungen wie beispielsweise einen unterirdischen Geheimgang. Bald stehen sie auch dem gefährlichen Mann mit der eisernen Maske gegenüber ...

Sexton Blake war im englischsprachigen Raum einer der populärsten Detektive. Er entstand im Fahrwasser von Sherlock Holmes und erlebte über beinahe 100 Jahre seine Abenteuer, die von den verschiedensten Autoren verfasst wurden. 1940 schrieb Francis Durbridge diese sechsteilige Radioserie mit dem beliebten Protagonisten und vereinte dort seine typischen Drehungen und Wendungen mit einem gelungenen Whodunit, der in vielen Aspekten an sein großes Vorbild Edgar Wallace erinnert - wie beispielsweise ein abgelegenes Schloss, unterirdische Geheimgänge, ein maskierter Mörder, eine geheimnisvolle Melodie oder eine brennende Windmühle ...

Das Buch enthält als Bonus das Manuskript zum Kurzkrimi *Der Knappe* und ein elfseitiges Interview mit Francis Durbridge.

Band 27   FRANCIS DURBRIDGE
Der Tod kommt ins Hibiscus
Kriminalstück
Vorwort, Nachwort, Übersetzung: Dr. Georg Pagitz

Der Nachtclub *Hibiscus* im Londoner West End steht unter der neuen Leitung von Hugo Bismarck und Amanda Smith. Hugo beschließt als erstes, das Lokal von den bisherigen Schwarzmarktgeschäften zu befreien. Dies führt zu Morden und jeder Menge Chaos und der Erkenntnis, dass im Hibiscus nicht alles so ist, wie es auf den ersten Blick zu sein scheint.

Dieses Theaterstück aus dem Jahren 1942/43 wurde nie aufgeführt und war neben *Paul Temple muss her!* Durbridges frühestes Bühnenwerk. Der Brite wollte Zeit seines Lebens für die Bretter, die die Welt bedeuten, schreiben, avancierte aber erst in seiner späten Schaffensphase zum erfolgreichen Dramatiker.

Der Tod kommt ins Hibiscus basiert auf einem zwölfteiligen Radiokrimi der BBC, erfuhr jedoch zahlreiche Änderungen im Plot. Durbridge verfasste das Stück unter dem Pseudonym Nicholas Vane. Als Co-Autor agierte der vielseitige Regisseur, BBC-Produzent und Schriftsteller Val Gielgud.

Band 28   FRANCIS DURBRIDGE
Paul Temple: Mord in Serie
Drehbücher und Manuskripte für die TV-Serie
Vorwort, Nachwort, Übersetzung: Dr. Georg Pagitz

Die BBC produzierte (später in Koproduktion mit Taunus-Film München) zwischen 1969 und 1971 52 Folgen der Fernsehserie *Paul Temple*, in der Francis Matthews die Titelrolle spielte. Keine der Geschichten (mit einer Ausnahme) stammte jedoch von Francis Durbridge, obwohl in der Anfangsphase geplant war, dass der Autor auch Drehbücher dazu abliefern sollte. Nachdem die von ihm vorgesehenen Pilotfolgen nicht verfilmt wurden, zog sich der Brite als Autor der Serie zurück.

Dieser Band enthält erstmals die beiden Drehbücher *Die Kelby-Affäre* und *Der Harkdale-Raub* sowie die drei Treatments *Die vorsichtige Miss Helvin*, *Der vorausgesagte Mord* und *Der Fall Calcary* inklusive umfassender Hintergrundinformationen.

Die Kelby-Affäre: Der Historiker Alfred Kelby verschwindet spurlos, mit ihm das Tagebuch von Lord Delamore, das offensichtlich nicht veröffentlicht werden darf. Bald findet man Kelbys Leiche. *Der Harkdale-Raub:* In einem Ort in den Midlands kommt es zu einem spektakulären Banküberfall. Wenig später wird Temple in den Fall involviert und findet in seiner Garage die Leiche eines Komplizen. *Die vorsichtige Miss Helvin:* Inspektor Vosper ermittelt im Mordfall einer jungen Frau, deren Gesicht unkenntlich gemacht wurde. Temple schaltet sich ein. *Der vorausgesagte Mord:* Ein Mann berichtet Temple, dass er einen Mordplan belauscht hat. Wenig später ist er selbst tot. *Der Fall Calcary:* Ein siebenjähriger Junge verschwindet auf einem Rummelplatz spurlos. Die Schauspielerin Calcary bittet Paul um Hilfe ...

Band 29   FRANCIS DURBRIDGE

Das Halstuch

Kriminalroman – ungekürzt & neu übersetzt

Vorwort, Nachwort, Übersetzung: Dr. Georg Pagitz

In Littleshaw, einem Ort in der Nähe von London, wird auf einem Ackerwagen die Leiche des Fotomodells Fay Collins gefunden. Die junge Frau wurde mit einem Halstuch erwürgt. Der ermittelnde Kriminalinspektor Harry Yates stellt fest, dass Fay in ihren Taschen ein Telegramm hatte, in dem sich ein gewisser Terry für das Halstuch bedankt. Dieser Terry hat, wie der Bruder der Ermordeten, der Musiklehrer Edward Collins, aussagt, Fay außerdem ein teures Armband geschenkt. Aber wer verbirgt sich hinter dem Namen Terry? Marian Hastings, die Braut des Gutsbesitzers Alistair Goodman, erkennt auf einem Foto in der Zeitung jenen Mann wieder, der mit Fay Collins am Tatabend verabredet war: Es handelt sich um Clifton Morris, einen erfolgreichen Zeitungsverleger.

Kein anderes Werk ist bekannter als Francis Durbridges *Das Halstuch*. Der Roman basiert auf dem Originalmanuskript zu *The Scarf* und wurde neu übersetzt und erscheint erstmals ungekürzt.

Im Vor- und Nachwort gibt es umfassende Hintergrundinformationen zu allen europäischen Verfilmungen des Drehbuchs mit besonderem Augenmerk auf die Produktionsgeschichte des legendären deutschen Mehrteilers von 1961. Kritiken, Ausschnitte aus dem Originaldrehbuch und weitere Hintergrundinfos runden diese umfassende Ausgabe ab.

Band 30   FRANCIS DURBRIDGE

Julian

Drehbuch für einen Fernsehkrimi

Vorwort, Nachwort, Übersetzung: Dr. Georg Pagitz

Julian Kane ist ein erfolgreicher Pianist und Frauenheld, der schon für das Ende so mancher Ehe verantwortlich war. Weitere Umstände führen dazu, dass es an jenem Nachmittag im Hause des renommierten Psychiaters Sir John Mallion niemanden mehr gibt, der nicht einen Grund hätte, ihm aus Hass oder Eifersucht eines der vermeintlich sicher weggesperrten Giftfläschchen ins Getränk zu schütten. Wer wird zuschlagen? Und warum?

Julian wurde unter dem Arbeitstitel *Prelude to Murder* von Francis Durbridge als neunzigminütiges Fernsehspiel verfasst. In der BRD war seitens des WDR kurz nach dem *Halstuch*-Erfolg im Jahr 1962 eine Verfilmung geplant, die immer wieder verschoben und letztlich nie realisiert wurde. Die Story basiert auf dem Hörspiel *The Caspary Affair* von 1946, wurde aber ausgebaut und verändert (inklusive Täterwechsel), in Italien als Hörspiel produziert und schließlich von Durbridge zum Theaterstück – mit vielen Entwicklungsstadien und Veränderungen – umgearbeitet. Im umfangreichen Vorwort wird darauf eingegangen.

Band 31   FRANCIS DURBRIDGE

Ein Mann namens Harry Brent

Kriminalroman – ungekürzt & neu übersetzt

Vorwort, Nachwort, Übersetzung: Dr. Georg Pagitz

Tom Fielding betreibt in der Nähe von London eine Firma, die elektronische Geräte herstellt. Alles läuft bestens, aber er hat mit seiner Sekretärin Pech: Diese will ihn wegen einer bevorstehenden Heirat bald verlassen. Fielding sucht eine neue Sekretärin und glaubt diese in der hübschen Barbara Smith gefunden zu haben. Doch während des Vorstellungsgesprächs zieht die junge Frau eine Waffe und erschießt Fielding. Sie wird verhaftet und kann sich in ihrer Zelle vergiften. Bevor sie stirbt, verlangt sie nach einem gewissen Harry Brent. Dieser Mann ist ausgerechnet der Verlobte von Fieldings alter Sekretärin Carol Vyner und taucht fortan bei den Ermittlungen von Inspektor Alan Milton, dem Exfreund von Carol, immer wieder als Hauptverdächtiger auf. So findet er heraus, dass Barbara Smith Blumen am Grab von Brents Eltern niedergelegt hat und dass sich Harry Brent und Tom Fielding schon sehr viel länger kannten, als dieser zugibt ...

Dieser Kriminalroman erscheint neu übersetzt und ungekürzt. Durbridge-Fans werden überrascht sein, denn abgesehen von Umbenennungen der Orte und Figuren ist auch das Ende anders als im legendären deutschen TV-Krimidreiteiler *Ein Mann namens Harry Brent* von 1968. Der WDR bat Durbridge damals darum. Darauf und auf die Produktionsumstände der englischen, deutschen, italienischen, französischen und polnischen Verfilmung des Stoffs wird in einem umfangreichen, hundertseitigen Nachwort eingegangen. Besonderes Highlight: Unveröffentlichte Exklusivinterviews mit den Darstellern von damals (Brigitte Grothum, Peter Ehrlich und Wolfgang Preiss).

Band 32   FRANCIS DURBRIDGE

Wie ein Blitz

Kriminalroman – ungekürzt & neu übersetzt

Vorwort, Nachwort, Übersetzung: Dr. Georg Pagitz

Der reiche Geoffrey Stewart wird in einem abgelegenen Haus ermordet. Die Täter sind sein Angestellter Mark Paxton und seine Ehefrau Diana Stewart, die mit Mark ein Verhältnis hat. Als man die Leiche beseitigen will, ist diese verschwunden. Dafür meldet sich der Ermordete mehrmals bei seiner Ehefrau per Telefon und treibt diese fast in den Wahnsinn. Ganz nebenbei geschehen weitere Morde. Inspektor Clay ist mit den Ermittlungen beauftragt und hat nicht nur das Mörderpärchen Diana und

215

Mark unter Beobachtung, sondern verdächtigt auch das Ehepaar Thelma und Walter Bowen sowie den Tankstellenbesitzer Ned Tallboy ...

Wie ein Blitz basiert auf dem 16. mehrteiligen Krimi, den Durbridge für die BBC schrieb. 1966 in England ausgestrahlt, folgten bald weitere europäische Adaptionen, darunter die 1970 gezeigte deutsche Version mit Ingmar Zeisberg, Peter Eschberg, Albert Lieven, Paul Hubschmid und Horst Bollmann. Für die BRD schrieb Durbridge sein Drehbuch etwas um und ergänzte es um zahlreiche Szenen. Darauf, auf die weiteren Verfilmungen und auf viele andere spannenden Fakten wird im umfangreichen Nachwort auf über 100 Seiten eingegangen. Besonderes Highlight sind zwei exklusive, bisher nie veröffentlichte Interviews mit Regisseur Rolf von Sydow und Darstellerin Eva Pflug.

Band 33   FRANCIS DURBRIDGE
Ein Reisepass voller Gefahr
Manuskript für ein sechsteiliges Hörspiel
Vorwort, Nachwort, Übersetzung: Dr. Georg Pagitz

Der Journalist Roger Knight verschwindet in Afrika spurlos. Zuvor lässt er dem Britischen Geheimdienst noch eine Nachricht auf dem Armband seiner Uhr zukommen. Seine Schwester Linda West, eine bekannte Schauspielerin, erhält eines Tages den Anruf von Major Hadley, der sie bittet, für den Geheimdienst Ihren Bruder zu suchen. Linda wurde in London bereits Opfer eines Mordanschlags, den sie nur knapp überlebte. Zudem landete eine junge Frau, die ihr ähnlichsah, tot in der Themse. Wer will ihr Böses? Und warum? Hat es etwas mit der Nachricht zu tun, die Linda vor Wochen als letztes Lebenszeichen von Roger erhielt? Die Schauspielerin nimmt den Auftrag des Geheimdiensts an und sucht gemeinsam mit dem Journalisten Tim Valentine, einem Berufskollegen ihres Bruders, in Casablanca nach einer ersten heißen Spur. Es wird immer verzwickter und gefährlicher, denn niemand von den Menschen, die sie in dieser Angelegenheit kennenlernt, scheint die Person zu sein, die sie zu sein vorgibt.

Dieses sechsteilige Hörspiel von Francis Durbridge stammt aus dem Jahr 1945 und wurde nie auf Deutsch vertont. Es enthält alle typischen Zutaten eines typischen Krimis des britischen Autors. Zudem ähneln die Titelfiguren stark den bekannten Krimihelden Paul und Steve Temple. Der Autor schrieb die Story in den 1960ern zu einem Filmtreatment für einen geplanten Tim-Frazer-Kinofilm in Deutschland um, der nie realisiert wurde. Dazu und zu den Hintergründen des Hörspiels gibt es umfassende Infos im Begleittext. Außerdem enthält das Buch einen Artikel über die für Durbridge so spezifischen mysteriösen Gegenstände in seinen Kriminalgeschichten.

Band 34   FRANCIS DURBRIDGE
Die Kette
Kriminalroman – ungekürzt & neu übersetzt
Vorwort, Nachwort, Übersetzung: Dr. Georg Pagitz

Der Vater von Scotland-Yard-Inspektor Harry Dawson stirbt auf dem Golfplatz. Scheinbar war es ein Unfall, denn Tom wurde von einem Golfball so unglücklich getroffen, dass er seinen Verletzungen erlag. Harry glaubt nicht an die Geschichte und recherchiert auf eigene Faust. Als Peter Newton, der den tödlichen Golfball abschlug, ermordet aufgefunden wird, ist klar, dass auch Tom Dawsons Tod kein Unfall war. Im weiteren Verlauf der Ermittlungen spielen ein Hundehalsband, eine gestohlene Perlenkette, ein Mann im Rollstuhl und ein geheimnisvoller Hintermann, dessen Gesicht niemand kennt, eine entscheidende Rolle …

Francis Durbridges Roman beruht auf seinem 1966 für die BBC geschriebenen Mehrteiler, der erfolgreich in verschiedenen Ländern verfilmt wurde. In der BRD war seit 1966 eine Adaption in Gespräch, die aber aus verschiedenen Gründen nie zustande kam. Durbridge überarbeitete das Originaldrehbuch, gab ihm den neuen Titel *The Circle* und änderte sämtliche Personennamen. Daraus wurde schließlich 1977 der TV-Zweiteiler *Die Kette* mit Harald Leipnitz und Uschi Glas. Auf die Produktionsgeschichte wird im umfangreichen Nachwort auf über 130 Seiten eingegangen.

Band 35   FRANCIS DURBRIDGE
Zakary
Szenarium für einen Kinothriller
Vorwort, Nachwort, Übersetzung: Dr. Georg Pagitz

Großbritannien, Sommer 1914: Der Oxford-Absolvent Oliver Sheldon wird von seinem Onkel einem Mann vom Secret Service vorgestellt. Dieser möchte, dass Sheldon nach Japan geht und unter dem Vorwand, ein Buch zu schreiben, vor Ort Informationen sammelt. Sein Deckname lautet Zakary. Oliver erhält den Auftrag, Daten über ein geheimes U-Boot zu beschaffen. Bald bricht der Erste Weltkrieg aus und im Laufe der Jahre ändert sich auch die Einstellung der Japaner gegenüber Großbritannien, aber auch jene Olivers zu seinem Vaterland. Er arbeitet zwar noch als Spion, befindet sich jedoch immer mehr in einem großen Gewissenskonflikt …

Francis Durbridge schrieb dieses Szenarium für den renommierten italienischen Filmproduzenten Dino de Laurentiis. Was anfangs wie eine typische Durbridge-Kriminalgeschichte beginnt und über Strecken sogar die so typischen Wendungen enthält, wird allmählich zu einem Film über Spionage und Krieg, geht hin bis zu den Ereignissen in Pearl Harbour und zieht sich schließlich in der Handlung über 30 Jahre hinweg. Die wohl ungewöhnlichste Geschichte von Francis Durbridge zu einem Kinofilm, der nie realisiert wurde, aber mit Sicherheit ein internationaler Blockbuster geworden wäre.

Band 36   FRANCIS DURBRIDGE
Paul Temple und der Curzon-Fall
Kriminalroman – ungekürzt & neu übersetzt
Vorwort, Nachwort, Übersetzung: Dr. Georg Pagitz

Paul Temple hört auf der Party seines Verlegers von Sir Graham Forbes und Inspektor Charlie Vosper vom mysteriösen Verschwinden zweier Schuljungen in Dulworth Bay in Yorkshire. Von Roger und Michael Baxter fehlt jede Spur. Vospers Ermittlungen ergaben, dass auf dem Cricketschläger von Roger neben Unterschriften einiger Spieler ein Name zu finden ist, der nicht zugeordnet werden kann: Curzon.

Niemand kennt diese Person. Als in Gegenwart von Temple in London eine Frau erschossen wird, die ihm wichtige Hinweise geben wollte, nimmt der Kriminalschriftsteller die Ermittlungen auf und fährt in das Fischerdorf, in dem alle Stricke zusammenlaufen ...

Dieser Kriminalroman basiert auf dem Hörspiel *Paul Temple and the Curzon Case* von 1949, das 1951 auch mit René Deltgen in der Hauptrolle unter dem Titel *Paul Temple und der Fall Curzon* vertont wurde. Das Buch erschien 1971 im Fahrwasser der von der BBC ausgestrahlten zweiundfünfzigteiligen TV-Serie *Paul Temple* und wurde handlungsmäßig in die 1970er-Jahre verlegt, was zu einigen Änderungen führte. Neben einer Auflistung sämtlicher Hörspieladaptionen mit Hintergrundinfos enthält dieser Band auch einen Artikel über die typischen Paul-Temple-Zutaten.

++++++++++++++++++++++++++++++++++

DEMNÄCHST

++++++++++++++++++++++++++++++++++

Band 37 FRANCIS DURBRIDGE

Mr. Hartington starb morgen
Manuskript für ein achtteiliges Hörspiel
Vorwort, Nachwort, Übersetzung: Dr. Georg Pagitz

Der Filmproduzent Oliver Hartington, der »Zar« von Hollywood, ist hinter den Rechten eines Romans her, den ein gewisser Peter London geschrieben hat. Doch wer ist Peter London? Eine wochenlange in den Medien hochgespielte Suchaktion verläuft im Nichts. Dann wird Hartington plötzlich bei einer Siesta in seinem Stammlokal ermordet – und auf einmal scheint es drei verschiedene Peter Londons zu geben. Es stellt sich nicht nur die Frage, wer von ihnen der echte Peter London ist, sondern auch, wer von allen Beteiligten ein Motiv hatte, den erfolgreichen Filmproduzenten zu töten. Verdächtig sind unter anderem ein junger Schriftsteller, die Gewinnerin eines Schönheitswettbewerbs, eine Sekretärin, ein Drehbuchautor, ein Filmregisseur und eine Schauspielerin. Inspektor O'Hara von der Polizei Los Angeles ermittelt und bekommt es bald mit weiteren Leichen zu tun ...

Francis Durbridge schrieb dieses achtteilige Kriminalhörspiel, dessen Manuskript erstmals auf Deutsch übersetzt wurde, 1942 unter dem Pseudonym Lewis Middleton Harvey für die BBC. Er taucht dabei in die Welt von Hollywood ein und schildert in diesem Umfeld eine rätselhafte Mordgeschichte. Durbridge wäre nicht Durbridge, wenn in diesem Whodunit alles so wäre, wie es den Anschein hat.

Band 38 FRANCIS DURBRIDGE

Paul Temple und das Genfer Rätsel
Kriminalroman – ungekürzt & neu übersetzt
Vorwort, Nachwort, Übersetzung: Dr. Georg Pagitz

Der Londoner Verleger Charles Milbourne soll bei einem Autounfall in der Schweiz ums Leben gekommen sein. Mehrere Indizien deuten jedoch darauf hin, dass der

218

Mann noch lebt. Davon ist vor allem seine Ehefrau Margret überzeugt, während Maurice Lonsdale, der Schwager des Toten, daran zweifelt. Paul und Steve Temple nehmen sich des Falls nach anfänglichem Zögern an ...

Dieser spannende Roman, früher gekürzt unter dem Titel *Zu jung zum Sterben* erhältlich, erscheint in einer ungekürzten Neuübersetzung mit Hintergründen zum zugrundeliegenden Hörspiel *Paul Temple und der Fall Genf* aus dem Jahr 1966 und einer ausführlichen Darstellung des Paul-Temple-Universums im Nachwort.

++++++++++++++++++++++++++++++++++
WEITERE TITEL IN VORBEREITUNG
++++++++++++++++++++++++++++++++++

Informationen zu allen englischen und deutschen Durbridge-Büchern von Williams & Whiting:

www.williamsandwhiting.com

Die offizielle Seite zu Francis Durbridge ist erreichbar unter

www.francisdurbridgepresents.com